BASTEI
LÜBBE
TASCHENBUCH

Über die Autorin:

Roberta Gregorio ist durch und durch ein Kind des Südens. Bayern, wo sie ihre Kindheit und Schulzeit verbracht hat, und Kampanien, wo sie jetzt mit Mann und zwei Söhnen lebt, haben auf ihren Charakter abgefärbt. Sie liebt das Dolce far niente, mischt diese Einstellung aber oft mit deutscher Gewissenhaftigkeit. Ein Kontrast, der sich auch in ihrer Schreibe zeigt.

Heute träumt sie von einem eigenen kleinen Hotel, in dem sie am liebsten nur Buchschaffende aus aller Welt beherbergen würde.

ROBERTA GREGORIO

Signora Pia und das Lächeln des Meeres

Roman

BASTEI
LÜBBE
TASCHENBUCH

BASTEI LÜBBE TASCHENBUCH
Band 17378

MIX
Papier aus verantwortungsvollen Quellen
FSC® C014496

Dieser Titel ist auch als E-Book erschienen

Originalausgabe

Lektorat: Bettina Steinhage
Textredaktion: Stefanie Kruschandl, Hamburg
Titelillustration: © shutterstock/J.Schelkle; shutterstock/Vera Holera
Umschlaggestaltung: Manuela Städele-Monverde
Unter Verwendung von Motiven von © shutterstock: J.Schelkle | Vera Holera
Satz: Greiner & Reichel, Köln
Gesetzt aus der Bembo
Druck und Verarbeitung: GGP Media GmbH, Pößneck
Printed in Germany
ISBN 978-3-404-17378-5

5 4 3 2 1

Sie finden uns im Internet unter www.luebbe.de
Bitte beachten Sie auch: www.lesejury.de

Für Giacomo, ohne den ich Camerota niemals
von seiner schönsten Seite kennengelernt hätte.
Und für Domenico und Filippo Maria,
die diesen herrlichen Ort in die Zukunft tragen.

»*Signor* Marcello, ist das nicht etwas zu …«, deutet Claudio eine Frage an, die keine Antwort erwartet, und hält dabei das blaue Schächtelchen ins Licht, um den Inhalt besser erkennen zu können.

»Nein, Claudio, es ist gerade richtig.«

Kapitel 1

Rom, Mitte Oktober

Eine Taube.

Doch.

Irgendwo hatte sich eine Taube da draußen versteckt.

Ganz bestimmt.

Pia war sich inzwischen sicher, obwohl sie den Vogel noch nie wirklich gesehen hatte. Dafür hatte sie ihn aber umso deutlicher gehört. Nur verpasste sie ihn immer. Sie wurde einfach zu langsam wach. Oder die Taube flog zu schnell davon. Dennoch konnte sich Pia bildlich vorstellen, wie ein dickes gefiedertes Tier auf einem der gegenüberliegenden Dächer saß und mit unbeteiligtem Gesicht gurrte. Immer und immer wieder – *guru, guru, guru.* So laut, dass der Ruf sogar das Stimmengewirr aus den Gassen und die alltäglichen Geräusche der Zimmernachbarn übertönte. Und so eindringlich, dass sich der Laut in Pias Unterbewusstsein schlich und sie aus ihrem tiefen Schlaf holte. Aber exakt in diesem Moment flog der Vogel wohl immer davon. Denn sosehr Pia sich auch jeden Morgen anstrengte: weit und breit keine Spur vom mysteriösen Weckdienst.

Pia lächelte, setzte sich auf und streckte sich wohlig. Daheim holte sie immer der Wecker aus dem Schlaf. So ein altes Ding mit schrecklichem Piep-Ton. Da war ihr eine Phantom-Taube schon lieber.

Vieles war ihr hier genau genommen lieber. Auch das Bett. Das bequemste Bett, in dem sie jemals gelegen hatte. Es war weich und flauschig und umarmte einen förmlich. Schon seltsam, dachte Pia, wie schnell man sich umgewöhnen konnte. Wie schnell dieses kleine, wundervolle Zimmer sich in ihr ganz persönliches Zimmer verwandelt hatte. Jeder Winkel des Raumes war ihr vertraut. Die dunkle Tapete. Das Gemälde mit den herrlichen Blumen. Der reizende Schminktisch, den sie sogar ein paar Mal benutzt hatte. Und der Teppich mit seinem ganz besonderen Farbenspiel.

All das war ein Traum. Aber ein wahrgewordener Traum. Denn Pia befand sich in Rom.

Wirklich, wirklich, wirklich!

Hätte ihr jemand das vor nur einer Woche erzählt, sie hätte demjenigen ins Gesicht gelacht und erheitert und erstaunt gefragt: »*Nach Rom? Wer, ich? – In diesem Leben wohl nicht mehr …*«

Und doch war sie hier. In Rom.

Plötzlich hellwach sprang Pia aus dem Bett, stieg dabei auf den flauschigen Teppich, der ihre nackten Füße beinah zu schlucken schien, und eilte dann zur kleinen Dachterrasse, die zu ihrem Lieblingsplatz geworden war. Sie riss die Balkontür, die ohnehin nur angelehnt war, vollständig auf, füllte die Lunge mit Sauerstoff. Fast hatte sie das Gefühl, dabei ebenso die römische Lebensweise zu inhalieren. Laut, heiter und gleichzeitig gelassen.

Schließlich trat Pia auf die winzige Terrasse, auf der eigentlich nicht viel mehr Platz hatte als ein rundes Tischchen mit zwei Stühlen. Dennoch war jeder weitere Millimeter angefüllt mit Blumentöpfen in sämtlichen Formen und Farben. Ein Paradies-Eckchen über der Ewigen Stadt. Nur die Taube war nirgends zu sehen.

Dann aber hob Pia den Blick etwas weiter.

Peng.

Ihr Herz machte einen Sprung – wie so oft in den letzten Tagen.

Ein Meer aus Dächern. So weit das Auge reichte.

Rund herum, dicht an dicht. Nagelneu, ramponiert. Windschief, kerzengerade. Sauber, verdreckt. Romantisch, quadratisch. Unmöglich, sie alle zu beschreiben. Unmöglich, sie alle einzuordnen. Roms Dächer. Pia hielt sich eine Hand auf die

Brust. Überwältigend. Nur sie und Roms Dächer. Und unzählige Blumen, die in den vielen Töpfen auf dem Balkon wuchsen und gediehen. Keine Gedanken. Dafür tausend Eindrücke. Unter strahlend blauem Himmel, umgeben von klarer Luft, eingelullt von wohlig warmen Sonnenstrahlen. Ach, könnte sie diesen Moment doch ewig halten!

Aber ewig war hier nur die Stadt. Natürlich wusste Pia das. Trotzdem verdrängte sie hastig diesen Gedanken.

Einmal atmete sie noch tief ein, unterdrückte das Bedürfnis laut zu singen, drehte sich dann vom niedrigen Geländer weg und huschte hinein in das Zimmer.

Hotelzimmer.

Immer wieder musste Pia sich selbst daran erinnern. Sie konnte sich kaum vorstellen, es irgendwann einmal wieder verlassen zu müssen. Und wenn sie daran dachte, dass sie nur durch eine ganze Reihe glücklicher Zufälle hier gelandet war, wurde ihr ganz mulmig zumute. Dieses Zimmer war ein Geschenk des Schicksals. Das perfekte Geschenk!

Und perfekt war auch dieser neue Morgen, denn Pia wusste, dass sie nur zu warten brauchte. Auf die übliche kleine Geste. Nach der sie inzwischen förmlich hungerte. Denn kleine Gesten waren lebenswichtig. Nein, mehr noch, sie machten das Leben erst richtig lebenswert. Was Pia auch erst hier in Rom begriffen hatte. Sie hatte etwas vermisst, das sie gar nicht gekannt hatte. Kleine, freundliche Gesten, die ihr zu verstehen gaben, dass sie wichtig war. Dass jemand sich wirklich – richtig – Gedanken um sie machte. Dass dieser Jemand praktisch ein Fremder war, spielte in diesem Fall keine Rolle. Nicht für die *neue* Pia.

Deshalb schnappte sie sich das Buch, das sie gestern auf dem Nachttischchen abgelegt hatte, und ging damit wieder hinaus auf ihre Dachterrasse. Ja, dachte Pia. Sie hatte jetzt nämlich Zeit. Zeit für Bücher.

Irre!

Die Frage, wann sie das letzte Mal in aller Ruhe ein Buch gelesen hatte, war schwer zu beantworten. Pia konnte sich einfach nicht erinnern. Dabei hatte sie als junges Mädchen alles verschlungen, was sie in die Hände bekommen hatte. Egal ob Heftromane oder Kochbücher. Sogar Geschichtsbände. Hauptsache, sie hatte etwas zum Lesen. Wieso nur war ihr dieser Lesehunger abhandengekommen? Besser noch, wieso um alles in der Welt hatte sie das zugelassen?

Fragen über Fragen.

Wobei die Antworten eigentlich überflüssig geworden waren. Die Vergangenheit konnte man ja nicht mehr ändern. Deshalb, dachte Pia, blieb ihr nichts anderes übrig, als an der Zukunft zu arbeiten.

Komisch, nicht? Ausgerechnet in der Ewigen Stadt, in der die Vergangenheit so gegenwärtig war, wollte sie die Gegenwart aus der Distanz betrachten. Damit sie die richtige Nähe zum Jetzt wiederherstellen konnte. Irgendwie bizarr.

Pia machte es sich auf dem schweren Stuhl bequem, zog die Beine hoch wie ein junges Mädchen und schlug das Buch dort auf, wo ein Eselsohr sie daran erinnerte, bis wohin sie am Vortag gekommen war. Das Buch war gut. Eine wirklich tolle Liebesgeschichte und gleichzeitig eine Hommage an Rom. Ganz nach ihrem Geschmack. Der rote, einfache Einband unterstrich diesen Eindruck noch. Bald war sie so vertieft in die Lektüre, dass sie doch tatsächlich aufschrak, als es dann an der Tür klopfte. *Tock tock.* Ganz diskret.

So diskret wie der Herr in Uniform, der vermutlich für das Klopfen verantwortlich war. Claudio. Das hatte Pia beim ersten Aufeinandertreffen dem Namensschild entnommen. Sie eilte zur Tür, öffnete schwungvoll, ohne sich für ihren Schlafanzug zu schämen.

»*Signora, buongiorno*«, grüßte Claudio leise, aber deutlich und verbeugte sich leicht, wobei er freie Sicht auf eine kahle Stelle auf seinem Kopf erlaubte. Auch nachdem er sich wieder aufgerichtet hatte, vermied er den direkten Blickkontakt. Bestimmt nicht aus Unhöflichkeit.

»*Buongiorno*, Claudio.«

Pia bedeutete ihm mit einer Geste hereinzukommen. Er wusste Bescheid. Schob den Servierwagen ungefragt in Richtung Dachterrasse. Nicht zum ersten Mal wünschte sich Pia bei diesem Anblick, über Claudios Grazie zu verfügen. Er machte seine Arbeit mit Hingabe. Das gefiel Pia. Und irgendwie gefiel ihr auch Claudio. Denn sie konnte sich gut vorstellen, dass sich unter der Uniform ein enormes Herz versteckte. Trotz seines Eifers versuchte er sich nicht an einer Konversation. Vielleicht war es ihm nicht erlaubt. Vielleicht war er kein guter Redner. Vielleicht war er sich auch nur zu sehr seiner Rolle als Bote bewusst. Und Pia blieb nichts anderes übrig, als ihn bei seiner Arbeit zu beobachten. Bedächtig stellte Claudio den *macchiato* auf dem runden Tischchen ab. Ohne Zucker natürlich. Daneben fand eine *brioche* ohne Füllung Platz. Und dann – als Highlight des ganzen Frühstücks – arrangierte er geräuschlos den großen Teller dazu, der mit einer Haube aus blank poliertem Edelstahl bedeckt war. Pia kannte diesen Teller bereits. Hatte ihn gleich am ersten Morgen in Rom gesehen. Damals noch mit Verwunderung. Heute mit großer Vorfreude, weil sie wusste, dass die Haube die ganz persönliche kleine Geste versteckte, auf die sie wartete. Und fast so, als wollte Claudio ihre Vorfreude nicht unnötig in die Länge ziehen, machte er einen Schritt zurück zu seinem nun leeren Wagen.

»Darf ich Ihnen sonst noch etwas bringen, *Signora*?«, erkundigte er sich.

»Vielen Dank. Ich brauche nichts mehr«, erwiderte Pia.

Sein Gesicht zeigte, dass er nichts anderes erwartet hatte. Er machte wieder seinen eleganten Diener und entfernte sich so lautlos, wie er gekommen war. Das dumme Spiel um Trinkgeld, das Claudio partout nicht annehmen wollte, sparten sie sich inzwischen.

Noch während Pia die Tür hinter Claudio schloss, fragte sie

sich, ob er wohl wusste, was unter der Tellerhaube auf sie wartete. Diesen Gedanken verwarf sie aber sofort. Claudio doch nicht! Aus einem Impuls heraus öffnete sie trotzdem noch einmal die Tür. Warum auch immer, wünschte sie sich dringend jemanden zum Reden. Und Claudio hatte den Fahrstuhl noch nicht erreicht.

»Werde ich mich darüber freuen?«, rief sie ihm etwas zu laut hinterher.

Kaum war die Frage ausgesprochen, überdachte Pia ihren Satz noch einmal. Sie schüttelte den Kopf. Claudio konnte sie unmöglich richtig verstanden haben. Sie hätte viel direkter fragen sollen, ob er wusste, was die Haube verbarg. Doch nun war es zu spät. Oder etwa nicht? Verwundert bemerkte Pia, dass Claudio dabei war, wieder zu ihr zurückzukehren. Vielleicht lag es an seiner Gangart, die plötzlich viel aufrechter wirkte. Vielleicht lag es auch an seinem Gesichtsausdruck. Aber zum ersten Mal nahm sie den Mann vor sich nicht nur als Angestellten, sondern als Person wahr.

»Womöglich sollten Sie beim Öffnen sitzen, *Signora*«, empfahl Claudio. Er hatte sie also verstanden und gab mit seiner Antwort auch zu, dass er den Inhalt kannte. Es störte Pia gar nicht. Ihr war auch egal, wie er zu diesem Wissen gekommen war.

»Er übertreibt, nicht wahr?«

»Es steht mir nicht zu, darüber zu urteilen, *Signora.*«

Pia nickte. Natürlich nicht.

»Aber ich kann Ihnen wohl sagen, dass es ihm große Freude bereitet, Sie zu beschenken. Nehmen Sie es einfach so hin«, riet Claudio ihr achselzuckend.

Womit habe ich das verdient?, fragte Pia sich nicht zum ersten Mal. Dann aber fiel ihr wieder ein, dass sie ja nicht darum gebeten hatte, mit Aufmerksamkeiten überhäuft zu werden. Dieser Gedanke beruhigte sie irgendwie.

Claudio berührte leicht ihren Arm und holte Pia dadurch aus ihren Gedanken zurück.

»Sie sollten Ihren *macchiato* trinken, *Signora*, er wird sonst kalt«, bemerkte er sanft und suchte unverhofft ihren Blick.

Santo cielo, Claudio hat ja blaue Augen, schoss es Pia durch den Kopf. Wieso überraschte sie das nur so sehr?

Sie nickte. Etwas verwirrt. Ging aber letztendlich doch wieder in ihr Zimmer und dann direkt auf die Terrasse, wo sie Platz nahm.

Der Milchschaum auf ihrem Kaffee war zusammengefallen, sah gar nicht mehr schön aus. Sie nahm den Löffel und rührte damit in der hellbraunen Flüssigkeit herum. Wie ein Maler mit dem Pinsel. Aber aus ihrem Frühstücksgetränk ließ sich kein Kunstwerk mehr herstellen. Deshalb trank sie in wenigen großen Schlucken aus und stellte auf diese Weise die Inszenierung des perfekten Frühstücks wieder her. Den Teller mit der Haube ignorierte sie vorerst geflissentlich. Stattdessen nahm sie die *brioche* zur Hand, biss ab, kaute, schluckte. Und seufzte.

Wen wollte sie hier auf den Arm nehmen? Natürlich konnte sie es kaum erwarten herauszufinden, was sich unter der Haube verbarg. Welche Besonderheit *er* sich heute für sie ausgedacht hatte.

Entschlossen nahm sie die Tellerhaube ab. Zum Vorschein kam ein Briefumschlag. Und eine kleine Schachtel. Nichts Ungewöhnliches also. Nette Aufmerksamkeiten. Alles wie gehabt.

Aber das blaue Schächtelchen hatte etwas an sich, das sich nicht in die Kategorie *nette Aufmerksamkeiten* packen ließ. Obwohl es dezent wirkte mit seiner perfekten Satinschleife. Pia ließ den gestrigen Tag noch einmal Revue passieren. Sie waren spazieren gewesen. Hatten hie und da gehalten. Sie hatte sich diese wahnsinnig teure Bluse gekauft. Und … richtig! Sie hatten diesen urigen Goldschmied besucht. *Bottega delle cose preziose* hatte auf der einfachen Ladentür gestanden. Ein Puzzlestück, das ins Bild passte.

Aber er konnte doch nicht wirklich …? Oder etwa doch?

Ohne weiter darüber nachzudenken, nahm sie die Schachtel und zog an der Satinschleife. Dass ihre Hand dabei leicht zitterte, fand Pia töricht. Und noch viel törichter fand sie, dass ihr Herz Kapriolen schlug. Als sie endlich sah, was sich in der Schachtel befand, hielt sie den Atem an.

Wie um alles in der Welt hatte er das erraten?

»Eine Abschiedsfeier?«, hakt Don Rosario noch einmal nach.

»Ja.« Elide nickt, und Don Rosario liest in ihren Augen so etwas wie Sehnsucht. Aber der Eindruck ist so schnell weg, wie er gekommen ist.

»Natürlich!«

Don Rosario sagt zu. Und er freut sich sogar darauf. Dass Pia eine ganz hervorragende Köchin ist, weiß er ja. Fisch. So gut wie sie bereitet keine andere in Camerota die Früchte des Meeres zu. Weil Pia das Meer im Blut hat. Bei dem Vergleich muss Don Rosario unwillkürlich lächeln. Die stürmische Pia ... Es gefällt ihm, sie auf diese Weise zu betrachten. Und er findet, dass sie ihrer natürlichen Veranlagung ruhig öfter freien Lauf lassen sollte.

Kapitel 2

Camerota, Mitte September
vormittags

Don Rosario gähnte laut, kratzte sich an der Nase und fuhr sich mit beiden Händen durch das schüttere Haar. Doch der Versuch, mit den wenigen längeren Strähnen die Glatze zu bedecken, scheiterte. Sie blieben einfach nicht liegen. Dazu brauchte er einen Kamm. Einen mit feinen, ganz eng aneinanderliegenden Zähnen. Eigentlich hatte er so einen. Aber irgendwie musste er ihn verlegt haben. Und die Haare saßen nicht mehr richtig. Geeigneter Ersatz ließ sich auch nicht finden für den Kamm. Was ärgerlich war. Wobei er ja eigentlich niemandem gefallen musste. Schon gar nicht einer Frau.

Bei dem Gedanken entfuhr Don Rosario ein seltsamer Ton. Eine Mischung aus Lachen und Seufzen. Als Priester war er schließlich mit dem Herrn verheiratet. Und vermutlich legte der nur wenig Wert auf gutes Aussehen.

Dennoch, sein Haar hatte Don Rosario gerne ordentlich. Und vielleicht fand er ja doch noch einen Kamm. Einen mit ganz eng aneinanderliegenden Zähnen.

Mühsam versuchte Don Rosario sich im Bett aufzusetzen. Jetzt hatte er schon die Matratze auswechseln lassen, um es einfacher zu haben, und es klappte immer noch nicht. Selbst die härtere Unterlage erleichterte ihm das Aufstehen nicht. Morgens fühlte er sich nun solidarisch mit jeder Schildkröte auf der Welt, die irgendwie auf dem Panzer gelandet war. Genauso kam er sich nämlich vor.

Und diese Schmerzen in den Knochen, die zu einer unerträglichen Qual geworden waren, hatte er, wie er vermutete, der Feuchtigkeit zu verdanken, die sich in die uralten Mauern seines Zimmers geschlichen hatte. Im Konvent hätte er es bequemer gehabt. Ohne Zweifel. Aber was sollte er machen? Er bevorzugte es, inmitten seiner Gemeinde zu leben. Obwohl er sich manchmal vorkam wie jemand, der einen Sack voll Flöhe hüten musste, so konnte er sich ein Leben irgendwo anders doch nicht vorstellen. Die Gemeinde brauchte ihn. Und er brauchte die Gemeinde. So einfach war das.

Don Rosario rollte unelegant aus seinem viel zu kleinen Bett und landete erst einmal auf allen vieren am Boden. Plötzlich überkam ihn das dringende Verlangen zu fluchen.

»Herr, ich danke dir für diesen neuen Tag«, versuchte er seine Energie stattdessen in positive Bahnen zu lenken.

Nicht ohne Anstrengung richtete er sich endlich auf, stützte sich dabei am Bett ab und fischte dann blind nach seinen Hausschuhen. Sein Bauch war ihm dabei im Weg. Aber mit den Füßen tastete er den Boden ab und wurde fündig.

Ein Blick auf die Uhr verriet ihm, dass er sich beeilen musste. Sonntags wollte er in der Kirche alles perfekt haben. Und auf seinen Messner Antonio war nicht immer Verlass. Er war ein guter Mann, aber etwas langsam. Ein Gedanke, der Don Rosario erheiterte. Er selbst war auch nicht gerade schnell. Aber langsam plus langsam produzierte zufriedenstellende Ergebnisse.

Don Rosario hatte es nicht weit von seinem Zimmer bis zur Kirche. Genau genommen brauchte er nur dem Verlauf der Gasse zu folgen, um zur kleinen Piazza zu gelangen, von der aus man direkt die Stufen zur Kirche erreichte. Diese kleine Piazza liebte Don Rosario besonders. Oder besser die Bar, die sich dort befand. Aber es war Sonntag. Heute konnte er dort vor der Messe nicht halten. Wenn es ihm seine Tätigkeit als Priester aber erlaubte, so hielt er sehr gerne in Nicolas Bar, spielte mit den Rentnern Karten oder organisierte Turniere für die Jugendlichen. Dart, Tischtennis, Kicker. Ihm fiel immer etwas ein. Beschäftigung ist die beste Therapie, hatte seine Mutter stets gesagt.

Und er hielt sich an diese einfache, aber effektive Lebensweisheit. Zumindest versuchte er es.

»Don Rosà! *Caffè*?«, rief ihm der alte Raffaele schon von Weitem zu. Der Rentner saß wie gewohnt an seinem Lieblingstisch vor der Bar.

»Später. *Grazie.*«

Don Rosario hob zum Gruß die Hand, blieb aber dann kurz stehen.

»Ich halte Ihnen bis dahin den Stuhl warm, Don Rosà!«

»Du solltest viel lieber eine Kirchenbank warm halten, Raffaele. Heute ist der Tag des Herrn. Vergiss das nicht.«

»Amen.« Raffaele lachte sein zahnloses Lachen, schlug amüsiert auf den Tisch, der ohnehin schon wacklig war, und brachte dabei eine fast leere Bierflasche gefährlich zum Wanken.

Don Rosario ging auf ihn zu. »Falsch. Amen kommt am Ende eines Gebets«, sagte der Priester nun ein winziges bisschen strenger. »Hast du gerade gebetet?«

Raffaeles Lachen erstarb – ganz langsam.

Don Rosario hielt Raffaeles Blick.

Der alte Mann schaute zuerst weg.

»Nein? Dann sprechen wir jetzt gemeinsam ein Gebet. Und am Ende kannst du wieder schön Amen sagen. Ist das ein Vorschlag?«

Raffaele nickte nur, ließ sich von Don Rosario bei den Händen nehmen und rezitierte etwas widerwillig und gleichzeitig ergeben das Vaterunser. Oder das, was in seiner Erinnerung davon übrig war. Das Resultat war ein verlegenes Murmeln.

»Jetzt kannst du Amen sagen«, forderte Don Rosario ihn auf, nachdem Raffaele es hinter sich gebracht hatte.

»Amen«, stieß der alte Mann unwirsch hervor.

Don Rosario atmete zufrieden auf.

»Geht es dir jetzt nicht schon sehr viel besser, Raffaele?«

»Sehr viel besser!«, ließ Raffaele verlauten. Dass sein Kommentar vor Ironie nur so troff, überhörte der Priester geflissentlich. Er hatte getan, was sein Herz, sein Verstand und seine Überzeugung ihm empfohlen hatten. Und der Herr, in seiner unendlichen Güte, würde den Rest übernehmen.

»Dann bis später, Raffaele. Bleib nüchtern. Sonst verlierst du wieder so schnell«, warnte Don Rosario ihn noch und gab somit zu verstehen, dass er nach der Messe zu einem Spielchen bereit sein würde.

»Don Rosà, mit allem nötigen Respekt: Selbst im Schlaf wäre ich immer noch dazu fähig, Sie spielend zu besiegen!«

»Das wird sich zeigen.«

Mit diesem Satz verabschiedete sich Don Rosario und eilte auf die Kirche zu. Der Wind zerzauste ihm das Haar komplett. Genervt richtete Don Rosario den Blick gen Himmel. Er brauchte einfach diesen Kamm!

Zurück an der Bar blieben Nicola und Raffaele. Genauer gesagt ein ziemlich saurer Raffaele, wie Nicola mit einem kurzen Blick feststellte.

Der Barbesitzer grinste. »Ein Raffaele, der fromm für das Wohl unserer Seelen betet … dass ich das noch mal miterlebe …«

»Halts Maul und bring mir lieber noch ein Bier!«, wies der Alte ihn zurecht.

Nicola tat wie ihm geheißen. Aber er verbarg dabei nicht, wie sehr ihn die gesamte Situation amüsierte.

Raffaele nahm ihm die Bierflasche unsanft ab. Dann trank der alte Mann einen großen Schluck und musste schließlich selbst lachen. Einem anderen hätte er sicher bereits einen rechten Haken verpasst. Aber Don Rosario konnte man nicht lange böse sein. Dazu war sein Herz einfach zu rein.

Was aber nicht hieß, dachte Nicola, dass Raffaele den Pfaffen nicht nachher beim Kartenspielen besiegen würde! Alles andere wäre ja völlig absurd!

William gähnte laut und produzierte dabei so etwas wie ein Jaulen.

»Das war doch jetzt eine Sieben!«, protestierte er, als er den Mund endlich wieder zubekam.

Bruno, der ihm am Spieltisch gegenübersaß, rollte verzweifelt mit den Augen.

»Jaha! Aber nur für die goldene Sieben gibt es einen Punkt. *Capito*?«

William schaute noch einmal in seine Karten.

»Du checkst es nicht, oder?«

»Nicht wirklich«, gab William zu.

Bruno fiel mit der Stirn auf den Tisch.

»Ich gebe es auf«, ließ er aus seiner zusammengekrümmten Position verlauten.

»Nein, nein. Ich will *scopa* lernen!«, protestierte William störrisch und schlug mit der flachen Hand wiederholt auf den Tisch. Allerdings leise. Schließlich wollte er Brunos Familie nicht wecken. Die schlief nämlich. Während das Familienoberhaupt sich mit ihm abgab. Barbara, Brunos Frau, würde sicher schrecklich mit ihm schimpfen, dachte William. Wenn auch mit einem Augenzwinkern. So, wie sie es immer tat.

»*Fratello*, ich weiß nicht, wie ich es dir sagen soll … Du bist total untalentiert.«

Fratello – Bruder. So nannte Bruno William.

»Du musst das geduldiger angehen«, schlug William vor.

»Hey. Ich bin geduldig. Immerhin habe ich dir Italienisch beigebracht. *Das* war eine Mission.«

Bruno hatte eine Sprachschule in Seattle. Nach einem fabelhaften Rom-Urlaub vor etwa zehn Jahren hatte William das Bedürfnis verspürt, Italienisch zu lernen. Er hatte sich, während des Aufenthalts in der italienischen Hauptstadt, in den Klang dieser melodischen Sprache regelrecht verliebt – dabei aber kaum etwas verstanden. Zurück in Seattle hatte er sich sofort nach einem Sprachkurs umgesehen und war auf diese Weise bei Bruno gelandet.

»Eben. Und wenn du *das* geschafft hast, kann es doch mit *scopa* nicht so schwer sein.«

Bruno hob den Kopf wieder vom Tisch, sah William in die Augen.

»Mein letzter Versuch, *fratello*!«

»Mehr brauche ich nicht.«

Bruno bekreuzigte sich theatralisch, blickte gen Himmel, seufzte, sammelte aber letztendlich die Karten wieder ein, mischte sie und teilte aus.

»Dieses Mal werde ich gewinnen!«, verkündete William.

»Dein Wort in Gottes Ohr, *fratello*!«

Aber William behielt recht. Er gewann das nächste und auch das übernächste Spiel. Tja, dachte er. Man muss nur wollen, dann klappt das auch.

Nachdem er einige Zeit später – inzwischen war es wirklich verdammt spät geworden – mit Bruno zur Haustür gegangen war, drehte er sich noch einmal um und klopfte seinem Freund auf den Rücken.

»Danke.«

Und damit meinte er nicht nur das Spiel. Der Dank galt vielmehr Brunos Bereitschaft, ihn wie ein Familienmitglied zu behandeln. Was Bruno natürlich wusste.

»Schon gut. Wir sehen uns zum Abschiedsessen, *va bene*?«

»*Va bene*.«

William ging ein paar Schritte von der Haustür weg, blieb aber dann auf dem gepflasterten Gartenweg stehen.

»Wie viel Punkte gibt es noch mal für die goldene Sieben?«, fragte er in die Stille der Nacht hinein.

An Brunos unterdrücktem Kichern merkte William, dass die Frage seinen besten Kumpel erreicht hatte.

Noch bevor Don Rosario die Kirche betreten hatte, kam Antonio schnaufend herbeigeeilt. Ausnahmsweise mal fast pünktlich. Sollte er das als ein gutes Omen deuten?

»Wir müssen uns beeilen«, bemerkte der Messdiener vage. Er sah etwas abgehetzt aus und hielt Don Rosario die schwere Seitentür auf, die der Priester aufgesperrt hatte.

»Ich weiß, Antò', ich weiß. Sieh doch bitte nach, ob die Bänke auch alle sauber sind, ja? Schau nach benutzten Taschentüchern und vergewissere dich, dass gestern Abend niemand etwas liegen gelassen hat.«

»Mach ich. Gleich kommt übrigens Carlo. Er bringt frische Blumen.«

»Was, jetzt noch?«

Don Rosario brauchte nicht auf die Uhr zu blicken. Die ersten Sonnenstrahlen hatten sich den Weg durch die Fenster gesucht. Es wurde knapp.

»Gestern hat er es nicht mehr geschafft …« Antonio zuckte mit den Achseln, kontrollierte dabei die Bänke.

Und Don Rosario gab es auf. Wieso sich aufregen? Es würde schon irgendwie klappen. Mit Gottes Hilfe.

Während Antonio sich auf den Weg zu seiner Lieblingsbeschäftigung, dem Abspielen des Bandes mit dem fröhlichen Glockenläuten machte, koordinierte Don Rosario die Blumenlieferung. Sah dabei zu, wie Carlo bei jedem Schritt um den Altar herum eine Spur Blütenblätter hinter sich ließ, und ärgerte sich ein bisschen über die Blumenwahl. Rosen. Scheußliche Blumen. Weil sie einen starken Duft verbreiteten. Einen Geruch, der sogar dem Weihrauch standhielt. Aber die Blumen waren eine Spende. Und dem geschenkten Gaul schaute man natürlich nicht ins Maul, dachte Don Rosario.

In der Sakristei wurde allmählich Stimmengewirr laut. Die Kinder. Seine Ministranten. Mit kleinen Füßen, die wohl kaum darauf achten würden, nicht auf die am Boden liegenden Blütenblätter zu treten.

Irgendwer musste die Blütenblätter aufsammeln. Man wusste ja nie, was kam. Unerwartete Todesfälle, zum Beispiel. Da musste man für die Beerdigung ganz schnell die Kirche bereithalten. Auch aus diesem Grund waren zerquetschte Blütenblätter am Boden alles andere als ideal.

Wo war denn nur Antonio? Immer verschwunden, wenn man ihn am dringendsten brauchte.

Don Rosario seufzte.

Dann musste er wohl selbst für Ordnung sorgen.

Er wusste, wo das Putzzeug in der Kirche aufbewahrt wurde. Im kleinen Bad. Da war auch ein Besen. Was er nicht so genau wusste, war hingegen, wie man das ganze Putzzeug so anwendete, dass nachher auch alles sauberer war als zuvor.

Himmel! Wo blieb denn nur Antonio?!

Ach was!

Kurzerhand kniete sich Don Rosario auf den Boden und machte sich daran, die Blütenblätter mit der Hand aufzusammeln.

»Was tun Sie denn da?«

Don Rosario schreckte hoch. Er hatte niemanden kommen hören. Was wohl daran lag, dass die Kinder inzwischen mächtig lärmten.

Die gute Elide nur.

Konnte Antonio denn nicht zumindest für ein bisschen mehr Ruhe sorgen! Und wo war der Kerl überhaupt?

»Ja, *buongiorno*, Elide, ich klaube hier nur schnell die paar Rosenblätter auf.«

»Das sollte nicht Ihre Aufgabe sein, Don Rosario! Wie sieht denn das aus?«

»Ach, ich dachte nur, wenn jetzt gleich die Kinder rauskommen, treten sie sicher drauf und machen alles schmutzig …«, versuchte Don Rosario sich zu rechtfertigen. Wobei ihm nicht ganz klar war, wie er in die Defensive geraten war. Es war doch nur die gute Elide.

»Sie haben sicherlich Wichtigeres zu tun. Ich kümmere mich schnell darum, ja?«

»Würdest du …?«

»Natürlich! Gehen Sie schon.«

Erleichtert erhob sich Don Rosario. Versuchte vergeblich ein Stöhnen zu unterdrücken.

»Danke, Elide.«

»Nichts zu danken. Ich stehe in Ihrer Schuld.«

»Ach was, Elide …«

»Schon gut.«

Die gute Elide, dachte Don Rosario. Manchmal konnte man nur schlecht mit ihr reden. Aber er kannte ihren weichen Kern.

Kurz zögerte er noch. Aber Elide war schon dabei, für Ordnung zu sorgen. Und die Kinder waren jetzt viel zu laut. Höchste Zeit einzugreifen. Don Rosario begab sich vom Altar zur Tür, die in den Raum führte, wo sich die Ministranten trafen. Er musste noch nicht einmal etwas sagen. Sobald er die Tür aufriss, wurde es mucksmäuschenstill. Trotzdem warf er einen gespielt strengen Blick in die Runde, bis sich jedes einzelne Kind verlegen wand.

»Wo ist Antonio?«, fragte er die Kinder.

Eigentlich war es die Aufgabe seines Messners, sich um die Kinder zu kümmern.

»Hier!«, rief Antonio aus dem oberen Stockwerk.

»Was tust du da oben?«

»Ich versuche das Band zu reparieren!«

»Welches Band?«

»Na, das mit dem Glockenläuten!«

Don Rosario richtete erneut den Blick gen Himmel.

Manchmal fragte er sich, womit er das verdient hatte.

»Ja, meiner Mutter ist auch aufgefallen, dass das Glockenläuten heute Morgen ausgefallen ist«, kommentierte eines der Kinder hilfsbereit.

Tatsächlich?, dachte Don Rosario. Warum hatte er das gar nicht bemerkt?

Antonio kam ganz verschwitzt aus dem ersten Stockwerk.

»Und, hast du es gerichtet?«

Der Messner schüttelte den Kopf.

»Das heißt, wir haben heute kein Glockenläuten?«

Schon wieder schüttelte Antonio den Kopf, wobei ihm eine Locke in die Stirn fiel.

Instinktiv bekreuzigte sich Don Rosario. Das war ihm gar noch nie passiert.

Mit einem unguten Gefühl ging er mit den Kindern zum Altar, bat sie, sich schon einmal zu setzen, weil er noch seine Kasel anzuziehen hatte.

Während er in sein kleines Büro ging, das sich links von dem Altar befand, stieg ihm Rosenduft in die Nase. Von Rosenblättern selbst keine Spur mehr.

Die gute Elide!

Don Rosario wollte sich unbedingt noch bei ihr bedanken. Aber er konnte sie weit und breit nicht entdecken. Inzwischen hatten sich schon mehrere Schäflein zur Messe eingefunden und besetzten die ersten Bänke. Elide war nicht unter ihnen.

Antonio war Don Rosario gefolgt. Er half ihm dabei, das grüne, goldbestickte Messgewand überzustülpen. Was sich als zunehmend schwierige Aufgabe herausstellte. Denn Don Rosarios Bauch nahm von Jahr zu Jahr an Umfang zu. Der Stoff der Kasel hingegen war nicht sonderlich dehnbar. Und Antonio noch dazu gut zwei Köpfe kleiner als der Priester. Was sie veranstalteten, ähnelte einem seltsamen Tanz. Wobei körperliche Anstrengung Don Rosario ohnehin zum Schwitzen brachte. Besonders an so warmen Tagen wie heute.

»Schon gut, Antonio. Ich glaube, ich schaffe das selbst«, gab sich Don Rosario irgendwann geschlagen und zwang sich ohne Hilfe in das Gewand.

Antonio beobachtete den Priester eine Weile lang, bis er sich tatsächlich angezogen hatte.

»Geschafft«, ächzte Don Rosario. »Vielleicht sollte ich demnächst mal nach neuen Kaseln Ausschau halten!«, murmelte er dann mehr zu sich selbst.

Antonio nickte. Obwohl er leider wusste, dass das nicht so bald passieren würde. Denn sein Boss sagte das jedes Mal, wenn er sich für die Messe vorbereitete. Neue Kaseln hatte Antonio aber noch nicht gesehen.

»Na, dann lass uns mal die Messe starten!«, verkündete Don Rosario entschlossen und drehte sich halb um, als es leise an der Tür klopfte.

Fragend schaute er seinen Messner an. Antonio zuckte nur mit den Achseln, wollte Don Rosario aber unbedingt noch sagen, dass sein Haar ganz unordentlich abstand.

Dieser aber ging schon zur Tür und öffnete.

»Elide. Ich habe vorhin schon nach dir gesucht, weil ich dir noch für deinen Einsatz danken wollte.«

Elide hob abwehrend die Hand.

»Da gibt es nichts zu danken, Don Rosario. Aber kann ich Sie vor der Messe noch ganz kurz sprechen?«

Don Rosario blickte sie abwägend an, nickte dann aber nur.

»Antonio, geh du doch bitte schon einmal voraus und prüfe, ob das Mikrophon am Altar heute ausnahmsweise ohne Rauschen funktioniert.«

Antonio ging, etwas widerwillig. Nicht weil er gerne gelauscht hätte, nein. Sondern weil er es nicht geschafft hatte, Don Rosario diese Sache mit seinem Haar noch zu sagen. Und Antonio wusste, wie sehr der Priester ordentliches Haar liebte.

Die Messe begann mit einigen Minuten Verspätung. Zum ersten Mal, seit Don Rosario Priester war, fehlte das fröhliche Glockengeläut zu Beginn. Und zum ersten Mal überhaupt gewann Raffaele später beim Kartenspielen gegen Don Rosario. Doch mit seiner Predigt hatte der Priester sich dafür heute selbst übertroffen. Er hatte über den Abschied gesprochen. Über seine traurigen und über seine fröhlichen Aspekte. Über das, was man beim Abschied zurücklässt, und darüber, was man auf der anderen Seite finden kann.

»Ihr zwei … ihr seid wie ein leuchtender Stern, der vom Himmel ins Meer gefallen und in zwei Stücke auseinandergebrochen ist.«

Zwei Mädchen, ein vertrauter Blick. Und dann solidarisches Kichern.

Der weise Mann, der auf dem umgedrehten Boot am Strand sitzt und sein Netz nach Löchern durchsieht, vertraut den Sternen.

Kein anderer hat die Freundschaft zwischen Pia und Tiziana jemals besser beschrieben.

Kapitel 3

Camerota, Mitte September
nachmittags

Pia wischte sich den Schweiß von der Stirn. Zu heiß. Viel zu heiß. Und Hitze konnte Pia nicht leiden. Hitze machte alles schwieriger, mühsamer. Selbst die gewohnten Handgriffe in der Küche. Eigentlich liebte Pia den September – gerade, weil es nach dem Hochsommer allmählich frischer wurde. Aber auf die Jahreszeiten war offenbar kein Verlass mehr. Im August hatte es unentwegt geschüttet, und der September wollte das wohl wiedergutmachen.

»Maaaaaaaaaa!«

Pia schreckte hoch.

Dio santo! Es war unschön, das zuzugeben. Aber die Stimme hatte Miriana, ihre jüngste Tochter, von der Großmutter geerbt. Selbst wenn Miriana aus dem ersten Stock rief, hörte man jedes Wort klar und deutlich. Darin glich sie *nonna* Sandrina. Zum Glück nur darin …

»Jaahaaa!«, rief Pia zurück und schnippelte weiter. Sie hatte hier ein Abendessen vorzubereiten, das die Welt – oder zumindest die *famiglia* Moscato – noch nie gesehen hatte!

»Kommst du maaaaal?«

Nein. So würde das nichts werden mit dem besten Abendessen überhaupt.

»Kann nicht!«, versuchte sie Miriana abzuwimmeln.

»Biiiiiiiitte. Bitte, bitte, bitte!«

Pia ließ die Hände sinken, schaute auf das Gemüse auf dem Schneidebrett und gab sich geschlagen. Miriana bekam ohnehin immer ihren Willen.

Sorgfältig wusch sich Pia die Hände, trocknete sich am Küchentuch ab und verließ resigniert die Küche. Sie stieg die Stufen hoch und begab sich in Mirianas Zimmer. Wo sie fast der Schlag traf.

Wortlos betrachtete sie die Klamotten, die quer verteilt im Zimmer herumlagen. Es handelte sich um Kleidung, die sie aufgesammelt, in die Waschmaschine gesteckt, zum Trocknen aufgehängt, wieder eingesammelt, gebügelt und dann in Mirianas Schrank gelegt hatte. Und es störte sie, wie respektlos ihre Tochter damit umging. Pia holte tief Luft. Beruhigte sich irgendwie selbst. Und schluckte ganz böse Worte stoisch herunter. Heute musste sie – wieder einmal – verständnisvoll sein. Schließlich war das ein ganz besonderer Tag für Miriana.

»Ma, sag mal, macht diese Hose einen dicken Hintern?«

Miriana stand vor ihrem Ganzkörperspiegel und verrenkte sich angestrengt, um sich die Frage selbst zu beantworten. Anscheinend war sie zu keiner eindeutigen Antwort gekommen.

Pia fuhr sich durchs Haar. Konnte kaum glauben, dass sie wegen einer derartigen Lappalie ihr Essen auf dem Herd im Stich gelassen hatte. Sie wusste auch ohne hinzusehen, dass Mirianas Hintern, vor allem in diesen hautengen Hosen, geradezu winzig war. Eine wütende Stimme in Pias Kopf drängte sie, Mirianas Befürchtungen zu bestätigen. Einfach mal so, um deren Reaktion zu testen. Aber da war noch eine zweite, liebevolle Stimme. Sie versicherte Pia, dass sie eine ganz hervorragende Mutter war, die genau wusste, was ihre Kinder brauchten. In diesem Fall Zuspruch.

»Nicht die Spur. Ganz im Gegenteil finde ich, dass die Hose deine Beine länger wirken lässt!«

»Echt?«

Miriana stellte sich endlich wieder gerade vor den Spiegel. Betrachtete ihre Beine ganz genau. Strahlte dann.

»Hast recht! Ma, die nehme ich mit!«

Hurra. Kleine Erfolge lieber Mütter!

»Bist du dann bald fertig?«

»Ähm … fast.«

Hm. Das konnte man glauben. Oder auch nicht. Pia veranstaltete einen Slalom rund um die Klamotten-Stapel und wagte einen Blick in Mirianas Koffer, der auf dem Bett lag.

Leer.

»Mensch, Miri. Was hast du den ganzen Morgen über gemacht?!«

»Ja, Ma, ich muss die Sachen schon anprobieren, bevor ich sie einpacke.«

»Das kann doch nicht Stunden dauern!«

Miriana zog die Schultern hoch. Ihr war das offensichtlich vollkommen egal. Also kratzte Pia nochmal die winzigen Reste ihrer Geduld zusammen und wies Miriana freundlich auf ein paar Dinge hin.

»Dein Zug geht morgen sehr früh. Bald kommt Tiziana, um dir die Haare zu machen, und danach werden wir bis spät abends volles Haus haben. Irgendwann dazwischen könnte ich auch ein bisschen Hilfe gebrauchen. Wann genau gedenkst du, das mit dem Koffer zu regeln?«

»Irgendwann halt!«

Jetzt war Miriana es, die genervt war.

Und wieder hielt Pia sich zurück. Sie wusste sowieso, dass ihre Tochter recht behalten würde. Sie würde das schon irgendwie hinbekommen. Junge Leute bekamen immer alles hin. Auch ohne Planung.

Sie dagegen, die dieses Abendessen schon seit Wochen plante, drohte zu scheitern. Ja, weil das alles gar nicht so einfach war. Eigentlich hatte sie nämlich ein Fisch-Menü zusammengestellt. Aber Fisch aß *nonno* Mario nicht. Der liebte Schweinefleisch. Schweinefleisch durfte er aber nicht essen. Also hatte Pia ihm Pute gekauft und bis zur Unkenntlichkeit geschmort. Vielleicht konnte sie ihm ja weismachen, dass es Schweinefleisch war. Und *nonna* Sandrina, die mochte alles, was aus dem Meer kam. Fisch und Schalentiere. Nur ohne Gräten. Und nicht zu weich. Und um Gottes willen nichts, das an Schnecken erinnerte. Was die Auswahl natürlich ziemlich einschränkte. Zum Glück hatte Ermanno abgesagt. Zu viel los im Restaurant, hatte ihr Schwager behauptet. Was Pia ganz recht war. Bei ihm fühlte sie sich immer unter die Lupe genommen. Ermanno war der Meinung, dass niemand an seine Kochkünste herankam. Sollte er ruhig in dem Glauben sterben. Am besten gleich demnächst.

»Ma, an deiner Stelle würde ich mich beeilen«, wurde sie von Miriana plötzlich aus ihren Gedanken gerissen.

Das auch noch! Ihre Tochter glaubte, sie belehren zu können.

»Ja, da hast du recht! Brauchst du hier noch irgendwas?«

»Nee.«

»Gut. Beeil du dich jetzt aber auch!«

»Klar!«

Pia ging. Sie konzentrierte ihre Gedanken wieder voll auf die nächsten Handgriffe in der Küche, hatte aber noch nicht einmal die Treppe erreicht, als Miriana sie erneut rief.

»Maaaaaaaaaa! Kommst du mal kurz?«

Treppensteigen bereitete Don Rosario große Mühe. Aber der einzig brauchbare Laden in Camerota war nur über diese steile, viel zu enge Treppe zu erreichen, die auch noch, zugegeben spektakulär, über einem Abgrund hing. *Arte Camerotana.* So hieß der Laden. Ein Wortspiel, das man Ninetta eigentlich gar nicht zugetraut hätte. Aus *Arte Contemporanea*, also zeitgenössischer Kunst, hatte sie einfach camerotanische Kunst gemacht. Schön! Dem Aufstieg konnte Don Rosario jedoch trotzdem nichts Schönes abgewinnen. Er schnaufte. Und stand erst einmal vor verschlossener Tür. Sonntags sperrte Ninetta, die quirlige Ladenbesitzerin, natürlich nicht auf. Aber Don Rosario wusste, dass er nur einmal klingeln brauchte. Ninetta wohnte ja direkt über dem Geschäft und war mehr als gewillt, auch außerhalb der Öffnungszeiten camerotanische Kunstwerke zu verkaufen.

Er drückte auf den Klingelknopf, hörte es aus dem oberen Stockwerk rumoren.

»*Chi è*? Wer ist da?«

Ninetta schaute zum Fenster heraus. Sie hatte Lockenwickler auf. Beim letzten Mal hatte sie eine grüne Gesichtsmaske getragen. Diese Variante fand Don Rosario definitiv weniger beunruhigend.

»Don Rosario.«

»Oh. *Buongiorno*. Brauchen Sie was aus dem *negozio*?«

»Ja.«

»Was denn?«

Typisch Ninetta. Statt direkt herunterzukommen, zog sie es vor, das Gespräch weiter von Fenster zu Ladentür fortzuführen – damit die Nachbarn auch ja mitbekamen, dass sie Kundschaft hatte. Don Rosario fand das anstrengend, so stupide in die Luft zu schauen. Und er fand Dinge wie Privatsphäre gar nicht mal so verkehrt. Daher gab er ihr mit einer Handbewegung zu verstehen, dass sie herunterkommen sollte. Ninetta verstand. Und war nur wenig später bei ihm. Passend zu den Lockenwicklern trug sie einen Morgenmantel. Wortlos sperrte sie auf. Der Schlüsselbund schlug dabei ein paarmal heftig gegen das Glas der Ladentür. Zielsicher griff sie dann zum Lichtschalter. Don Rosario schlug Lavendelduft entgegen. Er vermutete, dass der von den selbstgenähten Säckchen ausging, die er gleich rechts vom Eingang entdeckte.

»Kann ich Ihnen helfen?«

Don Rosario nickte.

»Ich brauche etwas für Miriana. Pias Tochter. Und für Pia auch.«

Das fügte Don Rosario ganz spontan hinzu. Es gehörte sich so, dass man der Hausherrin etwas mitbrachte. Das hatte seine *mamma* ihm beigebracht, Gott hab sie selig. Außerdem war er sich ziemlich sicher, dass Pia nicht oft beschenkt wurde. Ihr eine kleine Freude zu bereiten konnte also gar nicht verkehrt sein.

»An was hätten Sie denn gedacht? Einen netten Kugelschreiber vielleicht? Miriana geht doch jetzt zur Universität, nicht?«

Ohne eine Antwort abzuwarten, hatte Ninetta ihm bereits diverse Kugelschreiber auf den Ladentisch gelegt. Sie sahen alle hübsch aus. Einer mit bunten Glasapplikationen gefiel ihm besonders. Er hob ihn hoch.

»Den hat Loredana gemacht. Die Tochter von Sasà.«

Die kannte Don Rosario natürlich. Und einmal mehr musste er zugeben, dass er Ninettas Idee, jungen Künstlern und Handwerkern aus dem Ort in ihrem Geschäft die Möglichkeit zum Verkauf zu bieten, mehr als lobenswert fand.

»Den nehme ich«, informierte er Ninetta.

»Gute Wahl. Und für Pia?«

Tja. Für Pia … Wenn er an sie dachte, hatte er nur angenehme Assoziationen. Sie war umgänglich, stets freundlich. Meistens lächelte sie. Vermutlich ganz unbewusst. Trotzdem konnte er ihr stürmisches Wesen unter der Oberfläche erahnen. Und gerade dieser Kontrast machte sie so interessant.

»Wie wäre es mit einem bestickten Küchentuch?«, schlug Ninetta vor und legte das gute Stück bereits auf den Ladentisch.

Don Rosario sah etwas genauer hin, obwohl er mit Haushaltswaren wirklich nichts am Hut hatte.

Fische? Ja. Er konnte Fische auf dem Stoff identifizieren. Und gestickte Seesterne. Sofort nickte er begeistert. Mit Fischen konnte man bei Pia nichts falsch machen.

Endlich kam Pia dazu, die Goldbrassen auszunehmen, die sie später ganz leicht gewürzt in den Ofen schieben wollte. Ihr Blick fiel fast entschuldigend auf das Goldfischglas, das inzwischen schon seit fast zwei Jahren bei ihr auf dem Küchenschränkchen stand. Früher hatte da ein Fernseher gestanden. Als Pia aber gemerkt hatte, dass der Fernseher wichtiger geworden war als jegliche Art von Konversation, hatte sie das Gerät wortlos entsorgt und somit Platz für Alberto geschaffen.

»Schau lieber nicht hin, Albi«, riet sie dem Goldfisch.

Alberto aber klebte unbeirrt am Glas und schaute, wie es Pia schien, weiter vorwurfsvoll auf die grausame Szene. Was aber auch daran liegen konnte, dass sie ihn noch nicht gefüttert hatte.

Als Pia bis zum Hals in Fischeingeweiden steckte, klingelte es an der Tür.

»*Porca miseria*!«, entfuhr es ihr. Erleichtert stellte sie fest, dass nur Alberto sie gehört hatte. Das mit dem Fluchen musste sie dringend mal in den Griff bekommen.

»Mirianaaaaa. Es hat geklingelt.«

Schweigen.

Wieder Klingeln.

»Mirianaaaaaaaaaaaaaaa!«

Schweigen.

Pia fluchte erneut. Dieses Mal still. Wusch sich die Hände und eilte zur Eingangstür.

»*Ciao, bella*! Igitt, du stinkst nach Fischkacke!«

»Jaja. Freu mich auch, dich zu sehen.«

»Fantastisch. Schon vor dem Abendessen gestresst. Entspann dich. Stress macht Falten, Pialein!«

Pia unterdrückte ein Seufzen und ließ ihre irritierend gut gelaunte Freundin Tiziana dann wortlos herein. Tiziana stellte ihre Tasche mit dem Friseurs-Handwerkszeug im Eingangsbereich ab und folgte Pia in die Küche.

Ganz automatisch machte sich Pia daran, den Mokka-Kocher zu füllen. *Caffè* mit Tiziana war Tradition. Die Art von Tradition, die sogar knapp vor dem Weltuntergang noch stattfinden würde.

Tiziana ließ sich auf ihrem Lieblingsplatz nieder. Eckbank, gleich unter dem Fenster.

Eigentlich, dachte Pia, passte ihre Freundin mit dieser lässigen, mediterranen Perfektion so gar nicht in die inzwischen veraltete und biedere Küche. Aber irgendwie eben doch. Das war eines von Tizianas Talenten: Sie passte. Und schwieg auch erst einmal. Wusste, wann ihr Gegenüber einen Moment Ruhe brauchte, um wieder runterzukommen.

Pia war mit dem Kaffee so weit, kämpfte noch ein bisschen mit der viel zu langen Schürze und balancierte ein kleines Tablett, auf das gerade zwei Espresso-Tässchen passten. Altmodische Espresso-Tässchen. Hochzeitsgeschenke. Die sie einfach nicht wegwerfen konnte. Das brachte sie nicht übers Herz.

»Ich glaube, ich habe mir mal wieder zu viel vorgenommen«, gestand Pia müde und setzte sich zu ihrer Freundin.

»Wie immer halt«, stellte Tiziana mit einem Schulterzucken fest.

»Stimmt.«

»Und wie immer wirst du das Familienessen mit Bravour meistern.«

»Meinst du?«

»Das meine ich nicht nur, das weiß ich. Wie lang kennen wir uns schon?«

Pia überlegte.

»Über 30 Jahre?«

»*Merda*. So lange schon?«, tat Tiziana schockiert.

»Ich fürchte, ja«, grinste Pia.

»Na, jedenfalls, habe ich in diesen über 30 Jahren – was ich definitiv für ein Gerücht halte – bestimmt schon 3000 Mal bei dir gegessen. Und du kannst mir glauben, es hat jedes Mal ganz hervorragend geschmeckt.«

Tiziana unterstrich ihre Worte, indem sie mit der perfekt manikürten Hand immer wieder auf den Tisch schlug. Dann lehnte sie sich vor, was ihre wohlgeformten Brüste aufs Schönste zur Geltung brachte.

»Und du kannst mir glauben, Pia, dafür bewundere und respektiere ich dich.«

»Ach, Unsinn«, wiegelte Pia ab und nahm den ersten Schluck Kaffee.

»Wieso Unsinn? Ich könnte das bestimmt nicht. Habe ja schon Schwierigkeiten, ein Brot ordentlich zu belegen.«

Theatralisch mimte Tiziana ihre unbeholfene Art beim Kochen.

Endlich lachte Pia.

»Danke, Tiziana.«

»Wofür denn?«

»Du weißt schon. Weil du immer da bist und auch immer weißt, was ich brauche.«

»Das gilt doch auch umgekehrt, Pialein. In der schwersten Zeit meines Lebens hast du mich gefüttert, gewaschen, mir sogar den Hintern geputzt. Was ich für dich tue, ist nichts dagegen!«

Pia verstand natürlich, auf welche Zeit ihre Freundin anspielte. Knapp zwei Jahre nach ihrer Hochzeit hatte Tiziana ihren Ehemann auf tragische Weise verloren. Pia hatte ihr damals wieder auf die Beine geholfen. Und das, obwohl sie selbst wahrlich genug zu tun gehabt hatte mit ihrem kleinen Clemente.

Pia nahm Tizianas Hand. Sie wusste, dass Tiziana nach all den Jahren noch immer an ihren Mann dachte. Sie hatten sich sehr geliebt. Und bisher hatte kein anderer den leeren Platz einnehmen können.

Aber um gar nicht erst traurige Gedanken aufkommen zu lassen, versuchte sie es mit einem Witz: »Na, vielleicht wirst auch du mir eines Tages den Hintern putzen müssen.«

Tatsächlich lachte Tiziana laut.

»Nichts für ungut, Pialein, aber lass uns lieber darauf hinarbeiten, dass wir ins selbe Altersheim kommen. Eins mit einem knackigen Pfleger, ja?«

»Hand drauf!«

»Das ist ein Wort!«

Fast zeitgleich hoben die zwei Freundinnen ihre Tassen und stießen an. Lachten daraufhin wie Hühner. So lange, bis Miriana auftauchte.

»Hey, ist ja fein, dass ihr euch hier so toll amüsiert. Aber ich habe nicht den ganzen Tag Zeit.«

Demonstrativ zeigte Miriana auf ihre Armbanduhr.

Pia und Tiziana tauschten einen einvernehmlichen Blick. Tiziana zwinkerte, erhob sich.

»Na dann wollen wir mal, Miri.«

»Aber mach sie nicht zu wild, ja?«, rief Pia ihrer Freundin noch zu, bevor sie die Küche verlassen konnte. Sie blickte den beiden nach und sah dabei der Schmetterlingsapplikation auf Mirianas Shirt hinterher. Das hübsche Oberteil hatte sie ihrer Tochter auf dem Markt gekauft. Und Miriana hatte es – oh Wunder! – auch tatsächlich gerne angenommen, trug es sogar ausgesprochen oft.

Eine optische Täuschung gaukelte Pia kurz vor, dass der Schmetterling aufgeregt mit den Flügeln flatterte. Dabei war es nur Miriana, die beim Gehen auch ihren Oberkörper nicht still halten konnte. Das Bild des bunten, frei herumfliegenden Schmetterlings prägte sich Pia auf unerklärliche Weise ein.

Sie stand mit einem Seufzer auf, guckte zu Alberto hin.

»Flügel hätten wir auch gern, was, Albi?«

»Wie sehe ich aus, Claudio?«

Der ältere Herr geht ein paar Schritte zurück, sieht sich Marcello ganz genau an.

»Jung. Frisch. Anders, irgendwie.«

Die Antwort scheint Marcello zu freuen, denn er klopft sich voller Energie auf das Bein.

»So fühle ich mich auch! Pias direkte, ungezwungene Art ist wie eine Medizin. Eine verjüngende Medizin.«

»Eine Hand wäscht die andere, *Signor* Marcello?«

»Genau, Claudio. Das ist der Punkt.«

Kapitel 4

Rom, Mitte Oktober

Selbst als ihr wilder Herzschlag sich langsam beruhigt hatte, starrte Pia noch immer auf den Inhalt des Schächtelchens. Sie hielt sich eine Hand auf den Mund, um nicht vor Begeisterung und Überraschung zu kreischen, und konnte dabei nicht leugnen, dass sie sich freute wie ein kleines Mädchen zu Weihnachten.

Die Schmetterlingsbrosche!

Pia hatte sie bei dem Goldschmied, zu dem er unbedingt hatte gehen wollen, sofort bemerkt. Nicht zuletzt wegen der filigran verarbeiteten Flügel. Dennoch hatte sie sich angestrengt, nicht zu direkt hinzusehen. Inzwischen kannte sie ihn gut genug, um zu wissen, dass er sie immer genau beobachtete und die kleinen Aufmerksamkeiten zum Frühstück gezielt nach ihrem Geschmack aussuchte. Bei der Brosche jedoch hatte sie sich zurückgehalten. Das Schmuckstück war zu wertvoll, um als einfache Geste abgetan zu werden. Und er hatte sie trotzdem gekauft. Was irgendwie alles zu ändern drohte. Auf verwirrende Weise.

Pia schob ihre verworrenen Gedanken zur Seite und nahm das Kuvert zur Hand, um sich abzulenken.

Pia,

der Schmetterling ist wie du.
Deshalb sollte ihn keine Andere haben.
Lass nicht zu, dass deine wunderschönen Flügel unbenutzt bleiben!
Mittagessen im »Roma nuda«.
Treffpunkt 12:30 an der Rezeption.

Marcello

Tja, dachte Pia. Ablenkung brachten Marcellos Worte nicht. Sie schaute so lange darauf, bis die Buchstaben anfingen, vor ihren Augen zu tanzen. Erst als sie das schwere Papier endlich beiseitelegte, merkte sie, dass ein leichter, warmer Wind aufgekommen war. Sie stellte ihre leergetrunkene Tasse auf das Papier und nahm stattdessen die Schmuckschachtel zur Hand. Vorsichtig holte sie den Schmetterling heraus. Obwohl er zart verarbeitet war, schien er jetzt Tonnen zu wiegen. Denn hartnäckig hielt sich der Gedanke, dass mit diesem Geschenk alles anders werden würde. Nur wie genau, das konnte Pia noch nicht sagen.

Der Aufzug, an dem sie sowieso nur vorbeilief, schloss sich lautlos. Pia fand, dass so ein modernes Hilfsmittel gar nicht in das wundervolle antike Hotelgebäude passte. Marcello neckte sie deshalb und behauptete, dass Platzangst dahintersteckte, trotz ihrer gegenteiligen Beteuerungen.

»Du gehst aus Protest sechs Stockwerke hoch und runter? Aus Respekt vor dem alten Gemäuer?«, hatte er schmunzelnd gefragt, als er sie zum ersten Mal beim Treppensteigen erwischt hatte.

»So kann man das auch sagen!«

»Glaube ich dir nicht.«

»Wieso nicht?«

»Pia, sechs Stockwerke geht kein Mensch freiwillig zu Fuß. Erst recht nicht aus Idealismus.«

»Ich schon!«

Daraufhin hatte er lachend die Hände erhoben und sich zunächst geschlagen gegeben.

Das war auch eine Sache, die sie so gerne an Marcello mochte. Sie brachte ihn zum Lachen. Sehr häufig sogar. Und es fühlte sich verdammt gut an. Vor allem, weil zu Hause selten jemand mit ihr lachte. Vielleicht ihr Goldfisch Alberto. Aber der zählte nicht richtig.

Als Pia den Eingangsbereich des Hotels erreichte, wurde sie erneut von andächtigem Staunen ergriffen. Sie hatte wirklich Schwierigkeiten, sich an die ganze Pracht zu gewöhnen. Am meisten beeindruckten sie noch immer die großen, stets mit frischen Schnittblumen gefüllten Vasen. Das Hotel lag gleich am Marktplatz Campo de' Fiori, wo unter anderem herrliche Blumen in allen Formen und Farben angeboten wurden. Vielleicht wurde die farbige Pracht direkt dort jeden Morgen frisch gekauft, überlegte Pia. In der Empfangshalle hatten die bunten Sträuße die Wirkung eines stillen Farbfeuerwerks. Ein richtiger Blickfang, an dem Pia auch diesmal wieder hängen blieb. Der betörende Duft erreichte sie trotz der Entfernung.

Marcello war nirgends zu sehen. Ihre Armbanduhr verriet ihr, dass sie pünktlich war. Sicher war er beschäftigt. Und ihr war ohnehin nach Luftschnappen. Deshalb verließ sie das Foyer, stemmte sich gegen die schwere Glastür und ging ins Freie. Die Stimmen vom Marktplatz drangen bis an ihr Ohr. Es war ein schöner Tag, sommerlich warm, obwohl es bereits Oktober war. Pia beobachtete ihre Fußspitzen und spürte, dass Marcello kam, noch bevor er ihren Namen aussprach. Hatte er sie vielleicht beobachtet?

»Pia!«

Sie drehte sich ihm zu.

»*Buongiorno.*«

»*Buongiorno.* Na, hast du Hunger mitgebracht?«

»Leider ja. Ich sollte wirklich nicht so viel essen.«

»Unsinn.«

»Du trägst heute Jeans?«, rutschte es ihr heraus.

Sie kannte Marcello nur im Anzug. Ihn leger gekleidet zu sehen brachte sie irgendwie aus dem Konzept.

»Ja. Ich hatte viel zu lang keine mehr an.« Marcello blickte an sich herunter.

»Dann bin ich wohl jetzt ganz deutlich zu fein gekleidet.«

Pia zeigte auf ihre neue Bluse. Tiziana mit ihrem ganz speziellen Mode-Geschmack hätte sie für diesen Kauf sicher gelobt.

»Ach was! Du siehst fantastisch aus.«

»Danke.«

»Nichts zu danken. Ist nur die Wahrheit. Wollen wir los?«

»Gerne.«

Marcello hielt ihr den Arm hin, und Pia hakte sich ein. Es fühlte sich gut und vertraut an.

»Durch den Markt oder außen rum?«

»Du stellst Fragen! Mittendurch!«

Pia liebte den Campo de' Fiori mit seinen bunten Marktständen unter den großen weißen Sonnenschirmen. Dass sie sich dabei an Touristen vorbeischieben mussten, machte ihr gar nichts aus. Sie war ja auch eine Touristin, selbst wenn sie das immer häufiger vergaß.

»Sag mal, hat dich schon mal ein Gast auf eine Taube angesprochen?«

Pia musste das jetzt einfach wissen. Selbst auf die Gefahr hin, dass Marcello sie für verrückt hielt. Außerdem konnte und wollte sie nicht gleich über den Schmetterling sprechen.

Marcello lachte, blieb kurz stehen.

»Und ob. Sie ist der Grund, warum die Gäste meist schon nach einem Tag in ein anderes Zimmer ziehen wollen.«

»Tatsächlich? Es gibt Leute, die das Gurren am Morgen stört?«

»Lies dir mal bei Gelegenheit unsere Rezensionen durch …«

»Dein Hotel kann unmöglich schlechte Rezensionen haben. Und schon gar nicht wegen einer Taube!«

»Ich glaube, dir ist nicht klar, wie anspruchsvoll Menschen sein können.«

Doch. Eigentlich schon. Aber dieser Gedanke würde zu weit führen. Deshalb konzentrierte Pia sich lieber auf ein unverfängliches Thema.

»Wieso versteckt sich die Taube immer?«

»Weil ich sie sonst eigenhändig umbringen würde.«

Marcello amüsierte sein eigener Kommentar sehr. Pia hingegen weniger. Sie mochte die Taube. Unbekannterweise.

»Das kannst du nicht machen! Versprich mir, dass du sie nicht anrührst.«

»Bleibt mir ja nichts anderes übrig. Sie ist viel schlauer als ich.«

Damit gab sich Pia erst einmal zufrieden.

»Wo gehen wir eigentlich hin?«

»Über die Via dei Cappellari in die Via Giulia.«

»Ist das die mit dem Torbogen?«

»Genau. Du lernst schnell, Pia!«

»Können wir dann auch kurz noch einmal an dem Brunnen mit der Maske halten?«

»Wo immer du willst!«

»Wieso hört man denn hier den Tiber nicht?«, überlegte Pia laut. Marcello hatte ihr erzählt, dass der Fluss ganz in der Nähe floss. Jenseits der dicken Steinmauer, die dem Mascherone-Brunnen als Hintergrund diente. Und Pia konnte einfach nicht genug bekommen von diesen ganz speziellen Details, die ihr Rom so viel vertrauter erscheinen ließen.

Marcello hob die Achseln, fuhr sich in seiner gewohnt lässigen Geste durch das dichte silbern schimmernde Haar.

»Hier an dieser Stelle fließt er einfach ganz ruhig. Es hat auch lange nicht geregnet, also ist der Wasserstand eher niedrig. Zu dieser Tageszeit kommen dann noch die ganz normalen Alltagsgeräusche dazu, die das leise Tiber-Rauschen wohl übertönen.«

Klang logisch.

Pia konzentrierte sich wieder auf das Gesicht, das auch als Maske durchgehen konnte und aus dessen Mund das Wasser floss. Es fiel plätschernd in einen kleinen Brunnen.

»Du magst diesen Brunnen wirklich, hm?«

»Du nicht?«, fragte sie verwundert.

»Oh, in Geschmacksfragen bin ich sehr offen: Alles, was dir gefällt, gefällt mir auch.«

Pia war sich ziemlich sicher, dass das nicht stimmte, wurde aber trotzdem kurz verlegen und versuchte, ihre Anspannung mit einem Witz zu überspielen: »Wobei … also etwas von einer Badewanne hat der Brunnen ja schon.«

»Eine Badewanne? Deine Fantasie kennt keine Grenzen …«, entgegnete Marcello. Er lächelte charmant. Und sah dabei richtig, richtig gut aus. Pia schaute lieber weg.

»Badewanne oder nicht. Ich finde Brunnen romantisch. Und dieses Gesicht finde ich geheimnisvoll.«

Pia zeigte wieder auf die Maske.

Marcello täuschte Interesse vor, ging ein paar Schritte näher ran, drehte sich dann zu Pia hin. Sein Gesicht war zu einer Grimasse verzogen. Er versuchte wohl die Maske zu imitieren. Pia rollte in gespielter Verzweiflung mit den Augen.

»Männer …«, bemerkte sie einfach nur trocken und zog Marcello vom Brunnen weg.

Eine Weile lang gingen sie schweigend nebeneinanderher. Pia schaute auf den mit Pflasterstein ausgelegten Weg, bis sie die Via Giulia erreichten. Hier änderte sich die Atmosphäre: Die Gasse wurde etwas breiter, die Menschen etwas leiser. *Snobs* hatte Marcello sie vor ein paar Tagen genannt, bei ihrem ersten Besuch hier. Pia hatte keines der Restaurants der Gasse besonders gut in Erinnerung behalten. Vielleicht hatte sie auch nicht gut genug hingesehen.

Als Marcello letztendlich hielt, wunderte sie sich, dass sie die Eingangstür nicht schon beim letzten Mal bemerkt hatte.

Sie betraten das Restaurant. Pia blieb im Eingangsbereich stehen, wo eine Glasvitrine ihre Aufmerksamkeit auf sich zog. Fisch. So frisch, dass er sich noch zu bewegen schien. Pia ertappte sich dabei, bei diesem Anblick eine Art Nostalgie zu empfinden. Sehnsucht nach ihrem *papà* und ihrem *nonno*, die vom

Fischfang gelebt hatten. Sehnsucht nach ihrer Kindheit. Sehnsucht nach der jungen Pia. Aber das Gefühl hielt nicht lange an.

»*Buongiorno, Signori.*«

Ein junger Kellner kam ihnen schwungvoll entgegen. Sein römischer Akzent machte ihn gleich noch sympathischer. Er hatte die Handflächen aneinandergelegt, rieb sie und wartete ab. Wippte dabei leicht vor und zurück. Schlicht gekleidet. Das Raffinierteste an ihm war seine Frisur. Elvis ließ ganz deutlich grüßen.

»*Buongiorno*. Ein Tisch für zwei«, bat Marcello.

»Möchten Sie drinnen oder draußen sitzen?«

Pia hatte keine Terrasse gesehen. War aber spontan von der Idee begeistert.

»Terrasse?«, fragte auch Marcello Pia.

»Sehr gerne!«

»*Va benissimo*. Wollen Sie sich vielleicht hier schon Ihr Essen aussuchen?«, fragte der Kellner nun und zeigte mit seinen Händen fast stolz auf den Fisch. Seine Haare bewegten sich nicht mit. Keinen Millimeter.

»Hauptsache frisch«, gab Marcello sich zufrieden.

Und der Kellner nickte, als hätte er nichts anderes erwartet.

»Und die *Signora*?«

Pia war da schon etwas wählerischer. Austern, Hummer, Herzmuscheln. Die interessierten sie weniger. Sie war ein echter Tintenfisch-Fan. Entdeckte auch ein paar sehr schöne Exemplare.

»Für mich die hier, bitte!«

Sie zeigte direkt drauf.

»Tintenfisch. Sehr gerne. Frittiert?«

»Nein. Bitte nicht.«

Frittierte Tintenfischringe. Das konnte ja jeder.

»*Va bene*. Ich werde Ughetto, unseren Chefkoch, um eine ganz besondere Kreation für Sie bitten, ja?«

»Das wäre wirklich toll!«

»So, dann folgen Sie mir doch bitte!«

Der junge Mann ging ihnen voraus, direkt durch einen gut besuchten Speisesaal. Je weiter sie sich in die Tiefen des Restaurants hineinbegaben, desto dunkler wurde es. Wahrscheinlich lag das an den alten Steinmauern. Sicher auch an der dezenten Beleuchtung. Pia entdeckte diverse Bilder des Sängers Franco Califano. Wenn ihre Erinnerung sie nicht täuschte, so hatte er den Song *Roma nuda* geschrieben. Und so hieß dieses Restaurant ja. Ob es wohl einst dem Sänger gehört hatte?

Die Terrasse überraschte Pia. Sie war wunderschön und befand sich in einem Innenhof. Rund herum Hauswände. Jede in einer anderen Farbe. Über ihnen ein Stück römischer Himmel. Pia nickte. Wieder einmal verstand sie, warum diese Stadt auch *Roma Romantica* genannt wurde. Was sie Marcello lieber nicht sagte.

Er rückte ihr den Stuhl zurecht und ging erst dann um den Tisch herum, um sich ebenfalls zu setzen. »Magst du es hier?«

»Sehr. Du hast ein richtiges Talent, immer wieder ganz tolle Plätzchen auszusuchen.«

Ob er wohl oft mit Frauen hier war?

Blöder Gedanke. Pia wischte ihn sofort weg. Das tat nun wirklich nichts zur Sache.

»Danke. Freut mich, wenn es dir gefällt!«

»Sag mal, warum gibt es eigentlich so viele Lieder über Rom?«, fragte sie hastig. Sie musste weg von dem Thema Frauen. Und Franco Califano mit seinem *Roma nuda*, das war ja wohl ein Thema, das hierher passte.

»Weil Rom die schönste Stadt der Welt ist. Zusätzlich zu seinen unzähligen Sehenswürdigkeiten bietet Rom noch viel mehr. Da ist der römische Himmel. Die Sonnenuntergänge. Der Tiber. Roms Vergangenheit, Roms Zukunft. Alles zusammen, verstehst du? Es gibt keine andere Stadt, die sich die Ewige Stadt nennen kann«, erzählte er lebhaft gestikulierend und mit diesem ganz speziellen Leuchten in den Augen, das er nur für sein Rom reserviert zu haben schien.

Pia nickte wieder. Sie brauchte nur kurz an ihre Dachterrasse zu denken, um genau zu begreifen, was Marcello meinte.

Wie es sich wohl anfühlen mochte, in dieser Stadt zu leben? So richtig? Für immer?

Pasquale schlägt wiederholt mit der Hacke auf dieselbe Stelle. Die Erde ist steinhart. Er überlegt, dass es an ein Wunder grenzt, wie viel dieses Land dennoch hergibt. »Das ist dein Verdienst«, suggeriert ihm eine innere Stimme. Und Pasquale ist ein bisschen stolz darauf.

Der Schweiß rinnt ihm über das Gesicht. Er hält inne. Wischt sich mit dem Arm über die Stirn. Sein Blick schweift in die Ferne. Am Horizont erblickt er das Meer. Heute glitzert es in der Sonne. Genau wie Pias Augen manchmal. Aber sie weiß das nicht. Vielleicht sollte er ihr das mal sagen.

»Bringst du Blumen mit?«

Damit hat sie sich am Morgen von ihm verabschiedet.

Die Blumen, ja.

Die darf er absolut nicht vergessen.

Kapitel 5

Camerota, Mitte September

Verdammt!

Pia schlug sich an die Stirn.

Verdammt, verdammt, verdammt!

Wie hatte sie nur schon wieder vergessen können, den Wein kalt zu stellen?

Immer wieder nahm sie sich vor, diese blöde Aufgabe gleich als Erstes hinter sich zu bringen, wenn sie Gäste hatte. Und immer wieder vergaß sie es.

»Wieso erinnerst du mich nicht mal dran, Albi!«

Vorwurfsvoll schaute Pia zum Goldfisch hin.

»Ja, du musst schon was tun. Immerhin bekommst du hier Unterkunft und Verpflegung, mein Lieber! Das Mindeste, was ich von dir erwarten kann, ist, dass du mich an den Wein erinnerst!«

Alberto war der Wein aber vollkommen egal.

Also holte Pia ein paar 2-Liter-Flaschen Wein aus der Garage und trug sie in die Küche, stellte sie dort erst einmal ab. Dann grub sie eine Weile in ihrer rappelvollen Gefriertruhe, weil es für den Kühlschrank zu spät war, und quetschte den Weißwein irgendwie hinein.

Das musste reichen. Sie selbst mochte diesen Wein noch nicht einmal. Obwohl er aus ihrem eigenen Anbau stammte. Viel zu stark fand sie ihn.

Aber beim nächsten Mal, versprach sie sich selbst, würde sie eher dran denken.

»*Signora* Pia?«

Gleich darauf folgten polternde Geräusch aus dem Flur. Ein

deutliches Zeichen dafür, dass ihr Mann Pasquale wieder da war.

Wie jeden Sonntag war er schon ganz früh weggefahren, um nach seinem Gemüse und den Hühnern zu sehen. Nicht weil er musste, sondern weil es ihm wirklich Freude bereitete. Aus unerfindlichen Gründen. Was bitte war so toll daran, dachte Pia, eigene Tomaten und Gurken zu haben? Pasquale aber, der lebte dafür. Kam meist nicht einmal zum Mittagessen nach Hause.

Früher, ja, da war sie sonntags immer mitgefahren. Mit den Kindern. Und sie hatten doch meistens eine Menge Spaß gehabt. Aber früher war früher.

»Hier, Pasquale!«

Nachdem Pia unheimlich Gas gegeben hatte, war sie tatsächlich fast fertig mit allen Vorbereitungen zur kleinen Abschiedsfeier für Miriana. Jetzt gerade stellte sie noch die Gläser auf den Esszimmertisch. Sah hübsch aus. Fehlten nur noch ein paar Blumen.

Pasquale kam herein, blickte sich um, schlug sich an die Stirn.

Das entging Pia natürlich nicht.

»Du hast sie vergessen, oder?«

Mehr eine Feststellung als eine Frage.

Pia atmete tief durch.

Egal.

War ja eh klar gewesen.

Da hatte sie ihrem Mann eine einzige Aufgabe aufgetragen, und er vergaß sie. Dumm von ihr, überhaupt noch auf irgendjemanden zu zählen. Aber das sollte das letzte Mal gewesen sein! Sie war nicht mal wütend. Eher traurig. Und das war schlimmer.

»Tut mir leid, *Signora* Pia. Ich fahr gleich noch einmal los.«

»Dazu ist es zu spät.«

Ohne ihrem Mann ins Gesicht zu schauen, nahm Pia die Vasen wieder vom Tisch.

Gut, dann halt keine Blumen.

»Ist doch nicht so schlimm«, fand Pasquale.

Ja. War es genau genommen auch nicht. Das Abendessen würde trotzdem laufen. Auch ohne Blumen. Aber, *Madonna mia*, das war das Abschiedsessen für Miriana! Ihre Tochter zog am nächsten Tag aus. In die Großstadt. Um auf die Uni zu gehen. Miriana hatte Blumen verdient. Miriana hatte eine liebevoll durchdachte Feier verdient. Und Pia hätte einen aufmerksameren Mann verdient. Nein, das war böse. So wollte sie nicht sein.

»Stimmt. Ist nicht weiter schlimm«, murmelte sie deshalb einfach nur. Damit konnte sie aber weder sich selbst noch Pasquale überzeugen.

»Tadaaaaaaa!«

Pia und Pasquale drehten sich gleichzeitig um.

Tiziana stand in der Tür.

Verdeckte Miriana dabei erst einmal komplett.

»Hier ist unser Star!«, kündigte Tiziana das Mädchen erneut an und trat zur Seite.

Pia starrte erst. Und schloss dann die Augen.

»Was genau, liebe Tiziana, hast du nicht verstanden, als ich dich darum bat, sie nicht zu wild herzurichten?«

Ein lauter Teil der *famiglia* Moscato traf wenig später ein. Giovanna, Pia und Pasquales ältere Tochter, war mit ihrem Mann Matteo gekommen und hatte die Großeltern mitgebracht.

»Unmöglich. Sie sieht aus wie eine *puttana*!«, flüsterte *nonna* Sandrina gar nicht mal so leise, während sie Miriana samt neuer Frisur argwöhnisch beäugte. *Nonno* Mario setzte sich inzwischen wortlos an seinen gewohnten Platz am Esszimmertisch. Er sah bereits müde aus. Giovanna half ihm auf den Stuhl. Ignorierte gekonnt, wie der alte Mann dauernd versuchte, sie wegzuscheuchen. *Nonno* Mario war kein Mensch, der sich gerne helfen ließ.

»Hast du's bequem?«, erkundigte Giovanna sich dennoch fürsorglich.

»Bequem hatte ich's daheim«, maulte *nonno* Mario undeutlich und erklärte mit einer eindeutigen Handbewegung, dass er bereits genug gesagt hatte.

Pia hingegen war noch immer schockiert von den Worten ihrer Schwiegermutter.

»Sie sieht genauso aus wie alle anderen jungen Mädchen aus der Stadt: modern, vital und frisch«, befand Matteo, Giovannas gutmütiger Mann. Ganz offensichtlich versuchte er, die Wogen zu glätten.

»Mir ist egal, wie ihr alle findet, dass sie aussieht! Ihr werdet zu ihr sagen, dass sie wunderschön ist, klar?«, schimpfte Pia und warf insbesondere *nonna* Sandrina einen eindringlichen Blick zu. Die Alte schien nicht klein beigeben zu wollen, blickte aber als Erste weg.

»Miriana, komm zu *nonna*, Schätzchen!«, rief Sandrina daraufhin zuckersüß ihrer Enkelin zu, die glücklicherweise nichts vom Gespräch mitbekommen hatte und sich angeregt mit Tiziana unterhielt. Styling-Tipps, wie Pia vermutete.

Sandrina setzte sich, deutete auf ihren Schoß. Und Miriana entschuldigte sich bei Tiziana, ging zu ihrer *nonna* hinüber und nahm auf den dürren Beinchen der Alten Platz.

»Versprich mir, dass du in der Stadt gut auf dich aufpassen wirst, ja?«

Tatsächlich schien Sandrina sogar etwas gerührt jetzt.

»Keine Sorge, *nonna*. Ich bin kein Kind mehr!«, erwiderte Miriana und fuhr ihrer Großmutter sanft über die verschrumpelte Wange.

Sandrina kramte ein Taschentuch hervor, trocknete ihre feuchten Augen.

»Du weißt, dass deine *nonna* unheimlich stolz auf dich ist, nicht wahr?«

»Weiß ich.«

»Und, falls irgendetwas sein sollte, weißt du, dass du immer auf deine *nonna* zählen kannst, nicht?«

»Das weiß ich auch.«

»Dann zieh also los, mein Schätzchen! Zeig der Welt, zu was eine echte Moscato fähig ist, ja?«

Miriana drückte ihrer *nonna* einen Kuss auf die Wange. Sandrina nutzte den Moment, um ihrer Enkelin Geld zuzustecken.

»Ist nur für den Notfall, *va bene*?«

»Danke, *nonna*.«

Miriana strahlte.

Und Pia schluckte.

Manchmal fragte sie sich, warum Sandrina nie so nett zu ihr gewesen war. Aber solange die Alte lieb zu den Kindern war, war ja alles in Ordnung. Kinder brauchten liebevolle *nonne*. Verheiratete Frauen hingegen kamen auch mit nervtötenden Schwiegermüttern zurecht. Diese Kunst wurde ihnen nämlich mit in die Wiege gelegt. Oder so.

Das Chaos brach endgültig aus, als Clemente, Pias ältester Sohn, mit seiner Familie ankam.

Clementes Familie bestand aus Elide, seiner Frau, und Pasquale Pio, seinem kleinen Sohn. Pasquale Pio verwandelte sämtliche Anwesenden augenblicklich in stupide Erwachsene, die dämliche Laute von sich gaben und nur darauf warteten, mit einem Lächeln des Kindes belohnt zu werden. Einzig Pia ging auf ihre Schwiegertochter Elide zu. Pia hatte das Gefühl, dass Elide sich nie ganz wohl bei ihnen fühlte. Und das tat ihr unheimlich leid. Denn sie war selbst eine Schwiegertochter und wusste, wie schwierig diese Position war.

»Elide! Gut siehst du aus.«

Pia umarmte sie herzlich. Was sich ein bisschen so anfühlte, als würde man eine Schaufensterpuppe umarmen.

»Ach, ich hatte noch nicht mal Zeit, mir die Haare zu waschen«, konterte Elide. Und irgendwie empfand Pia das als Vorwurf. Dabei war es Elide, die den Kleinen so ungern bei ihr abgab.

»Besprich doch mit Tiziana, ob du nächste Woche mal zu ihr in den Salon kannst. Pasquale Pio nehme ich natürlich so lange.«

Elide öffnete den Mund, um zu antworten. Wurde aber vom Klingeln an der Tür unterbrochen.

Pia schaute überrascht auf.

Dann in die Runde.

Eigentlich waren alle da.

Wer konnte das noch sein?

»Entschuldigt mich bitte«, sagte sie zu niemand Besonderem.

Sie ging öffnen. Und stand vor Don Rosario, dem Priester aus dem Ort, der ihr erst einmal ein kleines Päckchen in die Hand drückte.

Hatte sie ihn eingeladen? Amnesie?

»*Buonasera, cara* Pia. Bin ich zu spät?«

Gute Frage.

»Ähm …«

»Don Rosario habe ich heute früh vor der Messe Bescheid gegeben. Ich denke, Miriana wird seine Segnung gut gebrauchen können«, mischte sich Elide ein, die Pia leise gefolgt war.

»Elide, Schatz, das ist so eine schöne Idee von dir«, tat Pia freudig überrascht. Dann zu Don Rosario gewandt: »Don Rosario, ich muss mich entschuldigen, dass ich Sie nicht selbst eingeladen habe. Sie werden einer vollkommen gestressten Mutter, die so viele Sorgen um die jüngste Tochter im Kopf hat, hoffentlich verzeihen?«

Pia schob den korpulenten Priester durch den Eingangsbereich direkt in das Esszimmer. Dabei überlegte sie bereits, wie sie es anstellen sollte, noch unbemerkt ein zusätzliches Gedeck auf den Esstisch zu zaubern. Sie suchte mit dem Blick Tiziana, probierte es mit Telepathie. Erst schaute Tiziana fragend. Dann nickte sie und eilte in Richtung Küche. Diese Frau war ein Schatz. Dafür würde Pia sie später küssen!

Jetzt aber musste sie sich beeilen, Don Rosario an irgendwen im Esszimmer abgeben und sich dann ums Essen kümmern.

»Don Rosario!«, rief *nonna* Sandrina auch schon ganz begeistert, bevor sie ihn zu sich winkte. Pia glaubte noch, den Priester leise stöhnen zu hören, als es doch tatsächlich schon wieder klingelte. Fragend drehte Pia sich zu Elide um, die aber nur die Schultern hochzog.

Wer um alles in der Welt konnte das denn jetzt noch sein?

»Aus Marina? Spinnst du, Pasquale?«

»Ist mir vollkommen egal, woher sie kommt. Ich liebe sie, Ermanno.«

»Liebe!«

Ermanno spuckt das Wort aus, als würde es sich um eine ganz gemeine Krankheit handeln.

»Ja, Liebe. Und gewöhn dich besser an den Gedanken. Ich werde sie nämlich heiraten.«

»Heiraten? Bist du von allen guten Geistern verlassen? Geh von mir aus mit ihr ins Bett. Vergnüg dich und belass es dabei. Wir Leute aus Camerota sind viel zu gut für die Leute aus Marina.«

»Ermanno, ich verzeih dir das Gelaber nur, weil du noch ein halbes Kind bist. Aber ich würde dir raten, meine zukünftige Frau zu respektieren. Sie ist ein wunderbarer Mensch, klar!«

»Schon gut, großer Bruder. Aber sag mir später nicht, ich hätte dich nicht gewarnt.«

Kapitel 6

Überraschung.

Grande Überraschung!

Pias Schwager Ermanno und dessen Sohn Sandro waren nun doch gekommen. Keine Spur aber von Pias Schwägerin Letizia.

Perfekt. Jetzt konnte der Abend praktisch nur noch schiefgehen.

Pia war richtig froh, dass das Essen mit einem Gebet begann. Sie brauchte jetzt irgendwie friedliche Energie. Und dazu war Don Rosario ja da. Offiziell zumindest. Dass er eher wegen des reichlichen Mahls gekommen war, stellte nur eine Vermutung dar. Wenn auch keine ganz abwegige. Man wusste im Ort ja, wie sehr Don Rosario gutes Essen liebte.

»*Benedici, o Signore, noi e questi doni…* – Herr, segne uns und diese Gaben…«

Pia hatte den Eindruck, dass Don Rosario sich ganz besonders beeilte. Sein Hunger nach irdischen Gaben war wohl gerade dringender als Glaubensfragen. Elide und Sandrina hingegen gingen ganz in den Worten des Priesters auf und lauschten mit geschlossenen Augen, die Hand fest um ihre Goldketten geballt, an denen Kreuze hingen.

Tiziana räusperte sich irgendwann wiederholt, sodass Pias Blick automatisch zu ihr hinüberglitt. Ha, Ermanno stierte ihrer Freundin ganz ungeniert in den Ausschnitt. So ein Idiot! Pia hatte sich sowieso nur dazu durchgerungen, ihn anzurufen, weil sie wusste, dass sich das so gehörte. Familie war Familie. Und wenn man keinen ernsthaften Streit heraufbeschwören wollte, musste man sich an diese ungeschriebenen Regeln halten. Das wusste sie. Und sie konnte stolz behaupten, dass sie Familienregeln einhielt wie keine andere. Sie war einfach harmoniebedürftig. Streit und Missverständnisse hasste sie wie die Pest. Deshalb hielt sie sich auch aus der Angelegenheit heraus. Schließlich war Tiziana eine Frau, die sich sehr gut selbst zu helfen wusste. In der Tat räusperte sich die attraktive Rothaarige weiterhin energisch. Als das nichts half, warf sie ihr Glas um. Das Wasser lief über die Tischdecke direkt in Richtung Ermanno. Pia, die die Szene genau mitbeobachtet hatte, konnte sich ein Lachen kaum verkneifen.

»Pass doch auf!«, entwich es Ermanno.

Ach herrje! War ihm vielleicht ein Tropfen auf die wertvolle Hose getropft?

Fast alle drehten sich gleichzeitig in seine Richtung. Und er holte Luft. Sah aus, als wollte er schimpfen. Aber er ließ es dann doch lieber bleiben. Nahm mit einer viel zu wütenden Handbewegung die liebevoll gefaltete Serviette vom Tisch und trocknete sich ab, wobei ihm die Sonnenbrille vom Kopf fiel.

»Amen«, beendete Don Rosario im selben Moment sein Gebet. Und es hörte sich so an, als wollte er damit auch Ermannos pathetische Szene beenden.

»Mal wieder ein peinlicher Auftritt, Pa?«, brummelte Sandro, der beinahe 18-Jährige, der noch immer in einem sehr kindlichen Körper steckte, wovon seine Bärenstimme aber nichts wissen wollte. Ermanno fuhr herum und sah seinen Sohn wütend an. Sandro hielt dem Blick stand, und Ermanno fühlte hastig nach, ob sein Polohemd-Kragen noch aufgestellt war, sagte aber nichts mehr.

Sandro war definitiv Pias neuer Held. Auch alle anderen sahen ihn mit einer Mischung aus Staunen und Bewunderung an. Die Situation beruhigte sich prompt wieder.

Pia nutzte die Gelegenheit, um sich zu entschuldigen und in Richtung Küche zu entschwinden.

Erst in der Küche merkte sie, dass jemand ihr gefolgt war. Giovanna. Sie war das Kind, das ihr am meisten ähnelte. Sowohl was den Charakter als auch was das Aussehen betraf. Allerdings hatte Giovanna Pasquales große, dunkle Augen, die sie oft geheimnisvoll wirken ließen.

»Setzt dich nur ruhig wieder, Schatz. Ich mach das schon«, forderte Pia ihre Tochter auf.

»Lass mich helfen, *mamma*. Ich mach das gerne!«, gab Giovanna zurück. Und Pia wusste, dass das stimmte. Auch sie hatte ihrer *mamma* immer gerne bei Familienfeiern geholfen. Nur jetzt als Erwachsene fiel es ihr manchmal schwer, selbst Hilfe anzunehmen.

»Na gut. Danke, Schatz. Dann müssen wir jetzt noch eben drei Vorspeisenteller aus dem Ärmel schütteln, und schon kann es losgehen.«

Giovanna nickte, holte bereits drei weitere Teller aus dem Schrank. Gute Teller. Ja, vom Hochzeitsgeschirr.

»Ich fürchte, wir müssen etwas von den anderen Portionen abzwacken …«, gab Pia kleinlaut zu.

»Ist doch kein Problem. Wir sollten eh alle etwas weniger essen«, fand Giovanna und tat bereits, was ihre Mutter vorgeschlagen hatte.

»Heute geht aber auch alles schief.«

Pia hatte den Eindruck, dass ihr die Kontrolle über die Ereignisse des Abends aus den Händen glitt. Vielleicht sogar die Kontrolle über ihr Leben, schoss es ihr durch den Kopf. Sie erschrak. Ein ziemlich beunruhigender Gedanke.

»*Mamma*, bleib ganz ruhig. Es ist alles perfekt. Wie immer. Und selbst wenn nicht … Wir sind es doch nur. Deine *famiglia*.«

Um ihren Worten den richtigen Nachdruck zu verleihen, umarmte Giovanna ihre Mutter fest. Und Pia war ganz unpassend nach Weinen zumute. Sie ärgerte sich über sich selbst, zwang die Tränen zurück. Schaute noch einmal prüfend in jeden Teller. Atmete tief durch. Was war denn nur mit ihr los? Sie stellte sich an wie ein törichtes Kind. Ihre Nerven lagen blank und sie verstand selbst nicht warum. Das war doch wirklich nicht das erste Abendessen, das sie für die ganze Truppe zubereitete. Und doch war an diesem Abend etwas anders, wenn sie es auch nicht richtig erfassen konnte, was.

»Wunderbar. Es kann losgehen!«, lenkte Pia von ihren seltsamen Gedanken ab.

Giovanna hielt als Antwort die Hand hoch und forderte ihre Mutter stumm auf, draufzuschlagen.

»Und wenn *zio* Ermanno etwas zu beanstanden hat, ignorierst du ihn einfach. Du weißt ja, wie er ist. Und Miriana ist heute eh unser Star. Der Rest kann uns gestohlen bleiben, richtig?«

»Richtig!«

»Pia, hast du mal Salz, Pfeffer und *peperoncino*?«

Pia blickte von ihrem Teller auf. Legte ihre Gabel beiseite. Ermanno kaute viel zu sorgfältig.

»Wie wär's noch mit Ketchup?«

Hoppla, das war ihr einfach so herausgerutscht.

Die anderen Gäste, die mit Essen beschäftigt oder in Gespräche verwickelt waren, hielten neugierig und gleichzeitig etwas besorgt inne.

»Ketchup könnte es auch nicht mehr verschlimmern …«

Ermanno machte übertriebene Gesten.

Pia kostete noch mal von ihrer Pasta – *linguine* mit Fisch. Schmeckte fein. Gerade richtig gewürzt. Vielleicht konnte ja mal ihr Mann Pasquale etwas zum Essen sagen. Er saß schon den ganzen Abend einfach nur da. Wie ein Möbelstück. Jetzt hatte er eine Chance, sich zu Wort zu melden. Pia versuchte Blickkontakt mit Pasquale aufzunehmen. Es gelang ihr nicht.

Stattdessen gab *nonna* Sandrina ihren Senf dazu – worauf Pia gerne verzichtet hätte.

»Das mit dem Würzen musst du noch mal üben, Pia«, warf sie wie nebenbei in den Raum. War ja klar. Sandrina gab Ermanno immer recht.

Nonno Mario rülpste in die angespannte Stille hinein. Nicht richtig laut. Aber doch deutlich wahrnehmbar. Miriana kicherte mit Giovanna über die Großvatermanieren. Elide blickte angeekelt und angestrengt auf ihren Teller. Und der Rest der Bande wartete wohl auf eine Antwort.

Etwas gedemütigt erhob Pia sich also vom Tisch. Salz, Pfeffer und *peperoncino*. Okay. Sollte Ermanno haben.

In der Küche kramte sie nach dem blöden *peperoncino*, das eigentlich nie jemand benutzte.

»Wollen wir Plätze tauschen, Albi?«

Der Goldfisch schwamm seelenruhig weiter seine Runden.

»Dann eben nicht …«

Wieder im Esszimmer stellte Pia ihrem Schwager die Zutaten wortlos hin.

»*Stronzo*«, meinte sie irgendwo im Raum zu hören.

Was genau dem entsprach, was sie gerade dachte.

Vielleicht hatte Tiziana, die Ermanno auf jeden Fall sehr böse anschaute, das leise gemurmelt. Vielleicht war es auch nur eine Einbildung gewesen. Fakt war, dass es stimmte. Und dass sie keine Lust hatte, so zu tun, als wäre Ermannos Unhöflichkeit schon in Ordnung.

Dennoch setzte sich Pia schweigend wieder hin und hoffte, dass dieser Abend schnell vorüber gehen und zumindest Miriana eine gute Erinnerung daran bewahren würde. Pia schaute zu ihrer jüngsten Tochter hinüber und sah beruhigt, dass sie strahlte. So richtig. Und dieses Strahlen war es wert.

Miriana bedankte sich brav für Don Rosarios Geschenk, und Pia konnte sich gerade nicht daran erinnern, wo sie das Päckchen abgelegt hatte, das der Priester ihr überreicht hatte.

Der Stift war sehr schön. Don Rosario hatte Geschmack. Pia wunderte das kein bisschen. Sie hielt sehr viel von ihm, auch wenn er manchmal sehr auf körperliches Wohl bedacht war.

Als Nächstes war das Familiengeschenk dran.

»Ein Tablet?«

Ungläubig hielt Miriana das nagelneue Gerät hoch, und Pia stellte mit Genugtuung fest, dass sie ihre Kinder hervorragend kannte. Sie hatte in der ganzen Familie Geld gesammelt und dann Clemente losgeschickt, um seiner kleinen Schwester das zu kaufen, was sie sich schon seit Monaten sehnlichst wünschte.

»Mit einem Internet Jahres-Abo«, fügte Clemente hinzu und fuhr sich dabei über den Bart. Den er sich nur wachsen ließ, um älter auszusehen – das vermutete Pia zumindest. Ohne Bart konnte Clemente nämlich noch locker als Schüler durchgehen. Er hatte zwar Pasquales herbe Züge geerbt, aber zudem die Zartheit seiner Mutter. Was ihn zu einem sehr interessanten und unheimlich gutaussehenden Mann machte.

Miriana kreischte vor Begeisterung. Und Pia widerstand nur schwer dem Bedürfnis, sich die Ohren zuzuhalten. Ihre Tochter konnte so unheimlich laut sein, *santo cielo*! Schon rannte Miriana – kreischend – auf ihren großen Bruder zu und warf sich ihm an den Hals.

»Danke, Clem, danke, danke, danke! Die Idee stammt sicher von dir!«

Falsch, dachte Pia. Die Idee stammte von ihr. Aber das war nicht weiter wichtig. Clemente bemühte sich nicht, das richtigzustellen. Es war ja auch egal. Dennoch. Eine kleine Umarmung hätte Pia sich ebenfalls gewünscht. Obwohl ihr natürlich schon lange klar war, dass das, was Mütter taten, meistens als Selbstverständlichkeit hingenommen wurde.

»Was macht man denn mit dem Gerät genau?«, mischte sich Don Rosario interessiert ein.

»Man schaut hinein«, antwortete *nonna* Sandrina bedeutungsschwer.

»Wie in einen Spiegel?«

Don Rosario schien nicht sehr überzeugt.

»Genau.«

Der Priester nickte. Sein Gesicht zeigte aber Verwirrung.

»Dann kann ich den alten Laptop ja hierlassen«, freute Miriana sich weiter, »*Papà*, magst du den haben?«

Pasquale zeigte die erste Reaktion des Abends. Er lächelte. Und Pia fand, dass ihr Mann das viel zu selten tat. Wenn sich seine männlich-markanten Gesichtszüge entspannten, konnte man erst richtig erahnen, wie schön er einmal gewesen war. Wunderschön. Und in seine Schönheit hatte Pia sich als Erstes verliebt, damals, als sie noch ein junges Ding gewesen war.

»Wenn du ihn nicht mehr brauchst …«, willigte Pasquale ein, stand auf und drückte seiner Tochter einen etwas schüchternen Kuss auf die Wange.

»Dann kannst du auch schön surfen, *papà*, und nach Material für deine Hütte suchen oder so.«

»Surfen kann man damit auch?«, tat Pasquale unwissend, um Miriana dann zuzuzwinkern. Und die kicherte, wie immer, wenn sie die ganze Aufmerksamkeit ihres geliebten *papà* hatte.

»Welche Hütte?«, mischte Ermanno sich grob ein.

»Na die Hütte oben auf dem Grundstück. Die will *papà* für Touristen restaurieren«, gab Miriana bereitwillig Auskunft.

»Aha«, war Ermannos einziger Kommentar dazu. Und Pia spürte am Tonfall ihres Schwagers, dass sich schon wieder etwas zusammenzubrauen drohte.

Doch *nonno* Mario gab plötzlich ein ganz seltsames Geräusch von sich. Alle schraken auf und vergaßen dabei das vorher angeschnittene Thema. *Nonno* Mario kippte nach vorne, riss den Kopf aber hoch, bevor er auf den Tisch schlagen konnte.

»Er schläft«, informierte *nonna* Sandrina alle und machte dabei beschwichtigende Handbewegungen.

»Vielleicht sollten wir los, *nonna*?«, schlug Giovanna vor, die sich immer Sorgen um alle machte.

»Jetzt, wo es lustig wird?« *Nonna* Sandrina verschränkte die Arme vor der Brust und schob das Kinn vor.

»Mag noch jemand Tiramisu?«, stellte Pia die erste Frage, die ihr spontan einfiel. Sie wusste nicht mal, ob überhaupt noch etwas davon übrig war. Aber jedes Argument war gut genug, um *nonna* Sandrina den Raum für ihre Szenen zu nehmen.

»Ich dachte schon, du fragst nie.«

Ermanno. Wieder mit Sonnenbrille.

»Möchtest du noch ein Stück, ja?«

Wahnsinn, ihr Tiramisu hatte ihm geschmeckt? Das war ja fast ein Kompliment.

»Bei deinen winzigen Portionen knurrt mir schon wieder der Magen.«

Hm. Doch kein Kompliment, oder? Und wie sollte sie jetzt noch Tiramisu herbeizaubern?

»Für mich auch gerne noch«, hob Don Rosario die Hand wie ein Schuljunge.

Fantastisch.

»Bin gleich wieder da«, behauptete Pia und verschwand in der Küche.

»Albi, ich stecke in der Scheiße«, informierte Pia ihren Goldfisch und suchte im Tellerstapel nach der Tiramisu-Plastikschale, die sie auch fand, aber erst nachdem der Tellerstapel seitlich weggerutscht und krachend in die Spüle gefallen war.

»Verdammt, das gute Geschirr!«, schimpfte sie und untersuchte mit einem Blick, ob etwas zu Bruch gegangen war. Ja, einem der Teller ging es gar nicht gut. Ob Pasquale den noch kleben konnte?

Immerhin reichten die Tiramisu-Reste noch, um daraus zwei kleine Portionen zu machen. Pia schüttete reichlich Kakao drüber, sodass die schiefe Form nicht weiter auffiel.

Wieso bemühte sie sich eigentlich so sehr? Ermanno würde doch sowieso niemals ihr Essen loben. Pia verstand sich selbst nicht wirklich, nahm aber endlich die Teller und ging zurück ins Esszimmer, wo Miriana inzwischen von ihren Geschwistern umringt worden war. Es war schön, dass Clemente und Giovanna sich so sehr für ihre Schwester freuten. Die Jüngste im Bunde war gleichzeitig die Erste der Familie, die studieren würde. Clemente hätte sicher gute Erfolge an der Uni erzielt. Aber er hatte Elide so jung kennengelernt und sich dann dazu entschlossen, dass ihre Beziehung Vorrang vor seiner Bildung hatte. Was Pia ganz ehrlich bedauerte. Er war wirklich gut gewesen in der Schule, und sie hätte sich für ihn eine brillante Karriere gewünscht. Als Anwalt, Ingenieur oder sonst irgendetwas. Stattdessen musste er jetzt auf den Bau, um seine kleine Familie zu ernähren, und sich dabei noch glücklich schätzen, weil er überhaupt eine Stelle hatte.

Giovanna hingegen ging in ihrer Aufgabe als Sekretärin in einem winzigen Immobilienbüro an der Küste total auf. Eine bessere Position und einen geeigneteren Ehepartner als Matteo hätte Pia sich gar nicht für ihre Tochter wünschen können. Sie konnte nur hoffen, dass auch Miriana ihren Weg finden würde.

Don Rosario erhob sich, als Pia den Tisch komplett abgedeckt hatte.

»Zeit für die Segnung«, fand er und teilte das den Anwesenden mit. Fast unbemerkt war es Nacht geworden, und hie und da wurde bereits gegähnt. Gut, *nonno* Mario hatte dieses Stadium bereits überschritten. Auch Pasquale Pio schlief schon in seinem Buggy. Das Abschiedsfest neigte sich dem Ende zu.

»Stellen wir uns doch alle im Kreis auf, ja?«, bat Don Rosario. »Schön wäre es, wenn wir uns an den Händen halten könnten.«

Stühle wurden geschoben, jeder suchte sich einen Platz. Ermanno wurde von *nonna* Sandrina zu sich gerufen. Ganz automatisch, hatte Pasquale Pia an der Hand genommen, obwohl sie vorhin am entgegengesetzten Tischende gesessen hatte. Clemente, Giovanna und Miriana hatten sich ebenso ungezwungen direkt zu ihren Eltern gestellt. An einem normalen Abend hätte Pia das wahrscheinlich gar nicht so bewusst registriert. An diesem seltsamen Tag, an dem ihr die leichtesten Handgriffe unerklärlich schwergefallen waren, rührte sie dieser Urinstinkt ihrer Familie jedoch sehr.

Und so standen sie nun alle. Bis auf *nonno* Mario, der noch immer saß und nur ab und an gefährlich nach vorne zu kippen drohte. Don Rosario ging auf Miriana zu, die unerwartet still geworden war. Der Priester hielt vor ihr. Sah sie ganz direkt an.

»Im Namen des Vaters und des Sohnes und des Heiligen Geistes. Amen.« Dann hob Don Rosario seine Arme über Mirianas Kopf. »Sprecht mir bitte nach: Der Herr segne dich und behüte dich …«

»Dieser Urlaub wird dir guttun, Bill!«

»Das will ich doch hoffen, Barbara.«

»Geh mit offenen Augen durch die Welt, ja? Und verschließe dich nicht. Du bist so ein liebenswerter Mensch.«

William lächelt. Barbara erträgt es einfach nicht, dass er Single ist. Und sie versucht ständig, ihn irgendwie zu verkuppeln.

»Ich glaube, da muss ich dich enttäuschen. Im Urlaub werde ich mich ganz sicher nicht verlieben.«

Kapitel 7

Seattle, Mitte September

William hob die Hände über den Kopf und schickte ein Stoßgebet gen Himmel. Er war zwar nicht sonderlich religiös, aber er führte gerne mal Zwiegespräche mit dem Herrn. Besonders, wenn er unter Stress stand.

»*Gosh*, William, führst du schon wieder Selbstgespräche?«, wollte Jade in ihrer gewohnt direkten Art von ihm wissen, nachdem sie, natürlich ohne anzuklopfen, in sein Büro geplatzt war. William hatte den Eindruck, dass in ihrer Frage ein versteckter Vorwurf steckte.

So war Jade eben. Eine effiziente Sekretärin. Aber sie nahm sich oft zu viel heraus. Was William mehr und mehr auf den Geist ging.

»Das geht dich gar nichts an!«, kläffte er sie an.

Woraufhin Jade beleidigt abschwirrte.

»Fein«, rief sie ihm noch über die Schulter hinweg zu, bevor sie die Tür zuknallte. Die aber nur leise zufiel. Der dicke Teppich dämpfte so ziemlich jede Aktion, die auch nur ansatzweise aus dem Rahmen fiel.

William beunruhigte Jades Abgang nicht die Spur. Sie arbeiteten schon so lange zusammen, dass nichts ihr eingespieltes Team wirklich in Gefahr brachte. Jade war seine Launen gewöhnt, und er tolerierte dafür ihre extreme Neugierde. Ein stilles Abkommen, das nur ab und an durch kleine Ausrutscher, wie eben, leicht ins Wanken geriet.

Es lagen noch eine ganze Menge Dokumente auf Williams wuchtigem Schreibtisch, die es durchzusehen galt. Aber er konnte sich kaum mehr konzentrieren. Also griff er zum Hörer und wählte die interne Nummer seines Partners George.

Wie immer hob George einfach nur ab, ohne etwas zu sagen.

»George, kannst du dir bitte kurz die Akten zum neuen Lake-Washington-Projekt ansehen? Ich weiß. Das ist mein Ding. Aber ich muss los, und Jason braucht bis morgen eine Antwort.«

William hasste diese Eile, mit der immer alles erledigt werden musste.

»Okay.«

Und schon war das Gespräch beendet. William konnte sich vorstellen, wie George geschäftig auf den Bildschirm seines PCs starrte, während sie miteinander sprachen. Sein wesentlich jüngerer Partner war ein Technik-Fan und passte gerade deshalb sehr gut in das Unternehmen.

Eigentlich hatte William darauf gehofft, Edward für seine Firma begeistern zu können. Welcher Vater träumte nicht davon, seinem eigenen Sohn die Firma zu vermachen? Die Enttäuschung, von Ed abgewiesen zu werden, brannte noch immer in ihm.

Egal.

Daran wollte er jetzt nicht denken.

William stand auf, nahm die Akte zur Hand und verließ sein Büro. Den Ordner legte er stumm auf Jades Schreibtisch, die gerade über das Headset telefonierte. Jade hob einen Finger, bat um eine Minute. Das war William aber deutlich zu lang. Deshalb nahm er ein Post-it, schrieb ›Für George‹ drauf und ging.

»Du gehst, ohne dich zu verabschieden?«, schrie Jade ihm hinterher, als er gerade den Fahrstuhl erreicht hatte. Hastig drückte William auf den Knopf. Er konnte gar nicht schnell genug wegkommen. Gerade hatte er den Eindruck, keine Luft mehr zu bekommen.

William verließ den Smith Tower in Eile. Auf der Straße wurde die unerklärliche Klaustrophobie, die ihn wie aus dem Nichts befallen hatte, aber schnell besser. Er füllte seine Lunge mit Sauerstoff. Wie so oft in letzter Zeit fand er es einen schrecklichen

Gedanken, den ganzen Tag im Büro verbringen zu müssen. Früher war das anders gewesen. Zu Beginn seiner Karriere war er eigentlich nur von Baustelle zu Baustelle gefahren, um sich zu vergewissern, dass alles nach Plan lief. Er hatte das geliebt. Die ständig wechselnden Szenarien. Die harte Arbeit. Dieses unnachahmliche Gefühl, wenn aus Zement und Stahl nach und nach Hochhäuser entstanden. Harris Constructions. Nur mit diesem Namen hatte er angefangen. Dass seine Firma eines Tages zu groß werden und er nicht mehr imstande sein würde, alles selbst zu erledigen, hatte William nicht miteinberechnet. Es war einfach passiert. Er hatte lernen müssen, zu delegieren. Und das war ihm zunächst gar nicht so leicht gefallen. Vielleicht war deshalb auch seine Ehe kaputtgegangen. Er hatte den Spagat zwischen Familie und Arbeit wohl nicht zur Zufriedenheit seiner Frau Claire hinbekommen. Sie hatte sich jedenfalls Trost bei ihrer Jugendliebe geholt. Und William waren nur leere Hände und ganz viele Fragen geblieben, die er sich bis heute nicht beantworten konnte.

Die Lösung dieser alten Probleme interessierte ihn inzwischen nicht mehr. Denn es waren neue, viel dringendere Fragen aufgekommen, die ganz viel mit seiner Zukunft zu tun hatten.

Zukunft.

Ein Begriff, der William bisher recht wenig interessiert hatte. Sein Leben hatte sich immer in der Gegenwart abgespielt. Er hatte gar keine Zeit gehabt, auch nur einen Gedanken daran zu verschwenden, was eines Tages mal aus ihm werden würde. Doch mittlerweile hatte sein Kopf angefangen, ganz seltsam zu funktionieren. Nachts, zum Beispiel. Da fand er keine Ruhe mehr. Und die Stille und Einsamkeit in seinem Apartment erfüllten ihn mit Panik.

William versuchte, diese beunruhigenden Gefühle abzuschütteln, während er sich zu Fuß auf den Weg zum Restaurant machte. Es stellte sich sogar so etwas wie Vorfreude ein, während er die belebte 2nd Avenue Richtung Uptown entlangging. Er hatte es sich angewöhnt, das Auto so wenig wie möglich zu benutzen. Und selbst wenn es mal längere Strecken waren, machte ihm das nichts aus. Sein Körper dankte es ihm. Obwohl er über 50 war, hatte Fett bei ihm keine Chance. Barbara sagte immer, dass er zu gut aussah, um allein zu bleiben. Aber dass er allein war, hatte nichts mit seinem Aussehen zu tun. Nein, dachte William. Er hatte ganz einfach keine Frau gefunden, die sein Herz zum Schnellerschlagen brachte.

William hatte die Columbia Street erreicht und bog nach rechts ab. An der Ecke zur 3rd Avenue hatte er sein Ziel erreicht. Barbaras Lieblingsrestaurant, das nun praktisch auch zu seinem Lieblingsrestaurant geworden war.

Bruno und Barbara waren das, was William am ehesten als Familie bezeichnen konnte. Und er *musste* praktisch an jeder Familienfeier teilnehmen, wenn er niemanden beleidigen wollte. Das hatte er mit der Zeit gelernt. Das und noch viel mehr. Zum Beispiel, dass er Bruno und Barbara inzwischen richtig brauchte und sich bei ihnen nicht verstellen musste. Bruno und Barbara waren auch die Einzigen, von denen er das Bedürfnis hatte, sich zu verabschieden.

William betrat das Restaurant. Die Besitzer waren Italiener zweiter Generation. Irgendwie interessant, dass Italiener im Ausland immer – ob absichtlich oder unabsichtlich – bei anderen Italienern landeten. War es ein Urinstinkt, der sie zueinanderführte? Lächelnd schüttelte William den Kopf. Das würde er wohl nie herausfinden.

Er wurde von einer kleinen Frau empfangen, die er bereits vom Sehen kannte.

»Mr Harris, geht es Ihnen gut?«

»Prächtig, danke.«

»Mr und Mrs Borgotti sind noch nicht eingetroffen. Möchten Sie am Tisch auf Ihre Freunde warten?«

»Lieber an der Bar. Ich werde mir die Zeit bei einem Aperitif vertreiben.«

»Sehr gerne.«

Die kleine Frau ging voraus, führte ihn direkt zum langen Tresen. Das hätte sie sich sparen können. Den Weg kannte William natürlich.

»Bitte, Mr Harris.«

Mit einem dezenten Nicken verabschiedete sie sich bereits wieder.

William nahm auf einem der hohen Hocker Platz. Noch war das Restaurant fast leer.

»Einen Campari, bitte«, bestellte er.

»Sofort, Sir.«

Ein junger Mann schickte sich an, ihm den Drink zuzubereiten. William freute sich auf den ersten Schluck. Und der fühlte sich auch richtig gut an. William spürte, wie die Anspannung sich langsam legte. Verdammt, er hatte jetzt offiziell Urlaub. Er durfte sich freuen. Und zwar so richtig. Auf Ruhe. Sonne. Und das Meer.

»Bill!«, wurde er plötzlich gerufen. Barbara war die Einzige auf der Welt, der er es erlaubte, seinen Namen derart zu verstümmeln. Und auch nur, weil sie es so toll fand, dass ihre Namen dann alle mit B anfingen.

William drehte sich in ihre Richtung, stand auf und ließ sich umarmen. Wie immer erweckte sie fast kindliche Gefühle in ihm. Was an ihrer mütterlichen Art liegen mochte. Sie war so rund und weich, wie nur eine Mutter es sein konnte. In der Tat hatte sie zwei Söhne großgezogen, die in etwa in Edwards Alter waren. Aber an Edward wollte William an diesem Abend lieber nicht denken.

»*Gesù*, du siehst so gestresst aus, Bill«, bemerkte Barbara und ließ nicht von ihm ab. Ganz im Gegenteil. Ihre braunen Augen nahmen jedes noch so kleine Detail auf.

»Deshalb fahre ich ja auch in Urlaub«, erwiderte William lächelnd und gab Barbara einen Kuss auf die Nase, bevor er sie losließ, um Bruno zu begrüßen.

»Los, Leute, ich habe Hunger«, war dessen einziger Kommentar. Bruno hatte immer Hunger. Was man ihm auch ein kleines bisschen ansah.

Sie setzten sich an ihren reservierten Tisch, und Barbara beäugte William ungeniert.

»Was?«, fragte er sie irgendwann ganz direkt.

»Sie macht sich Sorgen um dich, *fratello*«, mischte Bruno sich ein und rollte mit den Augen.

»Wieso denn nun schon wieder?«, tat auch William ironisch genervt, zwinkerte Barbara dabei aber zu.

»Sie glaubt, du hast … Probleme.«

Bruno sprach das Wort betont amüsiert aus und setzte dabei imaginäre Anführungszeichen in die Luft.

»Ah. Und was wären das bitte für … Probleme?«

Die zwei Männer unterhielten sich über Barbaras Kopf hinweg. William wusste ja, dass sie es gewöhnt war, von ihnen liebevoll aufgezogen zu werden.

»Sie ist davon überzeugt, dass du unglücklich bist.«

»Sieh an!«

»Ja. Und sie sagt auch, dass du neue Herausforderungen brauchst!«, machte Bruno unbeirrt weiter, während Barbara betont gleichgültig die Karte studierte, die sie inzwischen wohl auswendig kannte.

»Soso. Ist das alles?«

»Nein. Noch lange nicht. Meine Frau denkt, dass du einsam bist!«

Bruno lachte jetzt ganz offen.

Doch je lustiger Bruno die Gedanken seiner Frau wiedergab, desto eisiger wurde die Kälte, die William nun umfing. Ja. Er erkannte sich in Brunos Worten wieder. Und diese Gewissheit weckte das wohlbekannte Gefühl der Panik, das er mehrmals täglich zu unterdrücken versuchte.

Als der Kellner kam, um die Bestellung aufzunehmen, war William froh, dass damit gleichzeitig ihr dummes Spielchen unterbrochen wurde. Dass Barbara sich keine Sekunde hatte irreführen lassen, las er an ihrem Blick, mit dem sie ihn nach dem Bestellvorgang einige Sekunden lang gefangen hielt.

Nach dem Abendessen packte William sein Abschiedsgeschenk aus. Ein Reiseführer.

»Damit du dich nicht verirrst«, erklärte Barbara.

Was wohl kaum geschehen würde. William sprach schon so lange mit Bruno und Barbara über dieses Reiseziel, dass er fast den Eindruck hatte, bereits dort gewesen zu sein. Vor allem Bruno hatte dieses spezielle Fleckchen in Süditalien in den glühendsten Farben geschildert. Und William hatte sich von dieser Begeisterung anstecken lassen. Er liebte Italien und er liebte die Herausforderung.

»Wir müssen los«, behauptete Bruno irgendwann. Am nächsten Tag hatte er schon früh Unterricht.

Sie erhoben sich und umarmten sich erneut.

»Gott schütze dich«, sagte Barbara zuletzt und ließ seine Hand los.

William vermied es, ihr dabei wieder in die Augen zu sehen.

»Weißt du, Claudio, sie hat da so eine kleine Falte zwischen den Augenbrauen. Die zeigt sich, wenn sie nachdenkt oder sich Sorgen macht.«

»Tatsächlich, *Signor* Marcello?«

»Ja.« Er nickt. »Und ich kann sie wegmachen.«

Kapitel 8

Rom, Mitte Oktober

Am Tisch neben ihnen rezitierte ein älterer Herr ein Gebet, vielleicht ein Ave Maria. Pia jedenfalls glaubte, den Namen der Mutter Gottes herausgehört zu haben. Jetzt bekreuzigte der Alte sich so schnell, dass es aussah, als scheuchte er Fliegen davon, und griff nach seiner Gabel. Und schon verlor Pia wieder ihr Interesse an ihm.

Trotzdem fragte sie sich, wie Marcello und sie wohl auf die Restaurantgäste wirken mochten, die um sie herum saßen. Pia versuchte sich das Bild vorzustellen, das sie zusammen boten. Auf jeden Fall sahen sie aus wie ein nicht mehr ganz junges Paar. Er grau meliert und attraktiv, sie rötlich gefärbt und … ja … auch attraktiv? War sie das denn?

»So schweigsam heute?«, mischte sich Marcellos Stimme leise in ihre Gedanken.

Pia merkte erst jetzt, dass sie wohl zu lange nichts gesagt hatte.

»Verzeih, ich wollte nicht unhöflich sein.«

»Bist du nicht.«

Der Kellner kam und stellte *bruschetta* vor ihnen ab. Die Tomate und der Knoblauch verbreiteten einen intensiven Duft. Basilikum war auch dabei. Pia nahm einen Bissen vom gerösteten Brot. Tomatenstücke fielen dabei in den Teller zurück und das knusprige Brot brach leise krachend auseinander. Marcello beobachtete Pia ganz direkt.

»Unhöflich und unfein!«, nahm Pia sich selbst auf den Arm und schluckte erst dann herunter.

»Du bist vollkommen in Ordnung.«

Unpassenderweise bekam Pia prompt eine Gänsehaut bei diesem erneuten Kompliment. Das musste irgendwie mit dem

Schmetterling zu tun haben. Die wunderschöne Brosche brachte sie vollkommen durcheinander. Ja, verdammt, sie hatte sie angesteckt. Ein Fehler?

»Sie steht dir übrigens ganz hervorragend!«, fand Marcello und zeigte mit dem Finger auf das Schmuckstück.

Wiederholt räusperte sich Pia. Das geröstete Brot. Ihr Hals so trocken wie die Sahara.

»Du hättest wirklich nicht so viel Geld für mich ausgeben müssen.«

Sag endlich Danke!, schimpfte sie stumm mit sich selbst. Es war eigentlich gar nicht ihre Art, sich nicht für ein Geschenk zu bedanken. Aber das hier war auch wirklich ein ganz spezielles Geschenk.

»Geld bedeutet mir nichts«, erklärte er einfach. Einen Moment lang hatte es so ausgesehen, als wollte er ihre Hand nehmen. Glücklicherweise hatte er es sich noch anders überlegt.

Ja, das wusste Pia inzwischen. Marcello wehrte sich auch noch immer vehement dagegen, von ihr Geld für das wundervolle Zimmer anzunehmen. Ihr wundervolles Zimmer.

Hotelzimmer.

Und es war ein ganz schön teures Hotelzimmer.

»Trotzdem …«, gab Pia etwas hilflos zurück.

Marcellos Gesicht verfinsterte sich einen Augenblick lang. Ganz, ganz kurz nur. Pia hatte es trotzdem registriert. Und sie wollte nicht verantwortlich sein für seine finstere Miene. Sie wollte ihn lachen sehen. Sie wollte selbst lachen. An nichts denken.

Aber so lief das im Leben einfach nicht.

Und dafür stand der goldene Schmetterling.

Pia trug sonst keinen anderen Schmuck. Außer ihrem einfachen Ehering.

Mit der Wucht einer Ohrfeige wurde ihr das plötzlich bewusst.

Und dann mischte sich wieder der Kellner in die Szene.

Er stellte duftende Gerichte vor ihnen ab.

»*Buon appetito*«, wünschte er ihnen höflich und schenkte Wein nach.

Pia konnte sich nicht vorstellen, auch nur einen Bissen herunterzubekommen.

Wie eine Lawine rollten gerade tausend Namen, Gesichter und Bilder auf sie zu. Alle hatten mit ihrer Familie zu tun.

Jetzt tat sie, was Marcello eben nicht getan hatte, und griff nach seiner Hand. Sie hielt sich förmlich daran fest. Aus Angst, sonst unter der Lawine begraben zu werden.

»Ich denke, wir sollten essen.«

Marcellos Stimme hatte den gleichen Klang wie immer. Ruhig. Besonnen. Und das beruhigte Pia wiederum. Irgendwie.

Essen.

Ja.

Das war gut.

Eine ganze Weile lang war nichts weiter zu hören als die typischen Restaurantgeräusche. Leises Stimmengewirr. Das Klappern des Bestecks auf Teller. Der Mann am Nebentisch betete schon wieder leise. Vielleicht war er einsam. Oder seine *mamma* hatte ihm irgendwann einmal beigebracht, sich vor und nach dem Essen mit einem Gebet zu bedanken. Vielleicht war er auch einfach nur nicht ganz dicht. So schwierig war das wahrscheinlich gar nicht, dem Wahnsinn zu verfallen.

Pia nahm einen Bissen von ihrem Essen. Vor lauter Grübeln hatte sie noch gar nicht richtig bemerkt, was sie da zu sich nahm. Tintenfisch, Tomaten. Kichererbsen?

»Und? Bist du zufrieden mit Ughettos Kochkünsten?«

Jetzt sah sie erst, dass Marcello Seezungenfilets auf dem Teller hatte.

»Ja. Ein interessantes Gericht. Vielleicht koche ich es mal nach. Und was ist mit dir? Schmeckt es?«

Und ehe sie es sich versah, hatte Marcello sie wieder in eine lockere Unterhaltung verwickelt. Es war wie nach einem starken Regen. Wenn der Himmel sich allmählich lichtete. Alles gut. Die Sonne zeigte sich wieder.

Obwohl Pia sich geschworen hatte, etwas weniger zu essen, ließ sie sich doch zu einer Nachspeise überreden. Marcello nahm seinen üblichen *caffè*. Den er vollkommen überzuckerte. Er sah entspannt aus. Und wie immer sehr attraktiv.

»Jeans stehen dir übrigens ganz hervorragend.«

Sie wollte, dass er das wusste. Aus welchem Grund auch immer.

»Danke. Ja. Ich weiß auch nicht. Irgendwann habe ich wohl angefangen, mich selbst viel zu ernst zu nehmen. Dabei habe ich offenbar vergessen, dass außer Anzügen auch noch anderes im Schrank hing.«

Pia lächelte und versuchte sich seinen Kleiderschrank vorzustellen. So eine Manager-Garderobe mit lauter gleichen Anzügen? Nein, beschloss sie. Schon eher ein Ankleidezimmer mit Spiegel und einem Sessel, auf den Marcello sich setzte, um in die Schuhe zu schlüpfen. Ja, das passte besser zu ihm und seiner zeitlosen Art. Gerne hätte sie gewusst, ob sein Sinneswandel, was die obligatorischen Anzüge betraf, etwas mit ihr zu tun hatte. Es hätte sie ehrlich gefreut. Denn umgekehrt hatte ihr neues Lebensgefühl ganz viel mit Marcello zu tun. Trotzdem schwieg sie lieber.

»Wollen wir gehen?«

Pia nickte.

Sie gingen den gleichen Weg zurück. Pia warf einen Blick auf ihre Armbanduhr. Die wollte ihr weismachen, dass es bereits Nachmittag war. Aber konnte das wirklich stimmen? Vermutlich schon. In Rom raste die Zeit. Wenn es schon so spät war, dann musste Marcello jetzt zurück ins Hotel. Er hatte ihr erzählt, dass die meisten Gäste am frühen Nachmittag eintrafen. Und er war ein Hotelbesitzer, der seine Gäste gerne persönlich in Empfang nahm oder verabschiedete.

Auf dem Marktplatz stoppte sie ihn deshalb.

»Du solltest deine Gäste nicht warten lassen, Marcello! Mach dir keine Sorgen um mich. Ich werde noch eine Weile hier bummeln.«

»Ganz kurz kann ich wohl noch bleiben.«

»Du solltest wegen mir deine Arbeit aber nicht vernachlässigen.«

»Keine Sorge. Das tue ich nicht.«

»Weißt du was? Wir setzen uns einfach auf die Stufen hier unter die Statue, wo du freien Blick auf dein Hotel hast. Falls du Horden von Touristen eintreten siehst, brauchst du keine zwei Minuten und bist bei ihnen.«

Pia setzte sich bereits. Es war ihr egal, dass sie dabei ihre gute Hose wahrscheinlich total verdreckte. Kurz stand Marcello unentschlossen da. Letztendlich folgte er aber ihrem Beispiel. Und machte dabei eine viel bessere Figur als sie. Auf einmal wirkte er wie ein junger Mann, der ständig irgendwo mitten auf der Straße saß. Er lehnte sich sogar leicht gegen den Sockel, der die Statue von Giordano Bruno trug. Pia erinnerte sich daran, was Marcello ihr über die Statue erzählt hatte. Bruno war wohl direkt an dieser Stelle auf dem Scheiterhaufen gestorben. Die Inquisition hatte ihn der Ketzerei und Magie für schuldig befunden. Sie fröstelte bei dem Gedanken. Zur Sicherheit bekreuzigte sie sich. Was Marcello nicht übersah.

»Weißt du, ich glaube, es nützt nichts mehr, wenn du für ihn betest«, neckte er sie.

Pia kicherte wie ein Mädchen, machte dann eine wegwerfende Handbewegung und richtete den Blick in die Ferne.

»Es ist richtig hübsch!«

Marcellos Hotel. Pia fand es einfach bezaubernd. Es war so ziemlich das einzige Gebäude weit und breit, das vollkommen von Efeu bedeckt war. Was ihm ein ganz besonderes Flair verlieh.

»Ja, das ist es«, pflichtete Marcello ihr bei.

»Seit wann gehört es dir?«

»Eigentlich schon immer. Ich habe es, wie du weißt, geerbt.«

»Du Glückspilz.«

»Das bin ich wohl. Aber es hat auch Tage gegeben, an denen ich dieses Hotel verflucht habe.«

»Das kann ich kaum glauben.«

»Ich weiß …«

Etwas Melancholie schwang in seiner Stimme mit.

Fast zeitgleich beobachteten sie beide, wie ein Grüppchen das Hotel betrat.

»In Momenten wie diesen, zum Beispiel …«

Marcello erhob sich mit etwas Mühe.

»*Bella Signora*, die Pflicht ruft. Komm doch nach deinem Spaziergang an die Rezeption, dann besprechen wir gemeinsam das Abendprogramm, ja?«

Charmant warf er ihr eine Kusshand zu und ging. Irgendetwas klebte an seiner Jeans. Pia hob die Hand, wollte ihn warnen, ließ es aber bleiben.

Sie beobachtete ihn, bis er im Hotel verschwand. Irgendwie fühlte sie sich gerade so träge, dass sie sich kaum vorstellen konnte, sich irgendwann wieder zu erheben. Also blieb sie sitzen und beobachtete weiter das rege Treiben auf dem Campo de' Fiori. Ein älterer Herr stellte an seinem Gemüsestand ein Küchengerät vor, das Spiralen ins Gemüse schnitt. Immer wieder formten sich Grüppchen um ihn herum. Und er verkaufte eine ganze Menge. Pia versuchte mitzuzählen, gab es aber irgendwann auf.

Erst als sie dringend auf die Toilette musste, stand sie schließlich auf. Marcello hatte zu tun. Sie sah ihn an der Rezeption stehen, wie er mit Leuten sprach. Noch immer klebte dieses Etwas an seiner Jeans. Dass er zu tun hatte, war ihr ganz recht. Sie wollte sich etwas ausruhen und noch das Buch zu Ende lesen.

Geduldig stieg Pia die vielen Stufen hinauf bis zum Zimmer. Als sie endlich vor der Tür stand, war sie nur ein bisschen außer Atem. Ganz allmählich gewöhnte sich ihr Körper an diese neue sportliche Aktivität. Pia entriegelte die Tür mit ihrer Karte. Wartete das vertraute *Klack* ab und trat ein. Ein Duft kam ihr entgegen. Sie wusste nicht, wie das die Zimmermädchen anstellten, aber sie hinterließen jedes Mal diesen herrlichen Geruch nach sauber und neu und rein. Auch das Bett war so perfekt gemacht, dass es aussah, als hätte bisher noch nie jemand darin geschlafen. Nur die Tatsache, dass die Zimmermädchen immer wieder die Balkontür schlossen, störte Pia. Zuerst ging sie ins Bad, dann sofort zur Balkontür, um sie zu öffnen. Sie blickte hinaus und erstarrte.

Da, direkt vor ihr.

Die Taube.

Sie saß ganz ruhig auf dem Geländer. Und Pia hatte den Eindruck, dass sie mit ihren winzigen Augen direkt in ihre schaute. Die gesamte Körperhaltung des Vogels sagte: *Ja, ich bin es, die dich jeden Morgen weckt. Wir haben uns noch nie gesehen. Und trotzdem kennen wir uns gut.*

Dauerte das Treffen Stunden? Oder Sekunden? Pia hätte es nicht sagen können.

Als die Taube irgendwann die Flügel ausbreitete und ohne Gruß davonflog, fühlte sich Pia ganz seltsam. Sie sah Dinge plötzlich viel klarer.

Sie setzte sich, konnte dieses komische Gefühl aber dennoch nicht ignorieren. Die Dachterrasse sah noch immer genauso aus wie zuvor. Trotzdem erschien Pia plötzlich alles ganz anders. Ihre Sinne waren geschärft. Selbst die Blumen nahm sie ganz anders wahr. Und deren Duft.

Diese Reise nach Rom.

Pia fuhr sich wiederholt durchs Haar. Als könnte sie damit die letzten Tage wegwischen. Oder gleich die letzten Wochen. Doch die ließen sich ebenso wenig wegwischen wie der Grund ihrer … ja … Flucht.

Und Pia wusste gerade exakt, wie alles angefangen hatte.

»Hast du dich bei mamma bedankt, Miri?«

»Wofür denn?«

»Na hör mal! Für das alles.«

Clemente breitet die Arme aus und zeigt auf den Tisch, wo nur noch leere Gläser herumstehen. Miriana folgt der Armbewegung ihres Bruders mit den Augen.

»Sie weiß doch, dass ich mich darüber gefreut habe.«

»Vielleicht will sie es auch mal aus deinem Mund hören, hm?«

Kapitel 9

Camerota, Mitte September
nachts

»Der Teil mit der Segnung war echt schön«, fand Tiziana, die sich die Kochschürze umgebunden hatte und nach den Tellern griff, die Pia zum Abtropfen aufstellte.

Tiziana wischte sie mit dem Tuch noch einmal richtig trocken und stellte sie dann auf einen immer höheren Stapel.

»Pass auf damit, ja? Du weißt …«

»… dass es das gute Geschirr ist, das du zur Hochzeit geschenkt bekommen hast. Ja. Das weiß ich. Und ich weiß auch ganz genau, wie ich damit umzugehen habe. Weil du mir das nämlich jedes Mal sagst, wenn ich dir mit dem Abtrocknen helfe. Abspülen traue ich mich eh nicht.«

»Bin ich echt so schlimm?«

»Schlimmer.«

»Ich mag das Geschirr.«

»Ist ja auch wirklich hübsch mit seinen rosafarbenen Blümchen und den schicken Goldverzierungen am Rand.«

Pia hielt kurz inne.

»Findest du es etwa nicht hübsch?«

»Doch, doch«, erwiderte Tiziana wenig überzeugend. »Etwas veraltet vielleicht.«

Veraltet.

»*Dio santo*, ich bin altmodisch, oder?«

Tiziana überlegte.

»Altmodisch nicht. Aber ich denke, dass du manchmal aus Bequemlichkeit an den alten Dingen festhältst.«

»So ein Unsinn!«

Okay, dachte Pia. Das hatte vielleicht nicht allzu überzeugend geklungen. Aber sie war überzeugt von dem, was sie sagte. Doch. Wirklich!

»Ach ja. Dann beweis mir das.«

Pia legte den Teller, den sie gerade abwusch, wieder in die Seifenlauge und drehte sich zu ihrer Freundin hin.

»Und wie?«

»Miste endlich mal aus.«

Sie hatte aber gar keine Lust auf neues Geschirr und schüttelte den Kopf. Das mit den Blümchen mochte sie wirklich. Genau dieses Geschirr, das sie schon seit beinahe 25 Jahren benutzte.

Santo cielo, ja, fast 25 Jahre. So lange war sie schon mit Pasquale verheiratet.

Pia dachte an den Tag zurück, an dem sie Pasquale zum ersten Mal gesehen hatte, unten in Marina, gleich am Meer.

Ihre Eltern und Großeltern hatten ihr beigebracht, das Meer zu schätzen und zu respektieren. Keinen Tag hatte es in ihrer Kindheit gegeben, an dem sie nicht mit dem Wasser in Kontakt getreten war. Direkt oder indirekt. Und sie hatte die Früchte des Meeres geliebt, die ihr Vater und Großvater stets reichlich an Land schafften mit ihrem winzigen Boot und ihrem alten Netz. Schon als kleines Mädchen hatte Pia den Namen aller gängigen Fischarten auswendig gekannt. Sie hatte auch gewusst, über welche Art von Fisch man sich am meisten freute, weil er das meiste Geld einbrachte. Was für ein Fest, wenn mal Hummer im Fang dabei war! Den kauften besonders Touristen gerne und bezahlten den hohen Preis, ohne mit der Wimper zu zucken.

Als Pia alt genug gewesen war, um mit Geld umzugehen, hatte ihre *mamma* ihr aufgetragen, den Fisch am Hafen zu verkaufen. Dazu hatte man ihr einen einfachen Klapptisch zur Verfügung gestellt, auf dem dic von *papà* und *nonno* angefüllten Kisten Platz fanden. Und dann brauchte Pia nur abzuwarten, denn alle wussten, dass es bei ihr den besten Fisch der gesamten Cilentoküste gab. Was auch Pasquale irgendwann da oben auf seinen Hügeln zu Ohren gekommen sein musste. Denn er kam eines Sonntags, mit streng gebügelter Hose und einem viel zu warmen Pullover, und bat Pia darum, ihm ein paar Kilo Blaufisch zu verkaufen. Hätte man Pasquale nicht schon an seiner Kleidung angesehen, dass er von den Hügeln kam, so hätte Pia spätestens jetzt die Bestätigung gehabt: Leute, die nicht am Meer lebten, kauften meistens Blaufisch. Weil er billig und leicht zuzubereiten war.

Pasquale schwitzte, obwohl es noch recht früh am Morgen war. Doch irgendwie schaffte er es trotzdem, gut auszusehen. Auch er war braungebrannt, wie die meisten Jungen aus Pias Ort, die ihre Zeit am Meer verbrachten. Dennoch war Pasquale anders braun. Pia wettete, dass sein Oberkörper eine große weiße Stelle in Form eines Unterhemdes aufwies. Die Leute von den Hügeln fürchteten die Sonne, schützten sich selbst bei größter Hitze davor, wenn sie in ihrer Erde wühlten und irgendetwas anbauten.

»Heiß, nicht?«, versuchte Pia ein Gespräch anzufangen, während sie für ihn den Blaufisch abwog.

Der Mann von den Hügeln blickte auf, schien Pia erst jetzt richtig zu bemerken.

»Ja. Bei uns war es tatsächlich etwas kälter«, bestätigte er Pias Verdacht.

»Du kommst aus Camerota, hm?«

Schon wieder ein verwunderter Blick von dem jungen Mann, der ein unheimlich anziehendes Glitzern in den dunklen Augen hatte.

»Richtig! Man sieht es uns wohl wirklich an, oder?«

Er nahm sich selbst ein bisschen auf den Arm. Bestimmt wusste er nur zu gut, was die Leute aus Marina von den Bewohnern des Hinterlands dachten: dass sie etwas zurückgeblieben waren und ganz komische Ansichten hatten. Zwischen Camerota und Marina lagen nur etwa 10 Kilometer. Und doch schien ein ganzes Universum die beiden Orte zu trennen.

»Ach«, Pia machte eine wegwerfende Handbewegung, »ich habe wohl nur gut geraten«, behauptete sie und hielt ihm einfach die Tüte mit dem noch blutenden Fisch hin.

Er nahm sie entgegen, berührte dabei leicht Pias Hand. Und das muss wohl der Moment gewesen sein, in dem sie sich ineinander verliebten. Denn der Mann, den sie später als Pasquale kennenlernen sollte, hatte es gar nicht mehr eilig, hockte sich leger auf den Anleger neben Pias improvisiertem Stand.

»Bist du oft hier?«

Sie zuckte mit den Achseln.

»Jeden Tag.«

»Jeden Tag?«

»Wenn es nicht gerade stürmt.«

»Ich habe dich noch nie gesehen.«

»Ich dich auch nicht. Bist du denn oft hier?«

»Manchmal.«

»Dann solltest du vielleicht öfter kommen.«

Hoppla, wunderte sich Pia über ihren eigenen Mut. Flirtete sie etwa? Mit einem Wildfremden?

»Würdest du dich denn darüber freuen, mich öfter zu sehen?«

»Ich denke schon.«

Pasquale lächelte. Und Pia wäre fast in Ohnmacht gefallen. Sein Gesicht war mit einem Mal wie verwandelt. Dieses Lächeln machte ihn zum schönsten Geschöpf, das Pia jemals gesehen hatte.

Ziemlich schnell hatten sie sich danach verlobt und geheiratet. Zu schnell vielleicht. Sie kannten sich kaum, als sie in ihr Haus auf den Hügeln zogen. Aber Pia war trotzdem glücklich. So glücklich, wie sie es nie erwartet hätte. Denn sie erfuhr, wie wundervoll die Liebe war. Die Liebe von einem einzigartigen Mann, der sie regelrecht auf Händen trug. Und der es irgendwie schaffte, dass seine unbequeme Familie sie nicht im Geringsten störte. Pias Glücksgefühle steigerten sich noch, als ihre beste Freundin Tiziana ebenfalls einen jungen Mann aus Camerota heiratete und auf die Hügel zog. Das waren die besten Jahre gewesen. Als Tiziana und sie sich unheimlich erwachsen und unabhängig gefühlt hatten. Ihre Freundin hatte den Salon eröffnet, Pia war schwanger geworden. Und dann, ja, dann …

Pia dachte an die letzten 25 Jahre zurück. 25 Jahre! Wie war das passiert? Wie um alles in der Welt waren diese 25 Jahre nur so rasend schnell vergangen?

Camerota, nach der Feier
bei Don Rosario

Don Rosario war so voll, dass er es vorzog, sich nicht gleich hinzulegen, obwohl er die Augen kaum noch offen halten konnte. Und Kopfschmerzen hatte er. Sandrina konnte man wirklich nicht aufhalten, wenn sie mal loslegte. Sie hatte den ganzen Abend geredet. Immer direkt in sein Ohr. Worüber? Das war eine gute Frage. Er konnte es schon gar nicht mehr genau sagen. Hauptsächlich hatte sie aber ihre Schwiegertochter kritisiert. Dabei war Pia wirklich eine ganz vorzügliche Person. Elide hatte ihn ja offensichtlich ohne Wissen der Gastgeberin eingeladen. Und Pia hatte nicht einmal mit der Wimper gezuckt und ihn mit offenen Armen empfangen. Wer war zu solcher Gastfreundschaft schon fähig?

Don Rosario rechnete nach. Wie lange kannte er Pia bereits? Nun, er hatte sie damals kennengelernt, als sie Pasquale geheiratet hatte. Eine wunderschöne Trauung. Und Pia eine bildhübsche Braut. Eine strahlende Braut. Wobei er fand, dass eben dieses Strahlen etwas erloschen war.

Ob sie wohl glücklich war?

Diese Frage beschäftigte Don Rosario mehr, als ihm lieb war. Und er wurde dabei durstig, erhob sich also noch einmal von seinem alten Sessel und schlurfte zum Kühlschrank, der allein so einen Lärm veranstaltete wie ein ganzes Heer von Kühlschränken. Ein altes Ding eben. Don Rosario wollte aber keinen anderen.

Dumm.

Ja, dessen war er sich schon bewusst. Aber manchmal war er einsam. Und da tat es gut, wenn er zumindest vertraute Möbel oder Haushaltsgeräte um sich hatte.

Pia, die hatte aber doch eine Familie. Oder war es vielleicht gerade die Familie, die sie zu so einem nostalgischen Menschen gemacht hatte? Ermanno, zum Beispiel, der hatte sich mal wieder vollkommen danebenbenommen. Das war ganz klar Sandrinas Schuld. Sie hatte diesen arroganten Kerl komplett verzogen. Da konnte man jetzt wohl nichts mehr machen.

Der Kühlschrank rumorte plötzlich so laut in Don Rosarios Gedanken hinein, dass er sich vor Schreck beinahe den kompletten Inhalt des Glases, das er immer noch in der Hand hielt, über den Fuß kippte. Der Großteil des Wassers hatte sich schön über den Fußboden verteilt.

»*Ma porca troia*!«, entfuhr es ihm. Und er bereute es gar nicht. Jedenfalls ein paar Sekunden lang nicht.

»Verzeih mir Herr!«, fügte er deshalb gleich reumütig hinzu und zog sicherheitshalber den Stecker raus. Sein treuer Kühlschrank würde ihn doch wohl nicht im Stich lassen?

Camerota, nach der Feier
bei Pia und Tiziana

»Jetzt warst du aber gerade ganz weit weg!«, holte Tiziana Pia wieder zurück aus ihren Gedanken.

»In Marina, um genau zu sein.«

»Naja, 10 Kilometer sind gar nicht so weit. Und jetzt nimm mal deine Hände aus dem Spülwasser, sonst sind sie nachher ganz schrumpelig.«

Oh. Pia hatte gar nicht gemerkt, dass sie ihre Hände noch immer im Wasser hatte.

Das Gespräch über die Teller hatte sie mehr verwirrt, als ihr lieb war. Weil sie wusste, dass es in diesem Gespräch überhaupt nicht um das Geschirr ging. Tiziana forderte sie immer wieder dazu auf, etwas aus sich herauszugehen und auch einmal etwas Verrücktes zu tun. Ihre Freundin behauptete oft, dass Pia tief drinnen uralt war. Was irgendwie wehtat.

Weil Pia wusste, dass Tiziana mit ihrer Behauptung recht hatte.

»Okay. Ich werde ausmisten.«

Erstaunt blickte Tiziana auf. Sie nahm sich etwas Zeit, stellte die Teller in den Schrank, drehte sich dann langsam wieder um.

»Und ich werde dir dabei helfen.«

Obwohl Pia nickte, lehnte sie die Hilfe ihrer Freundin ab: »Nimm es mir nicht übel, Tiziana, aber das muss ich alleine machen.«

»Es wird dir guttun. Du wirst sehen.«

»Ich weiß.«

Tiziana legte ihr eine Hand auf den Arm, ging dann einen Schritt zurück und befreite sich von der Schürze.

»Dann packe ich es jetzt, Pialein.«

Pia ließ sich umarmen und bedankte sich erneut bei ihrer Freundin.

»Ich habe zu danken.« Tiziana hob die mit Resten gefüllten Schalen, die Pia für sie zurechtgelegt hatte. »Damit rettest du mich über die nächsten Tage. Und du weißt, wie sehr du mir damit hilfst. In der kurzen Mittagspause auch noch zu kochen, das schlaucht mich oft.«

»Vielleicht solltest du auch mal darüber nachdenken, beruflich etwas kürzerzutreten. Du arbeitest definitiv zu viel.«

Tiziana schüttelte den Kopf.

»Falsch. Das ist für mich keine Arbeit, sondern mein Leben.«

Pia nickte. Irgendwie stimmte das wohl.

»Komm, ich begleite dich noch zur Tür.«

Die Freundinnen umarmten sich erneut zum Abschied, dann ging Pia noch einmal zurück zur Küche. Sie hatte es gerne ordentlich, bevor sie zu Bett ging. Erst als auch das letzte Geschirrtuch in der Waschmaschine steckte und das letzte Messer in der Schublade, gab sie sich zufrieden. Und, oh, da war ja das Päckchen, das Don Rosario ihr mitgebracht hatte. Sie entfernte vorsichtig das Papier, bewunderte die schönen Fische. Wie lieb von ihm.

Obwohl es wahrscheinlich vollkommen zwecklos war, deckte Pia auch noch das Goldfischglas mit der eigens dafür genähten Haube zu. Sie bildete sich ein, dass Alberto damit besser schlief.

»*Buonanotte, amico mio.*«

Mitten in der Nacht schrak Pia aus tiefstem Schlaf auf.

»Hast du das gehört, Pasquale? … Pasquale!«

Sie setzte sich auf, versuchte ihr polterndes Herz zu beruhigen.

»Pasquale!«

Sie rüttelte unsanft an seiner Schulter.

»Was denn?«, murmelte er verschlafen.

Pia machte Licht, blickte sich im Zimmer um. Da war doch irgendetwas gewesen.

Oder etwa nicht?

Je mehr sie sich anstrengte, desto unschärfer wurde ihre Erinnerung.

»Ich weiß nicht, Pasquale. Wahrscheinlich habe ich geträumt.«

»Leg dich wieder hin«, riet er ihr ruhig und sanft.

Pia löschte das Licht, blickte aber so lange in die Dunkelheit, bis die Augen sich daran gewöhnten und sie den Umriss ihres Kleiderschrankes erkannte.

»Pasquale?«, flüsterte sie irgendwann.

»Mhm?«

»Kannst du auch nicht schlafen?«

Jetzt setzte Pasquale sich auf und schaltete das Licht der kleinen Nachttischlampe an.

»Um was geht's, *Signora* Pia?«, fragte er, rieb sich die Augen und gähnte.

»Ich habe so ein komisches Gefühl.«

»Ach, *Signora* Pia, du immer mit deinen Eingebungen …«

Sie schwiegen eine Weile. An Schlaf war aber wohl nicht mehr zu denken.

»Weißt du, Pasquale, ich kenne dieses Gefühl«, nahm Pia das Gespräch irgendwann wieder auf.

»Ach ja?«

»Ja.«

»Dann erklär es mir …«

Pasquale gähnte erneut. Dieses Mal viel lauter.

»So ging es mir, als mein *nonno* starb.«

Wieder langes Schweigen.

»Ach, verdammt. Wie soll man bitte wieder einschlafen, wenn du so eine Bombe platzen lässt!«

»Ja, es tut mir ja leid. Aber ich kann das nicht für mich behalten.«

»Und was soll ich jetzt deiner Meinung nach tun?«

Pia zuckte mit den Achseln. Sie wollte eigentlich viel lieber schlafen und diese Panik, die fast an Gewissheit erinnerte, ausblenden.

Als sie Motorengeräusche aus dem Vorhof hörten, war Pia gleichzeitig erleichtert und besorgt. Pasquale warf die Decke zurück, schlüpfte in seine Hose und begab sich sofort hinunter ins Erdgeschoss und zur Haustür. Pia eilte ihm nach.

Noch bevor irgendjemand anklopfen konnte, riss Pasquale die Tür auf.

Pia erkannte das Auto des *Dottore*. Mit klopfendem Herzen beobachtete sie, wie dieser den Wagen zum Stehen brachte und ausstieg. Auch die Beifahrertür wurde geöffnet. Von Don Rosario.

Ohne die Bewegung bewusst zu steuern, griff Pia nach Pasquales Hand.

»Es tut mir leid«, hörte Pia Don Rosario sagen. »Der Herr hat *nonno* Mario zu sich gerufen.«

»*Papà,* das ist Pia.«

Pasquale schiebt Pia vor, die vor Aufregung leicht zittert. Er lässt sie aber nicht los. Keine Sekunde.

Mario sieht sich Pia lange an.

»Er hat mich angegafft wie ein Stück Vieh!«, behauptet Pia später lachend und endlich entspannt.

»Das macht er nur, wenn er mag, was er sich anschaut.«

»Oh. Du meinst, dein *papà* mag mich?«

Pasquale nickt, zieht Pia an sich und küsst sie lange und innig.

Kapitel 10

Camerota, Ende September

Er hatte es sich so angewöhnt, die Toten daheim abzuholen und mit einer Prozession zur Kirche zu bringen. Don Rosario fand das würde- und respektvoll. Viele seiner Kollegen warteten in der Kirche auf die Särge. Er nicht.

Als er etwas atemlos bei der Behausung von Mario Moscato angelangte, musste er ein bisschen drängeln. Wenn jemand in Camerota starb, kam der ganze Ort, um sich zu verabschieden. Es waren ja nicht mehr viele Bewohner übriggeblieben. Aber die paar, die es waren, hatten sich eingefunden. Die unzähligen Blumen machten das Atmen schwer. Irgendwann würde er das verbieten. Langsam konnte er sie nicht mehr riechen.

Bevor er eintrat, fuhr er sich mit der Hand über den Kopf, versuchte das Haar dabei zu glätten. Schwierig, so ohne Kamm. Und heiß war es. Don Rosario wunderte sich, dass noch niemand in Ohnmacht gefallen war. Die Leute waren hier drin zusammengepfercht wie Sardinen. Er erblickte Elide, rief sie mit einem Wink zu sich.

»Don Rosario?«

»Elide, kannst du hier mal lüften? Weißt du, die Blumen, die vielen Leute. Und wir bleiben mindestens noch 15 Minuten …«

Es schickte sich nicht, auch vom Gestank nach Tod zu sprechen. Präsent war er trotzdem.

»Natürlich, Don Rosario. Ich werde mich darum kümmern.«

Die Anwesenden nickten ihm zu, machten betroffene Gesichter. Und Don Rosario ging durch die Menge hindurch zu Mario Moscato, der im offenen Sarg aufgebahrt vor seinem Kamin lag. Rechts von ihm Sandrina. Wie in Trance saß sie da, berührte die Hand ihres Mannes. Ab und an kreischte sie und schlug sich vor Schmerz mit der Faust auf die Brust.

Don Rosario glaubte etwas Unehrliches in ihrer Gestik zu erkennen, schüttelte diesen Gedanken aber gleich wieder ab. Das war ganz sicher nicht der richtige Moment, Sandrinas Ehrlichkeit zu hinterfragen. Er wusste, zu was sie fähig war, kannte ihre ganz große Sünde aus der Vergangenheit. Dennoch wollte er glauben, dass ihr Schmerz aufrichtig war. Und diese Sache aus der Vergangenheit … Vielleicht würde er sie irgendwann einmal wieder darauf ansprechen. Diese Angelegenheit, ja, die musste einfach mal geklärt werden. Besser früher als zu spät.

Ermanno stand bei ihr. Mit Sandro und Letizia. Don Rosario runzelte die Stirn. Er war ja nun wirklich der Letzte, der irgendeine Ahnung von Kleidung hatte. Aber selbst ihm fiel sofort auf, dass Ermanno viel zu schick aussah. Zwar hatte der auf seine auffälligen Polohemden verzichtet und den Total-Black-Look gewählt. Trotzdem passte er in die bescheidene Bleibe seiner Eltern wie Berlusconi in einen Konvent.

Auf der anderen Seite des Sarges saß Pia, die wirklich mitgenommen aussah. Daraus schloss Don Rosario, dass sie ihrem Schwiegervater gegenüber ehrliche Zuneigung verspürt haben musste. Was auf Gegenseitigkeit beruht hatte. Der alte Mario hatte viel von Pia gehalten. Nicht selten hatte er sie ganz offen gelobt in der Bar, vor allen Leuten.

Pia war dennoch gefasst. Gab ihrem Mann Pasquale sichtlich Halt, der wie ein Roboter Beileidsbekundungen entgegennahm. Sie gaben schon ein harmonisches Bild ab. Pia und Pasquale. Clemente und Giovanna mit Matteo. Miriana, die sich zwar unwohl fühlte, sich aber der Situation angemessen verhielt. Auch sie hatte soeben lernen müssen, dass im Leben nicht immer alles nach Plan lief. Statt abzureisen, in die Großstadt, musste sie nun dabei zusehen, wie ihr Großvater beerdigt wurde. Ungerecht? Ja. Aber so war das eben manchmal.

Elide ging hin und her, versuchte sich nützlich zu machen. Eine schöne Familie.

Don Rosario atmete tief ein. Schon besser. Man konnte wieder Luft holen. Elide hatte brav die Fenster geöffnet und für etwas Durchzug gesorgt.

Ja, dachte Don Rosario. Manchmal übertrieb er es wohl. Das war ihm schon klar. Er versuchte stets, jedes noch so kleine Signal einzufangen. Er sah es als seine Aufgabe, Familien und deren Glück im Auge zu behalten. Viel zu oft und viel zu schnell hatte er schon alles auseinanderbröckeln gesehen. Das wollte er verhindern. Zeitig eingreifen, falls erforderlich. Aber hier bei den Moscatos war alles in Ordnung. Obwohl … Pia machte ihm schon etwas Sorgen …

Jemand tippte Don Rosario auf die Schulter und riss ihn unsanft aus seinen Überlegungen. Antonio. Er hatte ihn nicht kommen gehört. Das verhaltene Gemurmel hatte das Quietschen der Schuhe übertönt.

»Antò, was gibt's?«

»Die Leichenbestatter sind da und wollen den Sarg schließen.«

Don Rosario nickte, wusste, was er zu tun hatte.

»So, ich muss jetzt alle Nicht-Angehörigen bitten, den Raum zu verlassen«, sprach er mit ruhiger, aber fester Stimme. Sandrina jaulte auf wie ein getretener Hund. Die Leute machten sich dennoch daran, hinauszugehen, um der Familie ein persönliches Abschiednehmen zu ermöglichen.

Als nur noch die *famiglia* bei Mario stand, näherte sich auch Don Rosario.

»Lasst uns uns alle bei der Hand nehmen«, schlug er vor.

Die Familie stellte sich so nah wie möglich an den Sarg. Sandrina klammerte sich an Ermanno, dem das sichtlich unangenehm war.

Don Rosario sprach das letzte Gebet, bei dem Mario noch unbedeckt dalag. Er tat es betont langsam, weil er wusste, dass jeder jetzt auf seine Weise Abschied nahm. Auch er selbst. Bilder, die Mario zeigten, als es ihm noch gut ging, entstanden in seinem Kopf. Wie oft er wohl in den vielen Jahren beim Kartenspielen gegen ihn gewonnen hatte? Und dieses eine Mal, als sie so heftig gestritten hatten. Um was war es noch einmal gegangen? Ach ja. Das Boccia-Turnier. Fast hätte Don Rosario bei der Erinnerung gelächelt.

»Dann würde ich jetzt vorschlagen, wir lassen die Männer vom Bestattungsdienst ihre Arbeit machen.«

Kein Vorschlag. Eher ein Befehl. Das hatte er so ausgemacht mit dem Bestattungsinstitut. Es machte deren Arbeit leichter. Erfahrungsgemäß verkrafteten es die Wenigsten, dabei zuzusehen, wie der Sarg verschraubt wurde.

Nach der Messe war Don Rosarios Dienst getan. Zum Friedhof ging der Priester nie mit. Das war die Aufgabe der Familie und der Bestatter. Manchmal war Gianni, der Totengräber, nicht schnell genug, Platz für neu eintreffende Särge zu schaffen. Dann lag der Sarg ohnehin noch eine Weile im dafür vorgesehenen Raum. Marios Seele befand sich jetzt dort, wo sie hingehörte. Mehr konnte er nicht für ihn tun.

Eine Weile blieb Don Rosario noch in seiner Kirche, wartete in der Sakristei auf irgendein Familienmitglied, das ihm eine Spende vorbeibrachte. Eigentlich fand er das unheimlich demütigend, aber er war darauf angewiesen, wenn er seine Kirche weiterhin so wunderbar in Schuss halten wollte. Nein, natürlich behielt er nichts davon für sich. Aber er war penibel, was die Kirche anging. Konnte es nicht ausstehen, wenn Putz bröckelte oder mal wieder ein Mikrophon streikte. Allein die Reparatur des Glockenbandes hatte ihn schon wieder eine Menge gekostet.

Deshalb war er erleichtert, als es leise an der Tür klopfte.

Pia.

Anders hätte er es nicht erwartet.

»Komm rein, Pia.«

Sie sah noch müder aus. Nein, mehr als das.

»Don Rosario, jetzt mussten Sie so lange warten. Tut mir leid …«

Sie griff in ihre Handtasche, setzte sich kurz und schaute erst nach einem kurzen Moment wieder auf.

»Tut mir leid, dass du noch einmal hierher musstest.«

Sie zuckte mit den Achseln.

»Ach, keine Sorge.«

Ohne weitere Erklärung legte sie ihm einen Briefumschlag hin, den er wortlos nahm und einsteckte.

»Wie geht es euch?«

»Den Umständen entsprechend …«

»Lass dich von der Trauer nicht überwältigen, mein Kind.«

»Es ist nicht die Trauer … Ich meine, natürlich bin ich traurig, aber …«

»Aber?«

»Ach nichts, schon gut. Es ist kein einfacher Moment. Miriana geht. *Nonno* Mario stirbt. Damit muss man erst einmal klarkommen.«

»Das verstehe ich. Lass dir Zeit. Und lade dir nicht immer so viel auf.«

»Ich werde es versuchen …«

»Was ist mit Sandrina?«

»Was soll mit ihr sein?«

»Wird sie bei Ermanno unterkommen?«

»Bestimmt. Ist doch ihr Liebling.«

Dazu hätte Don Rosario eine ganze Menge zu sagen gehabt. Aber er durfte nicht.

»Gut. Dann geh jetzt, Kind. Ruh dich aus.«

Pia erhob sich sofort.

»Danke, Don Rosario. *Arrivederci*.«

Don Rosario hoffte inständig, dass Sandrina nicht auf die Idee kam, bei Pia einzuziehen.

Sieben Mal hatte sich die bodenlange Gardine am Schlafzimmerfenster in der letzten Minute aufgebäumt. Das wusste Pia so genau, weil sie mitzählte. Seit gefühlten Stunden bereits. Der leichte Wind blies herein, hob den dünnen Stoff an, ließ ihn kurz lebendig erscheinen, um dann gleich wieder trist zurückzufallen. Die Bewegung beruhigte Pia, sah für sie aus wie das Spiel der Wellen. Und machte sie gleichzeitig noch wacher als wach.

Pia bestand auf das offene Fenster im Schlafzimmer. Sie bildete sich ein, das Meer zu riechen, das Luftlinie nur wenige Kilometer weit entfernt lag. An guten Tagen reichte die Brise bis zu den Hügeln hinauf. Keine unüberwindbare Distanz. Dennoch war es nicht dasselbe. Sie vermisste das Meer. Und brauchte deshalb das offene Fenster.

Pasquale kam zu Bett, als die Brise sich schon lange gelegt hatte und die Gardine nur noch leblos an ihrer Stange hing. Er war vorsichtig und leise. Offenbar wollte er sie nicht wecken. Dabei lag sie immer noch hellwach und mit weit aufgerissenen Augen im Dunkeln.

»Was hast du noch so lange gemacht?«

Pasquale ließ sich müde ins Kissen fallen.

»Du bist wach, *Signora* Pia?«, murmelte er und rieb sich die Augen. Dann gähnte er. Und steckte Pia tatsächlich damit an.

»Ja.«

»Kannst du nicht schlafen?«

»Nein.«

»Ich auch nicht. Hab noch eine Weile mit Miriana geplaudert und dann ferngesehen.«

Verständlich. Pasquale hatte gerade seinen Vater verloren. Wieso es ihr hingegen so miserabel ging … das würde sie auch gerne wissen.

»Wie geht es dir wirklich, Pasquà?«

Diese Frage im dunklen Schlafzimmer, wo es nur sie beide gab, machte Pia traurig. Und dann fing sie plötzlich an zu weinen. Was sie unheimlich nervte. Was gab es denn da zu weinen?

»Hey …«

Pasquale setzte sich auf, zog sie mit seinen starken Armen an sich, legte sacht ihren Kopf auf seine Brust. Küsste ihr Haar und klopfte mit der freien Hand beruhigend auf ihren Rücken. Dieser Mann roch so vertraut. Fühlte sich noch viel vertrauter an. Obwohl Pasquales Hand sich schwer und ein wenig rau anfühlte, konnte sich Pia im Moment keine schönere Berührung vorstellen. Sie hörte sein Herz klopfen.

»Ich will mich in nächster Zeit intensiv um das Projekt Hütte kümmern«, sagte Pasquale ganz unerwartet in die Stille hinein.

Pia war verwirrt und musste sich erst einmal aus dem wohligen Gefühl der Umarmung kämpfen. Sie schniefte laut.

Die Hütte schon wieder? Das war seit Neuestem Pasquales Lieblingsthema. Aber was hatte die Hütte jetzt bitte in dieser intimen Situation zu suchen?

»Keine Sorge, das wird nicht teuer. Ich habe schon mal auf Mirianas Laptop im Internet nach günstigem Material geschaut und probeweise ein paar Anzeigen aufgegeben, will einfach mal sehen, ob überhaupt jemand Interesse hätte.«

Pia musste sich richtig zwingen, seinen Worten zu folgen. Sie kam sich vor wie auf einer Achterbahn. Dass Pasquale auf einmal richtig eloquent war, machte es auch nicht einfacher, sich auf seine Worte zu konzentrieren.

Ohnehin war sie etwas skeptisch, was Pasquales Idee anging. Zwar lag die Hütte sehr idyllisch im Grünen und man hatte einen fantastischen Meerblick, aber zu den Stränden kam man nur mit dem Auto. Ob das den Touristen nicht zu umständlich war?

»Ich möchte endlich etwas mehr Geld in der Tasche haben. Und das ist die Chance!«, machte Pasquale unbeirrt weiter.

Nun, viel lieber hätte Pia über dieses komische Gefühl geredet, das sie schon den ganzen Tag verfolgte. Und über Pasquales Trauer auch. Aber es war selten, ihren Mann mal so begeistert und leidenschaftlich zu erleben. Schade, dass er ein denkbar schlechtes Timing ausgewählt hatte. Sie war mit dem Kopf einfach ganz woanders. Pia zuckte mit den Achseln.

Pasquale drückte sie fester.

»Dass mein *papà* gestorben ist … das bricht mir das Herz. Und ich bin auch traurig, dass Miriana geht!«, flüsterte er ihr dann ins Ohr. Und Pia musste wieder weinen. So lange, bis sie in Pasquales Armen einschlief.

»Ich mag da nicht rein, *mamma.*«

»Gut. Dann bleiben wir hier, Miriana.«

Pia beobachtet, wie das Kind auf die Knöpfe seines blauen Schulkittels schaut, nach einem in Bauchhöhe greift und daran herumdreht. Sie kann sich vorstellen, wie ungewohnt und neu das alles auf ihre Tochter wirkt.

Der erste Schultag ...

Dann aber sieht sie, wie Miriana neugierig ihren Schulkameraden hinterherblickt, die nach und nach im Klassenzimmer verschwinden.

»Die haben ja alle überhaupt keine Angst.«

»Stimmt ...«

»Kannst du nicht mitkommen?«

»Das geht nicht, Miri. Manchmal musst du neue Situationen allein erkunden. Aber du musst wissen, dass ich immer bei dir bin ... hier drinnen.«

Dann legt Pia eine Hand auf Mirianas Herz und diese Geste ... die zaubert endlich ein Lächeln auf Mirianas Gesicht. Jetzt ist alles möglich.

Kapitel 11

Am nächsten Morgen wurde Pia von einer panischen Miriana aus dem Schlaf gerissen.

Santo cielo! Hatte sie etwa verschlafen? Was war nur los mit ihrem Wecker?

»Maaaaa! Nun mach schon, steh auf!«

»Wie spät ist es denn?«, fragte Pia mit belegter Stimme und versuchte einen Blick auf den doofen, alten Wecker zu erhaschen, der ganz sicher nicht funktioniert hatte.

Kopfschmerzen.

»Es ist schon sieben!«

»*Porca miseria*! Wieso hast du mich nicht eher geweckt?«

Ja, ja, dachte Pia. Sie hatte geflucht. Vor ihrer Tochter. Was gar nicht gut war. Aber irgendwann würde sie sich das schon abgewöhnen. Versprochen!

»An was soll ich denn noch alles denken?«, protestierte Miriana und war auch schon verschwunden.

Noch immer etwas benommen, warf Pia die Decke zurück und stand so schnell auf, dass ihr auch noch schwindelig wurde.

Ganz toller Tag.

»Wo ist denn *papà*?«, erkundigte sie sich und hoffte, dass die Frage irgendwen im Haus erreichen würde – wahrscheinlich am ehesten Alberto.

»In der Küche«, schrie Miriana aus dem Bad und machte damit Pias Kopfschmerzen nicht besser.

Ah. Gut. Sicher bereitete Pasquale inzwischen Frühstück vor. Wenigstens etwas.

Pia eilte hinunter. Brauchte jetzt erst einmal einen Kaffee. Und falls Miriana den Zug verpasste, dann musste sie halt einfach den nächsten nehmen.

Mit der Nase suchte Pia nach einladendem Kaffee-Duft, als sie die Küche betrat. Aber weit gefehlt. Statt eines liebevoll vorbereiteten Frühstücks fand sie einen mit Papieren bedeckten Tisch vor. Mitten im Chaos Pasquale und Mirianas Laptop.

Wortlos überreichte er ihr den Computer.

»Was soll ich damit?«, gähnte Pia und war noch nicht wach genug, um sich aufzuregen.

»Blaue Fliesen oder doch lieber Parkett-Imitat?«

»Was?«

Sie blinzelte irritiert.

»Für die Hütte, *Signora* Pia. Was passt deiner Meinung nach besser?«

Das waren vielleicht komplizierte Fragen gleich so früh am Morgen.

»Fliesen?«

Pia sah etwas genauer hin. Die Fliesen sahen wirklich toll aus, erinnerten sie an das Meer.

»Nicht lieber Parkett?«

»Pasquale, mach, wie du willst, ja?«

»Also Fliesen. Wie Sie wünschen, *Signora* Pia.«

Sie wusste nicht, aus welchem Grund sie zuerst mit ihrem Mann schimpfen sollte: Weil er sie nicht geweckt hatte oder weil er noch nicht einmal an Frühstück gedacht hatte?

Besser gar nicht.

Pia stellte den Laptop etwas zu kräftig ab, ging zu Alberto hinüber und nahm die Haube vom Glas.

»Machst du mal Kaffee, damit ich mir schnell was anziehen kann, bevor wir losmüssen?«

Nein, Pia bemühte sich nicht um einen freundlichen Ton. Hatte gar keine Lust drauf.

Pasquale sprang auch schon auf. Schien sich gerade erst daran zu erinnern, dass er seine Tochter zum Bahnhof fahren musste.

»*Va bene*, *Signora* Pia«, erklärte er und packte rasch die ganzen Papiere und den Laptop weg.

Pia ging – ohne Kaffee – wieder nach oben, machte sich frisch, zog sich an. Alles in wenigen Minuten.

Als sie wieder nach unten kam, stand Miriana schon aufbruchbereit an der Haustür.

»Ich fasse es nicht. Nicht nur musste ich meine Abreise wegen des armen *nonno* um Tage verschieben, jetzt sorgen meine eigenen Eltern auch noch dafür, dass ich meinen Zug verpasse. Ganz toller Anfang. Ganz tolle Unterstützung, echt!«

Während Pia den Mund öffnete, um … sich vielleicht zu entschuldigen – ja, als Mutter musste man auch das –, hupte Pasquale bereits von draußen.

Pia dachte an ihren Kaffee. Ach, sie brauchte ihn doch gar nicht so dringend. Hauptsache Miriana erwischte ihren Zug noch, wo sie doch schon später als geplant abreiste.

Und, ja, Miriana erwischte ihren Zug natürlich. Sie mussten sogar eine Weile am Bahnhof warten. Es fanden sich immer mehr Pendler ein. Nur wenige mit wichtig aussehenden Taschen. Der Großteil bestand aus Studenten und Schülern. Einige unterhielten sich mit Miriana. Pia schaute angestrengt in die andere Richtung, zur Bergspitze des Monte Bulgheria, wollte nicht wie eine aufdringliche Mutter erscheinen. Vermutlich gab es keinen anderen Bahnhof, der landschaftlich so schön lag wie dieser, mitten in einem von hohen Bergen umgebenen Tal. Aber das tröstete sie an diesem Morgen nicht. Sie hatte ein ganz seltsames Gefühl im Bauch.

Pasquale sagte – natürlich – nicht viel. Aber Pia bemerkte an seinem nervösen Auf-und-ab-Gehen, dass es ihm wohl nicht anders ging.

Ihr Küken war dabei, sie zu verlassen, um die große, weite Welt zu erkunden. Diese Tatsache drückte auf Pias Brust und machte ihr das Atmen schwer.

Als der Zug quietschend einfuhr, war sie gleichzeitig erleichtert und schrecklich traurig.

Miriana schlang die Arme um ihre Eltern. Und einige Sekunden lang waren sie sich so nah wie schon lange nicht mehr. Ein Mikroorganismus aus Liebe, Vertrautheit und gemeinsamer Vergangenheit. Dann ließ Miriana von ihnen ab und verschwand im Bauch des Zugs. Die Kälte, die sie dabei zurückließ, war lähmend.

Pia und Pasquale standen am Bahnsteig, bis der letzte Wagon in der Ferne verschwunden war.

»Fährst du mich noch schnell heim?«

Auf den Bus hatte Pia jetzt gar keine Lust. Man konnte außerdem nicht so genau sagen, ob er auch wirklich kam. Für Pasquale war das ein Umweg. Aber vielleicht, dachte Pia, konnte sie heute mal unvernünftig und verwöhnt sein. Nur heute. Dumm eigentlich, dass sie nicht mit dem eigenen Auto gefahren war. Aber bei dem unsanften Erwachen heute Morgen hatte sie gar nicht an diese Möglichkeit gedacht.

Pasquale nickte.

»*Certo, Signora* Pia.«

Er legte seine Hand auf ihre Schulter und führte Pia sanft zum Parkplatz, der sich vor dem Eingang befand.

»Danke … Ich weiß auch nicht. Bin irgendwie durch den Wind. Monatelang passiert nichts, und dann kommt alles auf einmal …«

»Du brauchst dich doch nicht zu entschuldigen.«

In Pasquales Stimme klang ein Anflug von Entrüstung mit. Und Pia liebte ihren Mann gerade noch ein bisschen mehr. Manchmal zeigte er seinen Beschützerinstinkt, der ihr unheimlich schmeichelte.

»Und du bist sicher, dass du heute schon zur Arbeit willst?«, fragte Pia lieber noch einmal nach, während sie sich auf dem Beifahrersitz niederließ.

Pasquale startete den Motor, schaute aber doch kurz zu ihr hin.

»*Papà* hätte es nicht anders gewollt.«

Ja.

Das stimmte. Pasquale stammte aus einer stolzen Arbeiterfamilie. Arbeit wurde dankend angenommen. Immer.

Sie nickte, hielt aber Pasquales Hand, bis er sich vor der Haustür mit einem Kuss von ihr verabschiedete.

Pia hatte das Bedürfnis, sich auszuruhen. Kaum war sie jedoch daheim, merkte sie, dass die Stille sie unruhig machte. Die Decke fiel ihr regelrecht auf den Kopf. Dieses seltsam widersprüchliche Gefühlt spiegelte genau ihren momentanen Zustand, fand Pia. Aber es nützte ja nichts, dass sie sich selbst wunderbar analysieren konnte, denn sie fand keinen Weg, ihren Gemütszustand zu regeln. Deshalb packte sie ihre Handtasche und machte sich erneut auf den Weg.

In Camerota war Markt. Pia besorgte sich dort immer günstige Haushaltsware. Sie hatte keine Ahnung, wie der Mann an dem Stand die Preise so niedrig halten konnte, und es interessierte sie auch nicht wirklich. Sie sparte gerne, wenn es irgendwie möglich war.

Pia musste jede Besorgung mit dem Auto machen, da ihr Haus etwas außerhalb lag. Der Marktplatz befand sich im Ortszentrum, und es war ungünstig, bis zum erhobenen Teil von Camerota zu fahren, da die einzige Straße immer enger wurde, je tiefer man sich in den Ort begab. Wenn einem jemand entgegenfuhr, konnte es mitunter richtig kompliziert werden, aneinander vorbeizukommen. Also hielt Pia direkt an einer steilen Treppe, stellte ihr Auto ab und machte sich daran, die Stufen zu erklimmen, um den höher liegenden Teil des Ortes zu erreichen.

Etwas außer Atem kam sie oben an. Vor ihr lag der offene Marktplatz, wo es bereits geschäftig zuging. Kurz sammelte sich Pia und schaute dem Treiben einfach nur zu. Sie kannte wohl jeden einzelnen Menschen. Immer dieselben Gesichter. Da, Elide mit Pasquale Pio. Pia winkte ihrer Schwiegertochter zu. Einmal, zweimal. Dann rief sie nach ihr. Als Elide sie sah, nickte sie knapp. Pasquale Pio hingegen zeigte sich weitaus erfreuter.

»*Nonna, nonna*!«, rief er und zappelte, um von Elide loszukommen und Pia entgegenzulaufen.

Elide ließ den Kleinen herunter und beobachtete, wie er zu Pia rannte, die ihn auffing. Mit all ihrer Liebe.

»Na, *piccolino mio*!«

»*Nonna*!«

Pia trug ihren Enkel zurück zu seiner Mutter und umarmte auch Elide kurz. Ihre Schwiegertochter war ein unglaublich zurückhaltender Mensch. Manchmal wirkte sie schroff, fast abweisend. Trotzdem mochte Pia sie. Sehr sogar. Elide hatte es nicht leicht im Leben gehabt. Eine schwere Kindheit. Das wusste Pia. Genau wie alle anderen hier im Ort. Camerota war einfach zu klein, um so eine Geschichte geheim zu halten. Manchmal, wenn Clemente sich öffnete, sprachen sie lange und ausführlich über Elide. Und Pia verstand, warum ihr Sohn seine Frau so sehr liebte. Wenn sie auch zu Beginn ihrer Beziehung mehr als erstaunt gewesen war.

Ausgerechnet Elide?, war damals Pias erster Gedanke gewesen. Wie alle anderen Einwohner Camerotas hatte auch sie sich von Elides Geschichte irreführen lassen.

Elide, das dürre Kind aus dem katholischen Waisenhaus.

Elide, die von Don Rosario nach Camerota geholt worden und bei Michelina untergekommen war.

Das adoptierte Mädchen aus dubiosen Verhältnissen.

Der verschlossene Teenie, der niemanden an sich heranließ.

Die hübsche Frau, die sich nun eine eigene Familie erschuf.

Das alles war Elide.

Clemente war es gelungen, sich Zugang zu ihrem Herzen zu verschaffen. Mit seinem einfühlsamen Wesen. Er hatte verstanden, dass Elide mit ihrer stillen, fast gleichgültigen Art versuchte, sich zu schützen.

Clemente hatte es dennoch in ihr Herz geschafft.

Und Pia würde es auch. Mit Geduld, Liebe und Ausdauer.

»Geht es dir gut, mein Schatz?«

»Bestens, danke. Miriana ist schon los?«

»Ja, wir haben sie vorhin zum Bahnhof gefahren.«

»Es wird ihr sehr gut gehen.«

Pia nickte. Natürlich würde es das.

»Darf ich dich an der Bar zu einem *caffè* einladen?«, fragte sie. Vielleicht gelang es ihr heute ja doch noch irgendwann, ihren Kaffee zu trinken.

»Ach, danke, aber eigentlich müssen wir schon wieder los.«

Pia ließ sich ihre Enttäuschung nicht anmerken. Lächelte ihr bestes Lächeln, küsste Pasquale Pio auf sein dickes Bäckchen und gab ihn wieder bei seiner Mutter ab.

»Pia!«, hörte sie dann aber ihren Namen so laut, dass sie mitten in der Bewegung innehielt.

Sie drehte sich um, hatte die Stimme wohl instinktiv bereits erkannt.

»*Buongiorno*, Ermanno.«

Pia versuchte, nicht kühl oder abweisend zu klingen. Musste sich aber wirklich mächtig anstrengen. Ermanno trug eine Tüte bei sich, aus der frisches Gemüse ragte. Bestimmt hatte er etwas für das Restaurant eingekauft.

»Kompliment. Dein tolles Essen ist wohl besonders meinem Vater ganz wunderbar bekommen«, rief er ihr laut zu.

Pia blickte sich nach Pasquale Pio um, der sich jetzt etwas verängstigt an seine Mutter schmiegte, die peinlich berührt aussah, aber nicht wegging. Das rechnete Pia ihr schon einmal hoch an.

»Diese Anspielung ist eine Frechheit, Ermanno!« Pia spürte, wie sie vor Empörung zitterte.

»Welche Anspielung?«, kläffte er einfach weiter und zog somit die ersten neugierigen Blicke der Passanten auf sich.

Pia hatte den Eindruck, dass Ermanno sich jetzt erst richtig in Pose warf. Wahrscheinlich genoss er den Auftritt in seinem grell-gelben Polohemd mit aufgestelltem Kragen und mit seiner obligatorischen Sonnenbrille ungemein.

»Glaubst du, du sprichst hier mit einem Kind? Ich verlange Respekt von dir!«

»Respekt, wem Respekt gebührt …«

»Eben!«

Pia drehte sich weg. Sie wollte kein Wort mehr von diesem Idioten hören.

»Hey! Wo gehst du hin? Ich rede mit dir!«

Jetzt blieb sie doch stehen, wandte sich wieder um und blickte ihrem Schwager direkt ins Gesicht.

»Ich aber nicht mit dir. *Stronzo*!«

Pia wunderte sich selbst über ihren eisigen Tonfall. Ihre Verwunderung war aber nichts im Gegensatz zu Ermannos. Er schnappte wiederholt nach Luft und begann, sich hektisch nach allen Seiten umzusehen. Wahrscheinlich wollte er sichergehen, dass niemand mitbekommen hatte, wie er eben als *stronzo* bezeichnet worden war – noch dazu von einer Frau, die zufällig auch seine Schwägerin war.

Natürlich. Immer schön den Schein wahren. Die Gefühle anderer Menschen waren ihm dagegen nicht wichtig. Null.

Und deshalb ließ sie Ermanno jetzt auch einfach stehen. Erst nach einigen Schritten bemerkte Pia, dass ihr jemand folgte: Elide mit Pasquale Pio.

»Ein Kaffee wäre jetzt tatsächlich nicht schlecht«, erklärte ihre Schwiegertochter.

»Ja?«

Obwohl Pia noch immer vor Wut zitterte, freute sie sich doch über Elides solidarische Reaktion.

»Due *caffè*!«, bestellte Pia, als sie endlich Nicolas Bar erreicht hatten.

»*Tutto bene*?«, erklang Don Rosarios Stimme aus der Ecke, wo der Priester gerade Karten spielte.

Alles okay? Gute Frage, dachte Pia. Wie ging es ihr eigentlich nach dieser dummen Szene eben?

Sie horchte in sich hinein, spürte langsam eine Energie aufsteigen, die sie für immer verloren geglaubt hatte. *Mamma mia.* Sie hatte es Ermanno so richtig gezeigt! Und das fühlte sich fantastisch an!

Ja, verdammt.

Tutto bene! Nein, *benissimo*!

»*Grazie*, Don Rosario. Alles bestens«, konnte sie deshalb wahrheitsgemäß behaupten.

»Weißt du, *mamma* Pia, ich bewundere wirklich, wie du Ermanno gegenüber immer so kontrolliert sein kannst!«

Naja, so richtig unter Kontrolle hatte sie sich ja eben nicht gehabt, dachte Pia. Aber das war trotzdem so ziemlich das Netteste, was Elide jemals zu ihr gesagt hatte.

»Ein neuer Gast für das Dachterrassen-Zimmer, *Signor* Marcello?«

Marcello nickt und tippt gleichzeitig eine Buchungsbestätigung.

»Mit allem nötigen Respekt, *Signor* Marcello, wollten Sie es nicht wieder gegen Geld vermieten?«

Marcello blickt auf.

»Ich habe es mir anders überlegt, Claudio.«

Claudio bewegt sich trotz der Antwort keinen Millimeter von Marcello weg. Also unterbricht Marcello die Arbeit, lehnt sich im Stuhl zurück.

»Sie heißt Pia. Und sie hat den Blick eines ausgesetzten Hundes. Sobald ihre Augen wieder lächeln, wird das Zimmer erneut ins Programm aufgenommen. Versprochen!«

Kapitel 12

Neapel-Rom, Anfang Oktober

Pia kramte in ihrer Handtasche. Gewiss war es nicht möglich, allen Bettlern, die vor dem Bahnhof standen, lagen oder saßen, Kleingeld zu geben. Aber an dieser jungen Frau, die einen Säugling im Arm hielt, konnte sie einfach nicht vorbeigehen. Nicht jetzt. Und nicht nach der Nachricht, die sie gerade erst erhalten hatte.

Pia fand kein Kleingeld, was sie zunehmend nervös machte. Deshalb zögerte sie nicht länger, griff zu einem Geldschein, rollte ihn zusammen und steckte ihn der jungen Frau in die Hand.

Diese blickte überrascht auf. Tränen der Rührung standen in ihren Augen. Pia verstand dieses Gefühl, merkte aber erst Augenblicke später, dass diese Rührung ihrer eigenen erschreckend ähnlich war.

»*Signora*, das ist das Netteste, was mir seit Langem passiert! *Grazie. Grazie di cuore*«, sprach diese in einwandfreiem Italienisch und drückte ihr Kind noch fester an die Brust.

Pia konnte den Blick nicht von dem Kleinen wenden. Alles um sie herum verschwand. Der Lärm. Das Stimmengewirr. Das Hupen. Der Dreck. Die Menschen. Der Smog. Das Elend. Die Stadt. Die Menschen.

»Wie heißt er denn?«

Unwichtig eigentlich. Aber sie musste das einfach wissen.

»Liam.«

Die junge Frau lächelte, wie nur eine Mutter das konnte.

»Schön. Ungewöhnlich aber, nicht?«

»Der Vater ist Engländer«, erzählte die junge Frau weiter.

Und dann gab es nichts mehr zu sagen. Pia verkniff sich ein

unpassendes *Viel Glück*, warf dem Baby eine Kusshand zu und ging.

Der Gedanke, dass die junge Frau nicht bereit war für die Rolle als Mutter, verfestigte sich, bis Pia fast das Gefühl hatte, er stünde wie ein Mensch neben ihr. Ein Mensch, der sie höhnisch anblickte, um sie daran zu erinnern, dass auch sie nicht bereit schien für diese Aufgabe, mit der sie am Morgen so unerwartet konfrontiert worden war.

Pia betrat das Gebäude fast fluchtartig, blickte auf die große Tafel und suchte nach ihrem Zug. Bahnsteig 12. Sie zog ihren Trolley hinter sich her und fand das Geräusch der kleinen Rollen, die über den Fußboden ratterten, seltsam tröstlich. Ganz automatisch setzte sie einen Fuß vor den anderen, folgte dem unsichtbaren Strom. Ein bisschen, als wäre sie in Trance. Ein Zustand, aus dem sie nach dem Telefonat heute Morgen noch gar nicht richtig erwacht war.

»*Si avvisano i Signori viaggiatori che il treno interregionale per Roma Termini è in partenza dal binario 13*«, tönte es aus den Lautsprechern. Die metallischen Worte dröhnten Pia in den Ohren. Rom.

Ein Zug nach Rom.

In die Ewige Stadt.

Pia blieb stehen. Dann ging sie ein paar Schritte gegen den Strom und schlug eine andere Richtung ein.

Rom.

Und ein falscher Zug, der zu dem Ziel wurde, das sie unbedingt erreichen musste.

Pia stieg ein. Wie selbstverständlich. All die anderen Zugfahrgäste schienen ein Ziel zu haben. Sie hatte auch eins. Doch, ganz bestimmt. Es fiel ihr nur gerade nicht ein. Aber es war da. Ihr Ziel. Irgendwo. Gut versteckt.

»Bist du verrückt geworden?«

Laut und deutlich hatte ihre innere Stimme diese Frage ausgesprochen.

Vielleicht. Vielleicht war sie es wirklich. Verrückt.

Aber dieses Verrücktsein fühlte sich zunehmend richtig an.

Wie um diesen Eindruck zu bestätigen, fand Pia auch sofort einen Sitzplatz. Und bevor sie es sich noch anders überlegen konnte ging es auch schon los. Kurz blickte sie sich in dem großen Zugfenster an. Sie sah aus wie eine ganz normale Reisende. Recht hübsch sogar, mit der neuen Frisur, die Tiziana ihr verpasst hatte. Komisch, dass der innere Tumult sich nicht in ihrem Gesicht widerspiegelte.

Als sie den Blick vom Zugfenster nahm, trafen ihre Augen die eines Mannes.

Madonna mia! Der Schaffner!

»*Biglietti, per favore*!«

Natürlich. Das war immerhin sein Job. Nur hatte Pia keine Fahrkarte. Dieses kleine Detail hatte sie in ihrem Zustand – einer Mischung aus Euphorie und Schock – vergessen.

Sie murmelte irgendetwas von Verspätung, spontaner Entscheidung und Zug verpassen. Der Schaffner hörte sich ihren Monolog ausdruckslos an, zückte inzwischen aber bereits Stift und Block. So einfach würde sie nicht davonkommen.

»Die Dame fährt mit mir.«

Ein Mitreisender, der Pia schräg gegenübersaß, hielt dem Schaffner eine Karte hin. Wahrscheinlich war er Mitglied in einem Club oder so etwas in der Art. Die Karte wurde jedenfalls genommen. Kommentarlos. Pia bekam dafür eine gestempelte Fahrkarte. Und der Schaffner zog endlich weiter.

Im ersten Moment wusste Pia nicht, wohin mit dem Blick. Ihr war die Situation peinlich. Nein, peinlichst. Sie spürte, dass die Schamesröte nur langsam aus ihrem Gesicht wich.

»Danke.«

»Nichts zu danken. Ich weiß, wie das läuft. Man eilt von einem Bahnsteig zum anderen und vergisst dabei mal den Koffer, mal den Kopf oder eben die Fahrkarte.«

Pia fand es nett, dass ihr Retter sich witzig gab.

»Lange Geschichte. Eigentlich hätte ich im Zug gen Süden sitzen müssen.«

Der Mann war so entspannt, dass Pia sich irgendwie von seiner Gelassenheit angesteckt fühlte. Sie merkte, wie ihre Muskeln nach und nach lockerer wurden. Und sie merkte, wie gut ihr Gegenüber aussah. Eine Tatsache, die sie fast schon wieder zum Erröten brachte. Der Mann lächelte, sagte aber nichts. Zeigte dabei eine ganze Reihe hübscher Zähne. Dass er aus dem römischen Raum kam, hörte man an seinem kaum angedeuteten Akzent.

»Pia.«

Der Mann hob fragend eine Augenbraue, und Pia merkte dabei erst richtig, wie harmonisch seine Gesichtszüge wirkten. Alles an ihm erschien perfekt. Aber nicht anmaßend. Selbst sein vermutlich maßgeschneiderter Anzug machte aus ihm keine steife Schaufensterpuppe. Ganz im Gegenteil – der sichtlich teure Stoff schmiegte sich wie eine zweite Haut an ihn und unterstrich seinen nahezu perfekten Körperbau.

»Ich heiße Pia.«

»Pia … *che bel nome*! Ich bin Marcello.«

Er hielt ihr die gepflegte Hand hin. Pia nahm sie und wunderte sich, wie schön es sich anfühlte, von tausend winzigen Stromschlägen durchströmt zu werden.

»Marcello … also … ich möchte natürlich für die Unkosten aufkommen.«

»Das ist gar nicht nötig, Pia. Meine Card erlaubt mir das Mitnehmen von einer weiteren Person.«

Pia schmolz ein bisschen dahin. Wie schaffte dieser Marcello es nur, ihren Namen so warm auszusprechen? Und mit einer derartigen Selbstverständlichkeit. Als würden sie sich seit Ewigkeiten kennen.

Aber wie konnte sie sich jetzt nur erkenntlich zeigen? Ihr kam eine Idee. Sie kramte umständlich in ihrer Reisetasche, nahm die Papiertüte mit ihrem Proviant heraus. Sie hatte einen halben Apfelkuchen eingepackt. Miriana hatte den partout nicht behalten wollen. Dabei war er ganz hervorragend gelungen. Pia hielt ihrem Retter ein Stück hin.

»Dazu kann ich ganz bestimmt nicht Nein sagen.«

Er nahm den Kuchen an, strahlte dabei über das ganze Gesicht. Und Pia wurde angenehm warm ums Herz.

Marcello nahm einen Bissen, schloss dabei vor Begeisterung die Augen und machte anerkennende Laute.

»*Buonissima*!«

»Ja?«

»Mehr als das. Ich kann mit ziemlicher Sicherheit behaupten, nie einen besseren gegessen zu haben.«

»Nun übertreiben Sie aber …«, wiegelte Pia ab. Insgeheim war sie aber mehr als entzückt über dieses Kompliment. Pasquale lobte ab und an ihre Kochkünste. Aber bei ihrem Mann klang das nicht halb so charmant.

Ja, Pasquale. Ihr Ehemann. Der irgendwie gerade, in Proportion zu den zurückgelegten Kilometern, in weite Ferne rückte. Das hier war etwas ganz anderes.

»Tue ich nicht! Ganz im Gegenteil stehe ich jetzt in Ihrer Schuld.«

»Unsinn!«

»Doch, doch. Ich muss mich irgendwie revanchieren.«

»Aber nein.«

»Pia«, Marcello hatte ihre Hand genommen – schon wieder – und sah sie jetzt ganz direkt an, »darf ich Ihnen Rom zeigen?«

Puh. Eigentlich war das doch alles verrückt.

»Bitte.«

Er bettelte förmlich und schaffte es dabei, seinen Augen einen Ausdruck zu verleihen, dem Pia einfach nicht widerstehen konnte.

Oder doch? Eine ganze Weile kämpfte sie mit sich. Bis schließlich der Teil von ihr gewann, der all dem entfliehen wollte, was im Moment nicht passte. Und das war eine ganze Menge.

»In Ordnung!«, hörte sie sich selbst sagen, während sie gleichzeitig ihrem Verstand verbot, diesen Entschluss jemals infrage zu stellen.

»Wie heißt Ihr Hotel?«

Eine denkbar einfache Frage. Auf die Pia keine Antwort wusste. Vielmehr fühlte sie sich davon vollkommen überrumpelt. Hotel … So weit hatte sie nicht gedacht.

Marcello wartete geduldig eine Antwort ab. Als keine kam, sprach er weiter.

»Sie können erst einmal bei mir übernachten.«

Pia versteifte sich sofort. Ihr Gegenüber schien es zu bemerken.

»In meinem Hotel halte ich immer ein Zimmer für ganz spezielle Gäste frei«, fügte er gleich hinzu.

»Sie haben ein Hotel?«

»Ein kleines …«

Pia hörte heraus, dass es bestimmt ein viel tolleres Hotel war, als er sie glauben lassen wollte.

»Das erleichtert mir die Suche natürlich ungemein. Vielen Dank.«

»Keine Ursache. Sie können es so lange benutzen, wie Sie wollen, und sind dabei natürlich mein Gast.«

»Das kommt nicht infrage. Ich zahle selbstverständlich dafür!«

»Sie wollen mir diese Freude nehmen? Dagegen widerspreche ich ganz vehement. Es gibt nichts Schöneres für mich als Gastfreundschaft. Und ich liebe es, meinen Gästen Rom zu zeigen. Mein Rom. Oder besser gesagt das Rom, das in keinem Reiseführer steht. So, wir sollten zum Ausgang gehen. Wir sind bald da.«

Pia blieb nichts anderes übrig, als aufzustehen und die Diskussion auf einen späteren Moment zu verschieben.

»Es ist sehr klein …«, sagte Marcello fast entschuldigend und hielt Pia an der Rezeption die Karte hin, die die Zimmertür entriegelte. »Ein Mitarbeiter hilft dir mit dem Koffer.«

Während der Taxi-Fahrt zum Hotel hatten sie sich das Du angeboten. Und das muffige Taxi hatte sich für Pia prompt in Aschenputtels prunkvoll geschmückte Kutsche verwandelt. Sie konnte nicht anders, als dauernd zu lächeln. Obwohl sie vom Taxi aus nicht viel mehr sah als Autos, Autos, Autos, färbte Roms magische Atmosphäre doch sofort auf ihr Gemüt ab. Und Marcello war mit Rom völlig eins.

Es war alles so berauschend. Ein bisschen unwirklich vielleicht. Aber keine einzige Sekunde hatte Pia den Eindruck, einen Fehler zu begehen.

Sie war in Rom. Und nirgendwo anders sollte sie sein.

Klein oder nicht, Pia war das egal. Selbst eine Abstellkammer konnte in diesem Hotel nicht hässlich sein. Sie hatte sich auf den ersten Blick in das Gebäude verliebt. Trotzdem machte sie sich innerlich auf ein nicht so tolles Zimmer gefasst.

»Oh«, war daher das Einzige, was sie herausbrachte, als ein Hotelangestellter die Tür aufsperrte und ihren Koffer hineintrug. Es war bildhübsch.

»Wir wünschen einen angenehmen Aufenthalt, *Signora.*«

Und dann war Pia plötzlich allein. Das Karussell ihrer aufgewirbelten Emotionen kam so abrupt zum Stehen, dass sie sich erst einmal setzen musste.

Was machst du hier?, schrie ihre innere Stimme so laut, dass Pia gegen ein dumpfes Gefühl ankämpfen musste, das sich ganz plötzlich irgendwo zwischen Bauch und Brust ausbreitete. Die fremde Umgebung infizierte auch ihr Selbstvertrauen und ließ es rapide schrumpfen.

Ein Telefon läutete.

Pia begriff erst nach dem vierten Läuten, dass es sich um ihr Zimmertelefon handelte. Es hörte nicht auf. Läutete immer weiter. Bis das Geräusch sie irgendwie in die Wirklichkeit zurückholte.

»*Sì*?«, meldete sie sich etwas atemlos und noch immer völlig perplex.

»Kannst du in etwa einer Stunde unten an der Rezeption sein?«

Ein paar Mal blinzelte Pia verwirrt.

Rezeption klang für sie gerade so erreichbar wie der Mond. Eine Antwort auf Marcellos Frage fiel ihr daher, trotz größter Anstrengung, nicht ein.

»Pia?«

»Ja?«

Kurzes Schweigen.

»Hör zu: Stell dir einfach vor, dass du eine Person ohne Vergangenheit und Zukunft bist! Für dich gibt es nur das Hier und Jetzt. Und aus diesem Hier und Jetzt nimmst du so viel mit, wie irgend möglich. Meinst du, du schaffst das?«

Es war der warme Ton. Oder vielleicht die Eindringlichkeit, die sie aus Marcellos Worten heraushörte. Die Nachricht jedenfalls erreichte Pia.

Sie nickte, wollte ihm vertrauen. Musste ihm vertrauen. Wie im Zug zuvor, als sie ihm mit erstaunlicher Leichtigkeit so viel von sich erzählt hatte.

»In einer Stunde, sagtest du?«

»Ja. Beschäftigungstherapie.«

»Ich werde mich bemühen«, behauptete sie und fragte sich plötzlich, was er genau mit Beschäftigungstherapie meinte. Sie errötete beim Gedanken daran, wie attraktiv er war. Ein Mann, dem die Frauen zu Füßen lagen und der etwas von einem Filmstar aus vergangenen Tagen hatte. Wie seine selbstsichere Art auf andere wirkte, hatte sie an den Blicken der Mitreisenden gemerkt. Und nun galt seine Aufmerksamkeit ihr. Das war verwirrend. Das war aufregend. Das war daher auch momentan kein Gedankengang, den sie weitergehen konnte.

»Etwas später geht natürlich auch.«

»Und etwas eher nicht?«

Marcello lachte und lockerte damit die Stimmung noch weiter auf.

»Komm, wann immer du willst, *va bene*?«

»*Benissimo*!«

Marcello hatte die Gabe, ihren Aufenthalt in Rom richtig erscheinen zu lassen. Wenige Gesten, wenige Sätze, und schon rückte wieder alles an den richtigen Platz.

Vielleicht konnte sie es ja schaffen, ihre Sorgen für ein paar Stunden zu vergessen.

»Was machen wir denn nun?«, fragte sie ihn also später an der Rezeption betont gelassen und folgte ihm aus dem Hotel hinaus.

»Wir gehen zu einem Kochkurs.«

»Netter Scherz.«

»Nein. Ernsthaft.«

Sie blieb stehen, um ihm besser ins Gesicht blicken zu können. Entweder war er ein richtig guter Schauspieler oder er sagte die Wahrheit. Kochen war jetzt so ziemlich das Letzte, auf das Pia Lust hatte. Das Wechselbad der Gefühle hatte sie ganz schön geschlaucht.

»Ich kann kochen.«

»Natürlich kannst du kochen. Das stellt auch niemand infrage. Aber das ist ein ganz spezieller Kochkurs. Bei einer ganz besonderen Person.«

»Du machst mich neugierig, weißt du das?«

»Ist ja auch meine Absicht.«

Unwillkürlich lachte Pia, obwohl ihr eben noch gar nicht danach zumute gewesen war.

»Dann erzähl jetzt aber auch!«

»Na gut. Der Kochkurs findet in einer sehr alten Osteria statt. Die Besitzerin selbst zeigt nur wenigen Auserlesenen, wie traditionelle römische Gerichte zubereitet werden.«

Sie mussten einer Gruppe Jugendlicher ausweichen. Einer Gruppe lauter, rotzfrecher Jugendlicher. Die waren aber auch überall gleich.

»Und wir gehören zu den Auserlesenen? Wie hast du das denn angestellt?«

»Ich kenne die Besitzerin.«

»Oh.«

»Und es ist nicht so, wie du denkst. Ich kenne sie nämlich schon seit Ewigkeiten. Wir haben in der Wohnung über der Osteria gewohnt. Und sie hat mich praktisch großgezogen. Dafür gesorgt, dass ich immer genug aß. Meine Eltern waren viel zu beschäftigt im Hotel, um sich um mich zu kümmern. Nur gut, dass ich Giulietta hatte.«

»Ja. Mir ging es ähnlich. Bei mir war es meine *nonna*.«

»Hatten deine Eltern auch so wenig Zeit für dich?«

»Nun, wir hatten kein Hotel, aber geschuftet haben meine Eltern auch die ganze Zeit. *Papà* war morgens auf dem Boot und nachmittags auf dem Bau. *Mamma* hat bei den älteren Leuten aus dem Ort den Haushalt in Ordnung gehalten. Als ich ganz klein war, hat sie mich immer mitgenommen. Aber irgendwann wurde mir das zu langweilig. Stell dir das vor, als kleines Mädchen dauernd stillhalten zu müssen, um die Alten nicht beim Schlafen oder sonst etwas zu stören. *No*. Das war nichts für mich.«

Pia hielt kurz inne und wunderte sich den Bruchteil einer Sekunde über ihre plötzliche Redseligkeit. Wie schaffte Marcello das nur?

»Du siehst, wir haben mehr gemeinsam, als es scheint.«

»Da hast du wohl recht.«

»Ich bin jedenfalls richtig froh, Giulietta gehabt zu haben. Außer meiner Frau hat mich nie wieder jemand so umsorgt wie sie.«

Er hatte eine Frau? Wieso überraschte sie das so sehr? Wobei … Er wirkte ja schon irgendwie gebunden, obwohl er keinen Ehering trug.

»Du bist verheiratet?«, hakte sie trotzdem noch einmal nach, fand die Frage aber gleich darauf unheimlich dumm. Schließlich hatte er das doch gerade gesagt.

Sie versuchte einen Blick auf sein Gesicht zu erhaschen. Es wirkte kurz schmerzlich verzerrt, was sie spontan dazu veranlasste, seine Hand zu nehmen.

»War …«, stellte er richtig. »Etwa 20 Jahre lang. Für mich war ja gleich nach unserem ersten Treffen klar, dass wir heiraten sollen. Aber da war ich sieben Jahre alt, und sie wollte warten, warten, warten«, erzählte er heiter und gleichzeitig etwas melancholisch.

Pia dachte daran, wie Marcello wohl mit sieben Jahren ausgesehen haben mochte, und fand es äußerst romantisch, dass er seine Sandkastenliebe zur Frau genommen hatte.

»Und jetzt seid ihr getrennt?«

Das musste sie einfach wissen!

»Angela ist vor fast genau sieben Jahren gestorben.«

Pia hielt abrupt an und zwang Marcello dadurch, einen Schritt zurückzugehen.

»Das tut mir leid.«

»Das muss es nicht. Ich komme damit zurecht.«

Er lächelte offen und aufmunternd, wie er es wahrscheinlich immer tat, wenn er darüber sprach, dachte Pia. Sie blickte forschend in sein nahezu perfektes Gesicht, registrierte jede seiner lässig-eleganten Gesten. Versuchte zu verstehen, wie ehrlich er eben gewesen war.

»Lass uns weitergehen«, forderte er sie auf.

Und sie ließ sich von ihm mitziehen, obwohl sie das Thema gerne noch vertieft hätte.

Marcello hielt schließlich in einer engen Gasse, durch die kein Auto passte. Ein einfaches Holzschild wies auf die Osteria hin.

»Hier, liebe Pia, bin ich aufgewachsen.«

Mit ausladenden Handbewegungen zeigte er Pia seine Gasse.

»Nun, ich würde ja gerne sagen, dass die Gegend sehr schön

ist. Aber sie erinnert mich eher an unsere engen Gassen aus dem Ort.«

»Dann bin ich aber gespannt, was du gleich über die Osteria sagen wirst.«

Pia bereitete sich bereits innerlich auf ein schäbiges Lokal vor. Sie nahm sich vor, trotzdem erfreut zu wirken. Dass Marcello sehr viel an diesem Ort lag, war ja klar. Und das wollte sie ihm nicht vermiesen.

Das Holzschild zeigte auf ein Portal, das in einen Innenhof führte. Und schon hier war Pia positiv überrascht. Der Innenhof war nämlich ganz reizend. Rustikal, aber hübsch. Rankengewächs zog sich an Holzgestellen hoch und sorgte für eine geradezu magische Atmosphäre. Eine Art Holzbühne, die man über eine Treppe erreichen konnte, bot genug Platz für einige Tische, die aber durch das dichte Grün fast vollständig abgeschirmt waren.

»Wunderschön!«

»Nicht wahr? Komm, lass uns reingehen. Giulietta wartet sicher schon auf uns.«

Gemeinsam betraten sie die kleine Osteria. Marcello musste sich etwas bücken. Der niedrige, enge Flur, in den sie sofort nach dem Eintreten gelangten, wirkte nicht gerade einladend. Aber die gekonnt eingesetzten Lichter verliehen ihm etwas Geheimnisvolles. Und gerade deshalb ging man letztendlich wohl doch den Flur entlang. Wurde dann auch gleich dafür belohnt. Denn der kleine Speisesaal war hingegen sehr hell und erinnerte an das Esszimmer eines Wohnhauses. Unzählige dekorative Details waren im ganzen Raum verteilt. Die Tische waren mit schweren Leinentüchern gedeckt. Und das Geschirr sah fast so aus wie das aus *nonnas* Anrichte.

Eine Frau kam in den Gastraum und füllte ihn augenblicklich mit ihrer Präsenz aus.

»*Bonasera*«, trompetete sie mit sehr offensichtlichem römischem Akzent und breitete ihre dicken Arme aus.

»Giulietta!«

Marcello ging ein paar Schritte auf sie zu und ließ sich tatsächlich herzen wie ein kleiner Junge.

Giulietta nahm dann sein Gesicht in beide Hände und verkündete energisch: »Du bist viel zu dünn, a' Marcé!«

Sie tätschelte noch einmal liebevoll seine Wangen, bevor sie ihn wieder freigab.

»Giulietta, das ist Pia, ein ganz besonderer Gast.«

Bei Giuliettas neugieriger Musterung wurde Pia doch etwas unwohl zumute. Das komische Gefühl hielt aber wirklich nur ganz kurz, denn nun breitete die korpulente Frau erneut die Arme aus. Und obwohl Pia eine etwas sterilere Umarmung bevorzugt hätte, konnte sie doch nichts gegen die lebendige Kraft von Giulietta ausrichten. Sie wurde so heftig geknuddelt wie schon lange nicht mehr.

»*Bellezza*, du glaubst wahrscheinlich, dass du kochen kannst, nicht?«, fragte Giulietta direkt, als sie Pia wieder freigelassen hatte.

»Nun, ich versuche mein Bestes.«

»Das ist nicht gut genug, *bellezza*. Komm mit, bei mir kannst du lernen, wie man wirklich gut kocht.«

Und schon machte Giulietta sich auf den Weg in Richtung Küche.

Pia und Marcello wechselten einen amüsierten Blick und folgten ihrer Gastgeberin.

Beschäftigungstherapie … Plötzlich verstand Pia, was Marcello damit gemeint hatte. Hier in Giuliettas Küche, inmitten von Töpfen, Kochlöffeln und frischen Zutaten, rückte alles andere ganz weit weg.

William glaubt nicht an den Zufall.

Seiner Meinung nach steht alles irgendwo geschrieben.

Das Geschriebene dann zu entziffern und richtig zu interpretieren ist wiederum eine ganz andere Geschichte.

Wenn man aber ganz besonderen Menschen ins Gesicht blickt und darin Teile von sich selbst zu erkennen glaubt, dann ist man schon ein gutes Stück weiter.

Kapitel 13

Camerota, Ende September

»Und ich habe ihn als *stronzo* bezeichnet ...«

»Ist er ja auch. Da brauchst du überhaupt kein schlechtes Gewissen zu haben. Nimm dir die Freiheit, ihn so zu nennen, wie du willst.«

Ein schlechtes Gewissen hatte Pia auch gar nicht. Trotzdem hatte sie es letztendlich für notwendig erachtet, ihrem Mann zu beichten, dass sie mit Ermanno gestritten hatte. Vielleicht, weil sie sich etwas Solidarität wünschte.

»Denkst du das denn auch, dass mein Essen deinen Vater ...?«, deutete sie deshalb eine Frage an und spielte dabei mit der Naht des Lakens.

Pasquale verstand sofort, worum es ging. Er nahm ihren Kopf in die Hand und zwang sie, ihn direkt anzusehen.

»*Signora* Pia, mein *papà* war alt. Und krank. Jeder Tag war für ihn ein Geschenk. Das weißt du, das weiß jeder. Also, lass dir da ja nichts einreden.«

Pia atmete auf. Es tat ihr gut, Pasquale das sagen zu hören.

»Ich muss los. Nach der Arbeit fahr ich dann gleich zur Hütte. Also warte nicht auf mich«, beendete Pasquale das Gespräch und erhob sich von der Bettkante. Er drückte seiner Frau einen Kuss auf den Mund und verließ gleich darauf das Haus.

Sie war froh, dass er nach dem Tod seines Vaters etwas hatte, worauf er sich konzentrieren konnte. So leicht, wie Pasquale vorgab, hatte er die Ereignisse der letzten Tage sicher nicht weggesteckt. Pia bezweifelte zwar, dass tatsächlich Touristen zu ihnen kommen würden, aber es konnte andererseits auch nicht schaden, wenn die Hütte etwas auf Vordermann gebracht wurde.

»Und was jetzt?«, fragte sie sich selbst. Einen Plan, so wie Pasquale, hatte sie nicht. Deshalb legte sie sich wieder hin und schaute an die Decke. Eigentlich hatte sie ja jetzt Zeit, nicht wahr? Zeit, zu tun, was sie all die Jahre über aufgeschoben hatte. Sie konnte jetzt zum Beispiel … zum Beispiel … ja: einen Kurs belegen. Oder nach Vallo fahren, um sich mal etwas Nettes zum Anziehen zu kaufen. Ja, verdammt. Sie hatte jetzt Zeit. Massig davon.

Vielleicht war da gar keine Leere, die sich vor ihr erstreckte. Weil sie die Leere nämlich füllen würde. Genauso, wie Pasquale es machte. Er werkelte an seinem Hüttenprojekt, und sie, sie würde lauter tolle Dinge tun.

Am besten jetzt gleich.

Schwungvoll warf Pia die leichte Decke zurück und begab sich ins Bad. Kaum hatte sie das Bad betreten, hörte sie ihr Handy. Es lag wohl in der Küche.

»*Buongiorno*, Albi«, grüßte Pia ihren Goldfisch.

Ja, das Handy lag tatsächlich auf dem Küchentisch. Aber es klingelte nicht mehr.

Auf dem Display wurde angezeigt, dass Miriana angerufen hatte. Pia spürte, wie ihr Herz einen Schlag aussetzte. Weil sie sich sofort tausend Szenarien ausmalte. Miriana, die mit letzter Kraft nach ihrem Handy griff, allein, in lebensbedrohlicher Gefahr … ganz normale Mütter-Paranoia also.

Sofort rief Pia zurück.

»Miriana!«, stieß sie atemlos hervor.

»Hi, Ma.«

»Miriana, Schatz! Alles okay?«

»Ja, wieso?«

Na, sehr gesprächig war ihre Tochter nicht.

»Weil du so früh anrufst.«

»Darf ich nicht?!«

»Doch, klar darfst du. Auch nachts. Das weißt du. Es hat mich nur gewundert.«

Hm. Miriana klang gar nicht fröhlich.

»Konnte halt nicht schlafen …«

»Ich auch nicht wirklich … Was gibt es Neues, mein Schatz?«

»Nicht viel.«

»Hast du gestern den Papierkram bereits gemacht?«

Miriana war schon eher nach Neapel gezogen, um noch einige bürokratische Angelegenheiten zu erledigen. Einen Job wollte sie auch unbedingt finden.

»Einen Teil davon.«

»Sind deine Mitbewohner nett?«

»Pst, Ma, nicht so laut!«

»War ich laut?«

»Die Wände sind hier dünn.«

»So dünn, dass man sogar meine Stimme aus dem Hörer wahrnimmt?«

»Keine Ahnung. Besser vorsichtig sein.«

»Miriana …«

»Du, Ma, ich muss jetzt los. Gleich habe ich ein Vorstellungsgespräch hier um die Ecke in einem Klamottenladen. Die scheinen sehr nett und flexibel. Also drück die Daumen, ja?«

»Das werde …«

Miriana hatte bereits aufgelegt.

Eine Weile lang starrte Pia ihr Handy an. Miriana hatte sich so seltsam angehört. Sicherlich vermisste auch sie ihr gewohntes Umfeld. Wie gerne hätte Pia ihre Tochter noch weiter beschützt und behütet. Aber das ging nicht mehr. Miriana musste ihren Weg selbst finden. Und das tat irgendwie weh. Gleichzeitig aber machte es Pia stolz, ihre Tochter so erzogen zu haben, dass sie diese neue Situation mit Sicherheit meistern würde.

Während Pia weiter nachdachte, vibrierte ihr Handy leicht. Eine Nachricht. Von Tiziana.

Sag mal, wie macht man noch mal Meeresfrüchtesalat?

Schon wieder? Hab ich dir doch neulich erst erklärt!

Habs halt vergessen …

Dann komm nach der Arbeit. Ich zeig's dir noch mal.

Va bene. Bis später.

Pia schüttelte den Kopf. Kicherte. Tiziana war ein hoffnungsloser Fall.

Meeresfrüchtesalat.

Wenn sie sich beeilte, würde sie noch ein paar frische Muscheln bekommen.

Die Fahrt hinunter nach Marina erfüllte Pia noch immer mit Vorfreude. Die Serpentinen verwandelten die Strecke in eine Art Kuckuck-Spiel mit dem Meer. Mal sah man es, mal sah man es nicht. Und an der kleinen Insel ganz knapp vor der Küste, konnte Pia sofort erkennen, ob das Meer ruhig oder stürmisch war. Bildete sich um das Inselchen herum Schaum, stand das für hochgefährliche Strömungen. Doch heute war das Wasser spiegelglatt, von unglaublicher Farbe.

Mehr als einmal war Pia als mutiges Mädchen bis zur Insel geschwommen. Jetzt würde sie sich das nicht mehr trauen. Blöd, dass die Zeit so etwas mit einem machte. Sie beraubte Menschen ihres Mutes. Oder machte sie vernünftiger.

Pia parkte in einer Seitenstraße, die die Touristen nicht kannten und wo sie nichts zahlen musste.

Die Hauptstraße, die direkt zum Hafen führte, war belebt. Die Saison war noch nicht zu Ende. Pia mischte sich unter die Touristen, folgte eine Weile dem Strom, bog aber nach rechts, noch bevor sie die zentral gelegenen Geschäfte erreichte. Sie wollte ja zu keinem Geschäft. Schließlich wusste sie genau, wo sie guten Fisch kaufen konnte.

Die Gassen lagen so eng beieinander, dass die Sonne kaum einen Spalt fand, um durchzuscheinen. Fenster standen offen.

Wäscheständer hatten vor Haustüren Platz gefunden. Und es wurde ein ganz eigener Dialekt gesprochen – eine Mischung aus Neapolitanisch und Südamerikanisch. Südamerikanisch, weil in den 50er Jahren ein ganz großer Teil der Bevölkerung nach Venezuela ausgewandert war – nur um dann wieder zurückzukehren, mit einer fremden Sprache, fremden Sitten und fremden Rezepten als Mitbringsel. Neapolitanisch, weil das Fischerdorf von ein paar mutigen Familien aus Neapel gegründet worden war, die die Großstadt auf der Suche nach ruhigeren Plätzen verlassen hatten.

Pia klopfte leicht an eine Tür, die schon einmal bessere Tage gesehen hatte. Das Holz hatte vermutlich einmal einen grünen Anstrich gehabt.

»Raoul?«

Pia klopfte erneut. Hörte dann die bekannten, schlurfenden Schritte.

Die Tür wurde einen Spalt breit geöffnet.

»Piuzza!«

Die Tür wurde aufgerissen.

»*Buongiorno*!«

Raoul hatte offensichtlich geschlafen. An ihm klebte der Geruch des Meeres. Pia konnte sich vorstellen, dass er im Morgengrauen schon unterwegs gewesen war.

»Was brauchst du, Piuzza? Tintenfisch. Zwei kleine habe ich.«

»Meeresfrüchtesalat.«

Raoul verzog sein Gesicht. Bedeutete Pia dann aber zu warten. Wenig später kam er zurück, reichte ihr wortlos eine Tüte. Raoul hasste Meeresfrüchtesalat.

»Bestell Tiziana einen schönen Gruß von mir. Sag dem Mädchen, dass sie endlich mal lernen soll, richtigen Fisch zu essen, ja?«

Pia grinste, nickte Raoul zu und drehte sich beschwingt in Richtung Gasse, als es ordentlich rumste und sie erst einmal auf dem Hosenboden landete.

»*Jesus! Are you alright?*«, hörte sie gleich darauf jemanden fragen. Von ihrer Position am Boden aus konnte sie nicht viel mehr erkennen als die farbenfrohen Jogger-Turnschuhe, die aufgeregt um sie herumgingen.

Verdammt! William hatte die kleine Frau komplett übersehen. Bei dem tollen Wetter hatte er nicht auf seine Sonnenbrille verzichten wollen. In der dunklen Gasse hatte sie ihm aber einen Streich gespielt. Einen Moment lang hatte er im Schatten rein gar nichts gesehen und daher die Frau im Laufschritt gerammt. Sie war geradezu geflogen, die Arme.

Jetzt rieb sie sich das Steißbein. Verständlich.

William kniete sich neben sie. Etwas unbeholfen. Er befürchtete, dass die Frau jeden Moment zu schreien anfangen würde und dadurch eine Menschenmasse anzog, die ihn verprügeln wollte. So waren sie doch, die Italiener, nicht?

»Tut mir wahnsinnig leid. Ich habe Sie nicht gesehen. Haben Sie Schmerzen? Soll ich irgendwo einen Arzt holen?«

»Aber nein! Es geht schon wieder«, behauptete sie freundlich und versuchte auch schon, sich zu erheben. William nahm ihr die Tüte und die Tasche ab, versuchte sie dabei zu stützen. Aber die Frau stellte sich nicht die Spur wehleidig an. Ganz im Gegenteil schien sie sogar … ja, amüsiert.

»Sehen Sie, alles vollkommen in Ordnung«, versuchte sie ihn zu ermutigen. »Ich bin zäh.«

Daran zweifelte William keine Sekunde. Ihre unkomplizierte Art machte ihn langsam lockerer. Er entspannte sich etwas.

»Dumme Sonnenbrille«, erklärte er und nahm sie dabei endlich ab. »Ich bin William.«

»Sehr erfreut. Pia«, stellte die Frau sich vor und reichte ihm ihre Hand. »Urlaub?«

»Ja. Urlaub.«

»Gefällt es Ihnen hier?«

»Sehr. Ich liebe es!«

»Das ist schön. Nun, dann wünsche ich Ihnen weiterhin einen tollen Urlaub …«

Nein. William wollte nicht, dass Pia ging. Nicht so. Ohne sich ordentlich entschuldigt zu haben. Vielleicht bei einem Erfrischungsgetränk?

»Bitte, gehen Sie noch nicht. Ich muss das wiedergutmachen.«

»Ach, das war doch nichts.«

»Doch, doch!«

William sah sich um, konnte aber weit und breit keine Bar erblicken, hier im Ortsinneren.

»An der Promenade gibt es eine Gelateria. Darf ich sie dorthin einladen? Bitte. Mein schlechtes Gewissen bringt mich sonst noch um.«

Er ließ seinen Charme spielen. Der hatte einmal ganz gut bei Frauen gewirkt.

Und in der Tat nickte Pia.

»Na gut«, gab sie sich geschlagen.

In der Gelateria wurde Pia von allen gegrüßt. William fand das irgendwie schön. Das Personal schien sich zu freuen, sie zu sehen. Die Atmosphäre wurde sofort familiär. So etwas vermisste er immer in Seattle. Er gehörte nirgendwo richtig dazu. Diese Zugehörigkeit erweckte ein kurzes Neidgefühl in ihm. Törichterweise.

Während er nach einem Tisch suchte, unterhielt Pia sich mit einer Frau, die hinter der Theke stand. Nicht lange. Nur ein paar Worte. William hörte ihr andächtig zu.

Erst als Pia saß, tat er es ihr nach. Sie bestellten Eistee. Und William legte endlich die Tüte und die Tasche ab, die er Pia zuvor abgenommen hatte.

»Ich dachte schon, Sie wollten mir die klauen«, sagte die Frau aus Camerota trocken.

»Oh. Nein, nein …«, verteidigte er sich.

»War nur ein Witz.«

Humor hatte sie auch. William lachte erleichtert.

»Wo verbringen Sie denn Ihren Urlaub?«

»Im Happy Village.«

»Da arbeitet mein Mann.«

»Tatsächlich?«

»Ja. Er hält die Grünflächen ordentlich und sauber.«

»Wow. Das macht er aber sehr gut. Erst gestern habe ich beim Spazieren bemerkt, wie hervorragend der Garten in Schuss gehalten ist.«

»Pasquale ist der Beste!«

»Offensichtlich!«

William beobachtete Pia dabei, wie sie aus ihrem Glas trank. Auf unerklärliche Weise fühlte er sich zu ihr hingezogen. Nicht auf herkömmliche Art und Weise. Aber sie war ihm seltsam vertraut.

»Nun, ich muss jetzt los«, sagte Pia schließlich und erhob sich.

»Das bedauere ich sehr.«

Und William meinte das ernst.

»Wenn Sie Lust haben, dann können Sie später mit uns zu Abend essen.«

»So ein gemeinsames Familienessen wäre schon toll …«

»Und wir haben immer gerne Gäste bei uns!«

Sie hielt die Tüte hoch, als müsste ihm das irgendetwas sagen.

»Da ist Fisch drin«, erklärte sie aber dann doch.

»Fisch? Ich liebe Fisch!«

Und irgendwie liebte William gerade auch Bruno und Barbara dafür, dass sie ihn dazu überredet hatten, in dieses wundervolle Fleckchen Italiens zu reisen.

Pia und Tiziana im Garten. Die Sonne scheint. Tiziana bräunt sich. Pia blättert in einer Zeitschrift.

»Das ist ja mal ein netter Artikel.«

»Artikel?«, murmelt Tiziana verschlafen.

»Ja. Erfinde einen Slogan für deine beste Freundin, heißt es hier. Also bei dir muss ich gar nicht lange überlegen: Sonne im Herzen, Weisheit im Kopf, Lebensmut in den Venen.«

»Ach nö. So bin ich gar nicht. Außerdem klingt das nach einer ärztlichen Diagnose ...«

Langes Schweigen.

»Ha! Wie gefällt dir das: *Signora* Pia kennt das Lächeln des Meeres?«

Pia hält inne, blättert nicht weiter. Aber Tizianas Worte wärmen sie mehr als die Sonne.

Kapitel 14

»*Signora* Pia?«

»Hier, Pasquale. Bin oben.«

Pasquale kam bereits die Treppe hoch. Pia zog den Stecker aus der Steckdose. Irgendetwas am Tonfall ihres Mannes sagte ihr, dass das mit dem Bügeln nichts mehr werden würde.

»So ein *stronzo*!«

Pia schluckte, blickte ihrem Mann erst einmal ins Gesicht. Kein Zweifel. Er war stinksauer.

»Ich hätte ihn ohrfeigen sollen. Damals schon, als er noch ein kleiner Junge war. Vielleicht hätte es etwas gebracht.« Die Wut machte Pasquale unerwartet gesprächig.

»Pasquale, ich verstehe kein Wort.«

Am Morgen noch war er so fröhlich gewesen und hatte vorgehabt, nach der Arbeit zur Hütte zu fahren, um die Renovierung voranzubringen. Jetzt kam er ganz wütend zurück und sprach unverständliches Zeug. Pia knabberte nervös an ihrer Unterlippe. Was braute sich da schon wieder zusammen?

»Ermanno. Er war heute bei der Hütte. Hat angefangen herumzudrucksen. Von wegen, *mamma* habe ja noch gar nicht beschlossen, wem sie das Land da oben mal vermachen will und so.«

»Ermanno war auf dem Hof? Ich dachte immer, der hat Angst, sich auf den Feldern die Schuhe dreckig zu machen.«

Pia konnte sich ihren pingeligen Schwager gar nicht vorstellen zwischen Gemüse und aufgewühlter Erde. Ehrlich gesagt verstand sie auch nicht, was Ermanno dorthin getrieben hatte.

»Hat er auch. Du hättest ihn sehen sollen. Wie ein Storch ist er herumspaziert. Igitt hier, igitt da. Aber es passt ihm wohl nicht, dass ich Touristen kommen lassen will. Und das hat er mir zu verstehen gegeben. Das ist auch mein Land, hat er gesagt.«

Und Pia begann zu begreifen. Ermanno gönnte Pasquale keinen geschäftlichen Erfolg. Das sah ihrem Schwager ähnlich.

»So ein *stronzo*!«

Es fühlte sich immer besser an, Ermanno mit diesem Beinamen zu bezeichnen.

»Sag ich doch, *Signora* Pia!«

Müde ließ sich Pasquale auf das Bett fallen, rieb sich die Schläfen. »Und ich dachte wirklich, dass wir damit ein bisschen Geld hätten dazuverdienen können.«

»Ermanno wird wohl einsehen, dass er sich nicht so einfach querstellen kann. Damit macht er sich doch lächerlich.«

»Mein Bruder *ist* lächerlich.«

Da musste Pia ihrem Mann recht geben. Lächerlich und gemein.

»Stimmt. Aber da lassen wir uns einfach nicht reinreden, okay?«

»Naja, die Renovierung muss ich jetzt erst einmal auf Eis legen. Ich habe keine Lust, Geld in das Projekt zu stecken, um das Ganze dann meinem Bruder zu überlassen.«

»So weit wird es nicht kommen, du wirst sehen!«

»Dein Wort in Gottes Ohr.«

»Wenn er nicht mit sich reden lässt, schalten wir einfach deine Mutter ein.«

»Ich glaube kaum, dass das etwas nützen würde«, gab Pasquale zu bedenken.

Pia dachte an ihre autoritäre Schwiegermutter. Die hatte Pasquale doch darum gebeten, sich um besagtes Land zu kümmern, als sie selbst nicht mehr in der Lage gewesen war, es zu bewirtschaften. Was im Klartext hieß, dass sie Pasquale geeigneter dafür hielt als Ermanno. Sandrina würde das nicht leugnen können. Und sie war sicher keine Person, die ihre eigenen Entscheidungen infrage stellen würde. Pia erklärte Pasquale, wie sie das sah.

»*Va bene*«, willigte er nach kurzer Überlegung ein.

Langsam ließ Pasquales Anspannung etwas nach. Pia wusste immer genau, was er brauchte. In diesem Fall einfach nur Ermutigung. Ermanno wäre schon ein echtes Scheusal, wenn er tatsächlich auf diesem plötzlichen Sinneswandel beharren würde. So dumm und gemein konnte selbst er nicht sein.

»Lass uns jetzt erst einmal zu Abend essen. Tiziana kommt auch. Dann schlafen wir drüber und morgen sieht die Welt bestimmt gleich anders aus.«

Pia gab sich sehr viel überzeugter, als sie tatsächlich war. In Wirklichkeit spürte sie bereits, wie das Gewicht dieser neuen Streiterei ihr das Atmen schwer machte.

»Hoffentlich. Ich glaube wirklich, dass wir da oben eine Menge Gäste glücklich machen könnten. Der Blick auf das Meer und die ganzen Zitronen-, Oliven- und Feigenbäume. Auf so etwas stehen Ausländer. Das sehe ich doch im Feriendorf in Marina.«

Als Pasquale das Feriendorf erwähnte, fiel Pia William wieder ein. Den hatte sie beinahe vergessen.

»Übrigens, ein amerikanischer Tourist, der mich in Marina über den Haufen gerannt hat, wird auch zum Abendessen kommen. Er spricht sehr gut Italienisch. William heißt er. Und er hat darauf bestanden, mich zu einem Getränk einzuladen. Ein ganz netter. Den kannst du ja mal fragen, wie die Hütte seiner Meinung nach bei Touristen ankommen würde.«

»Oder ich frage ihn, wie er dazu kommt, meine Frau umzurennen und dann auch noch zu einem Drink einzuladen«, konterte Pasquale mürrisch und versteckte seine Eifersucht dabei nicht.

»Ach, Pasquale. Hör schon auf! Ich finde, das ist eine tolle Chance, um mal die andere Seite zu hören.«

Ja, sie schimpfte schon ein bisschen mit Pasquale. Gleichzeitig konnte sie aber nicht leugnen, dass sie der Anflug von Eifersucht, den ihr Mann selbst nach so langen Ehejahren noch verspürte, auch ehrte.

»Bleibt mit ja nichts anderes übrig ...«, gab Pasquale sich geschlagen.

»Schon besser. Magst du noch duschen? Tiziana wird gleich hier sein. Ich soll ihr noch mal erklären, wie ich Meeresfrüchtesalat zubereite.«

»Das kannst du ihr noch tausendmal erklären. Kochen ist nichts für Tiziana.«

Pasquale grinste, befreite sich bereits von seiner Arbeitskleidung und verschwand im Bad.

»Komme gleich wieder ...«

Raffaele erhob sich schwerfällig und schlurfte in Richtung Bad. Er ließ dabei seine Karten auf dem Tisch liegen. Und Don Rosario hatte das starke Bedürfnis, einen Blick hineinzuwerfen. Stattdessen stand auch er auf und marschierte Richtung Tresen, wo Nicola mit einem Mann sprach.

»Ja, Pia. Ihren Nachnamen kenne ich allerdings nicht«, behauptete der Mann. Ein Ausländer. Gutaussehend. Don Rosario sah ihm an, dass er wohlhabend war. Es lag nicht so sehr an seiner teuren Uhr und der einwandfreien Kleidung, sondern vor allem an seiner Haltung. Sicher. Aufrecht. Gleichzeitig aber entspannt. So gut bekamen diese Haltung nur erfolgreiche Menschen hin.

»Pia. Klar. Die kennt hier jeder. Ja, ich fürchte, Sie sind an ihrem Haus vorbeigefahren. Es liegt vor dem Ortseingang«, erklärte Nicola.

»Sie wollen Pia besuchen?«, mischte Don Rosario sich ein, »das trifft sich sehr gut. Ich wollte ohnehin gerade zu ihr«, log er und rechnete sich dabei aus, wie viele Ave Maria ihn diese Unwahrheit kosten würde. In Anbetracht der Tatsache, dass ihm diese Behauptung spontan über die Lippen gekommen war, konnte der Herr ihm vielleicht verzeihen. Außerdem ging es hier um Pia und die Frage, was dieser Fremde von ihr wollte. Das musste Don Rosario herausfinden. *Assolutamente*!

»*Great*!«, strahlte der Mann ihn an und hob einen Daumen. »Ich bin William«, stellte er sich auch schon vor und streckte die Hand aus.

»Don Rosario.«

Er nahm Williams Hand und brach unter dem festen Händedruck beinahe zusammen.

»Sind Sie … ein Freund der Familie?«

Nein, dachte Don Rosario. Er schaffte es beim besten Willen nicht, seine Neugierde in Zaum zu halten. Aber er tat ja nichts Verbotenes, oder?

»Ja und nein«, kam es etwas zögerlich, was Don Rosarios Neugierde nur noch mehr entfachte. Aber er wusste auch, dass er sich erst einmal zufriedengeben musste.

»Na, dann wollen wir Pia nicht warten lassen.«

»Hey, was ist los?«, kam es aus dem hinteren Teil der Bar. Raffaele guckte verwirrt, hielt seine Karten dabei in der Hand.

»Ich muss weg«, machte Don Rosario es knapp.

»Das Spiel war noch nicht zu Ende!«, versuchte Raffaele es weiter.

»Das macht doch nichts.«

»Oh doch. Spiele werden immer zu Ende gespielt. Und wenn nicht, dann heißt das …«

Don Rosario schnitt Raffaele das Wort ab.

»Du hast gewonnen. *Va bene*?«

Raffaeles Gesicht verzog sich zu einem breiten Grinsen.

»*Va benissimo*«, verkündete er zufrieden und ließ sich auf den Stuhl fallen, der dabei empört ächzte.

Don Rosario schluckte den Ärger hinunter. Es geht hier um Pia, rief er sich noch einmal ins Gedächtnis.

»Oh. Don Rosario?«

So langsam fragte Pia sich, ob der Priester jetzt zum festen Überraschungsgast wurde. Sie öffnete die Haustür etwas weiter und sah William dabei zu, wie er versuchte, für das viel zu große Auto im Vorhof einen geeigneten Parkplatz zu finden. Der Motor jaulte dabei ein paarmal auf.

»Dein Gast hatte sich verfahren«, berichtete Don Rosario, als würde diese Tatsache allein seine Präsenz erklären.

»Ja, das habe ich befürchtet. William hat all meine Versuche, ihm den Weg genau zu erklären, abgewürgt. Weil er ja ein Navi hat. Und er kann ja nicht wissen, dass Christus nur bis nach Eboli kam und wir hier noch nicht mal auf irgendwelchen digitalen Karten erfasst sind.«

»Nun, ich denke, jetzt weiß er es sehr wohl.«

»Vermutlich.«

»Ich habe deinen Gast jedenfalls bei Nicola in der Bar getroffen, wo er sich gerade eine Wegbeschreibung zu dir holen wollte. Und ich dachte mir, dass ich ihn vielleicht begleiten sollte. Camerota ist doch gastfreundlich, oder?«

»Wir versuchen es zumindest, nicht Don Rosario?«

»Richtig. Und … den Gast hat Pasquale in Marina kennengelernt?«, versuchte Don Rosario mehr herauszufinden, indem er selbst eine These aufstellte. Diese Methode brachte ihn oft zum gewünschten Resultat.

»Nein, nein. Wir hatten einen kleinen Unfall und ich wollte einfach nicht, dass William negative Gedanken mit seinem Urlaub hier verbindet. Also habe ich ihn eingeladen.«

Natürlich. Wie hatte er auch etwas anderes annehmen können?

Pia sah noch immer aus dem Augenwinkel dabei zu, wie seltsam kompliziert William den Parkvorgang gestaltete. Gerade legte er schon wieder den Rückwärtsgang ein. Und dann tauchte wie aus dem Nichts ein zweiter Wagen auf. Tiziana, in gewohnt rasanter Fahrweise. Pia hob noch den Arm, wie in Zeitlupe, weil ihrer Kehle einfach kein Laut zu entlocken war.

Zwecklos.

Krachend landete Tizianas Wagen in Williams Mietauto.

»Was ist denn das für ein Lärm hier?«, wollte Pasquale wissen, der nun auch dazugekommen war.

Pia zeigte, immer noch sprachlos vor Schreck, auf die Szene.

»Kann der Amerikaner kein Auto fahren, *Signora* Pia?«

Pasquale konnte sich ein Grinsen nicht verkneifen. Pia boxte ihm in den Bauch.

Kurz standen alle nur weiter dumm herum.

Tiziana fing sich aber als Erste wieder und entstieg ihrem Auto. Sie brüllte.

Ja. Das konnte sie besonders gut. Und ihre aufgebrachte Stimme weckte die restlichen Anwesenden aus der Starre.

»Ich, Pasquale, nehme dich, Pia, zu meiner angetrauten Frau, ich will dich lieben, achten und ehren alle Tage meines Lebens, in guten und in schlechten Zeiten …«

Pia glaubt ihm jedes Wort. Wenn es einen Mann gibt, der dieses Versprechen einhält, dann ist das Pasquale.

Kapitel 15

»Wieso hast du mir das nicht gesagt?!«, zischte Tiziana, als sich die Situation so weit beruhigt hatte, dass die zwei Frauen ein paar Worte miteinander wechseln konnten. Irgendwo zwischen Küche und Flur.

»Was denn?«

»Na, dass du diesen Traumtypen zu Gast hast.«

»William?«

»Weiß ich doch nicht, wie der heißt! Du hast ihn mir ja nicht mal vorgestellt!«

Tizianas Stimme war ein Crescendo der Empörung, bis sie am Ende schon wieder schrie. Dieses unglaubliche Temperament. Aber daran hatte Pia sich inzwischen schon gewöhnt.

»Das holen wir jetzt gleich nach, keine Sorge.«

»So etwas kann man nicht nachholen, *Madonna santa*! Der erste Eindruck zählt. Und was meinst du, was dieser Traum von einem Mann für einen ersten Eindruck von mir gehabt haben kann? Hm? Was meinst du?«

Pia schüttelte Tizianas Arm ab, weil die langen Fingernägel ihrer Freundin sich in ihr Fleisch bohrten. Was ganz schön heftig wehtat.

»Jetzt komm mal wieder runter, *bella*«, versuchte sie Tiziana nun doch ein wenig zu beruhigen. Die war ja ganz aus dem Häuschen und schon beinahe am Hyperventilieren. Ob sie wohl unter Schock stand?

Und in der Tat schloss Tiziana kurz ihre Augen, atmete durch die Nase ein und durch den Mund aus. Diverse Male. Bis sie ihre Augen wieder aufschlug.

»Ach, *merda*. Ich meine, hast du gesehen, was für ein Mann das ist? Und ich fahre ihm das Auto zu Schrott. Was soll der jetzt von mir denken?«

»Wenn du dich nicht langsam wieder einkriegst, wird er denken, du bist hysterisch.«

Schon wieder versuchte Tiziana es mit Atemübungen.

»Okay. Es geht schon wieder.«

»Sicher?«

»Ja-ha!«

Nun, Pia war nicht gerade überzeugt, musste den Abend aber irgendwie voranbringen. Sie langte sich an die Stirn. Wie hatte sie das schon wieder geschafft, dass alles schieflief?

»Lass uns erst einmal in die Küche gehen, ja? Und dann musst du William Gesellschaft leisten.«

»Wieso ich?!«

»Willst du lieber kochen?«

»*Merda*!«

Pias Mann hatte sich angeboten, Don Rosario kurz wieder nach Camerota zu fahren. Der Priester hatte vorgegeben, noch Dringendes zu tun zu haben, und William, ja, wo war der eigentlich? Sie entdeckte ihn draußen am Auto. Er begutachtete wohl den Schaden.

Kurzerhand füllte Pia ein kleines Glas mit Grappa.

»Trink das!«

»Ich denke nicht dran. Ich vertrage das Zeug nicht.«

»Trink!«

»Nein.«

»Doch.«

»Ach, gib schon her!«

William schimpfte innerlich mit sich. Was war nur mit ihm los? Erst lief er am Vormittag Pia über den Haufen und jetzt das!

»Ist es schlimm?«

Er drehte sich vom Auto weg und blickte mitten in ein schuldbewusstes Gesicht. Unwillkürlich musste er schlucken. Obwohl die Situation nicht gerade entspannt war, fiel sein Blick doch auf den großzügigen Ausschnitt der Frau, die sein Auto gerammt hatte. Was ihn dabei überraschte, war, dass sie kein bisschen vulgär wirkte. Viel mehr vermittelte ihre Brust so etwas wie aufregende Weiblichkeit. Dass sie dauernd an ihrer Lippe kaute, machte es auch nicht leichter, sich auf ihre Frage zu konzentrieren.

»Kein Problem. Ich bin gut versichert. Mir tut eher Ihr Auto leid«, erklärte William und zeigte auf den zerbeulten Wagen der unbekannten Schönen, der deutlich schlechter aussah.

»Naja, ich bin ja auch versichert. Und Sie haben sich nicht wehgetan, nein?«

»Überhaupt nicht. Sie?«

Wie idiotisch eigentlich. Da standen sie im Halbdunkel und sprachen über Autos, ohne sich gegenseitig vorgestellt zu haben.

Die Frau schüttelte den Kopf.

»Sind Sie … ich meine … gehören Sie zur Familie?«, fragte William, während er sich innerlich an den Kopf schlug. Wie blöd stellte er sich denn bitte an?!

»Oh. Nein … Pia ist meine beste Freundin. Wir wollten eigentlich Meeresfrüchtesalat zubereiten. Ich kann das nämlich nicht. Und ich kann auch keinen normalen Salat zubereiten. Also, Kochen ganz allgemein ist nicht meine Stärke und … Was hatten Sie noch mal gefragt?«

Mist. Was hatte er nochmal gefragt? Er wusste es selbst nicht mehr und begann vor Nervosität zu kichern. Was ja auch schon wieder komplett daneben war. Aber je mehr er versuchte, den Impuls zu unterdrücken, desto dringender wollte das Glucksen heraus. Gott sei Dank stimmte irgendwann auch die Frau mit ein.

»Wollen wir nicht vielleicht reingehen?«, fragte sie jetzt mit viel entspannterem Gesichtsausdruck.

»Wenn man mich noch reinlässt …«

»Ach was! Hausverbot gibt es bei Pia nur, wenn man keinen Fisch mag. Sie mögen doch Fisch?«

William nickte. Den mochte er zum Glück. Wobei er sich schon wieder nicht sicher war, ob das nicht ein Witz gewesen war.

»Übrigens bin ich William.«

»Und ich heiße Tiziana.«

Sie reichte ihm die Hand. Als er sie nahm, verspürte er eine Wärme, die ihm durch und durch ging.

»*Signora* Pia, was ist mit den beiden? Sagen sie Gebete auf?«

Pia hatte im Garten gedeckt. Und nun lugte sie aus dem Küchenfenster, um Tiziana und William zu beobachten. Sie saßen schon seit gut zehn Minuten im Kerzenschein und unterhielten sich. Irgendwie irritierte Pasquales Kommentar sie. Ihr Mann mochte kein Kerzenlicht. Er fand, dass Kerzen in die Kirche oder auf den Friedhof gehörten. Bei Stromausfall waren sie gerade so akzeptabel. Sah er denn nicht, wie romantisch Kerzenlicht alles erscheinen ließ?

»Du bist nicht wirklich witzig, Pasquale«, bemerkte sie deshalb auch wenig amüsiert.

»Für mich sieht das nach Kirche aus.«

»Ja. Du bist aber auch so feinfühlig wie ein Elefant.«

»Eher wie ein Bär. Ich habe nämlich einen Bärenhunger.«

Pasquale schlug sich auf den Bauch. Was Pia aber immer noch nicht witzig fand.

»Wenn's dringend ist, solltest du vielleicht ins Restaurant gehen. Bei mir gibt es erst in einer Viertelstunde Essen.«

»Nachdem ich einen ganzen Tag lang geschuftet habe, schickst du mich ins Restaurant?«

Aha. Wenn es ums Essen ging, verstand Pasquale wiederum keinen Spaß.

»Ja glaubst du, ich habe in der Zwischenzeit faul in der Sonne gelegen?«

»Kein Ahnung. Hast du?«

Pia holte tief Luft. Sie war plötzlich richtig sauer.

»Zu deiner Information: Das habe ich nicht. Hätte ich es aber getan, dann hätte ich ein Recht darauf gehabt. Immerhin bin ich hier seit über 20 Jahren nichts weiter als eure Dienerin. Da kann man sich wohl auch mal einfach nur in die Sonne legen, wenn einem danach ist.«

»Dienerin? So siehst du das also …«

»Nein. So lässt du es erscheinen, Pasquale.«

Er setzte an, um irgendetwas zu sagen. Just in dem Moment betrat aber Tiziana die Küche.

»Hey. Könnt ihr euch vielleicht später streiten? Man hört ja jedes Wort. Und wir haben Besuch, falls ich euch mal daran erinnern darf.«

Pia drehte sich weg.

»Wolltest du nicht mit William über die Hütte sprechen, Pasquale?«, sagte sie in eine unbestimmte Richtung.

Dann spürte sie, wie er ging. Und sie spürte, auch nachdem er gegangen war, seine Wut in der Luft.

»Ich geh dann auch mal raus, wenn du mich hier nicht brauchst«, verabschiedete sich Tiziana.

»Schon wieder ein Scheißtag, Albi«, fand Pia.

»Was für ein wundervoller Abend«, schwärmte Tiziana, als Pia sie nach dem Essen zum ramponierten Auto begleitete.

»Wundervoll. Ja.«

»William ist toll, oder?«

»Nett.«

»Du Glückliche siehst ihn schon morgen wieder. Dein *Signor* Pasquale wird ja echt gesprächig, wenn es um die Hütte geht.«

Tiziana nahm es sich mal wieder heraus, Pasquale mit seiner Eigenart aufzuziehen, seine Frau mit *Signora* anzusprechen. Pia war so sehr daran gewöhnt, dass sie jede andere Anrede wohl als seltsam betrachtet hätte. Sie konnte sich aber gut vorstellen, wie komisch sich das in den Ohren anderer anhören musste.

»Das habe ich ihm vorgeschlagen. Ich hoffe nur, dass Ermanno sich wieder einkriegt. Habe ich dir schon erzählt, dass er Anspruch auf das Land erheben will, auf dem die Hütte steht?«

»Ernsthaft? Der Typ spinnt. Aber William … der ist einfach toll!«

»Sag mal, verliebst du dich gerade in William?«

Im Schein der Außenbeleuchtung merkte Pia, wie Tiziana leicht errötete.

»Wäre das denn schlimm?«

»Keine Ahnung … Ich meine, er ist hier auf Urlaub und wird danach wieder verschwinden. Ich weiß nicht, ob das so gesund für dich ist.«

»Ich bin ein hoffnungsloser Fall, oder? Ich weiß auch gar nicht richtig, was mit mir los ist. Es geht voll mit mir durch. Steuern kann ich meine Begeisterung auch nicht. Er ist so gutaussehend. Und charmant. Einfach ein Traummann!«

Pia sah sich schweigend an, wie Tiziana gestikulierte und schwärmerisch die Augen schloss. Ach, sie wollte es ihrer Freundin einfach gönnen. Es würde schon schiefgehen.

»Wahrscheinlich bin nur ich wieder viel zu vernünftig.«

»Vernünftig hast du mir beim Streit mit deinem Göttergatten aber nicht geklungen. Um was ging es überhaupt?«

»Gute Frage.«

»Dann geh und schließt Frieden …«, riet Tiziana ihr mit *dem* Blick und einem Augenzwinkern. Sie dachte an Sex. Das sah Pia ihr an.

»Nach so vielen Jahren Ehe ist das nicht mehr so … perfekt in dieser Hinsicht.«

»Dann mach es wieder perfekt, Pialein.«

Später im Bett fiel Pia erst ein, dass sie Alberto total vernachlässigt hatte. Sie stand noch einmal auf und ging hinunter in die Küche.

»Bist du okay, Albi?«

Der Goldfisch schwamm ruhig seine Runden. Pia überlegte, ob sie ihm ein größeres Aquarium besorgen sollte. Alberto war ganz schön dick geworden.

»Das wird schon alles werden, Albi, nicht? Pasquale wird sich sicher mit Ermanno einigen. Und ich, ich werde mich etwas mehr um mich selbst kümmern können.«

Pia starrte noch eine Weile in Albertos kleines Heim. Fast so, als könnte sie dort die Antwort auf ihre Probleme finden.

»Weißt du was, Albi? Ich spreche jetzt noch einmal mit Pasquale.«

Nachdem sie das Glas bedeckt hatte, ging sie wieder hinauf ins Schlafzimmer. Pasquale hatte sich hingelegt. Obwohl sie gestritten hatten, kroch Pia zu ihm. Ihre Beine verknoteten sich ganz automatisch mit seinen. Die Wärme tat ihr gut.

»Du wolltest dich also bei mir entschuldigen?«, fiel Pia mit der Tür ins Haus.

»Auf jeden Fall: Verzeihen Sie mir, Königin meines Herzens?«

Pasquale hatte etwas zu viel getrunken. Er konnte dann immer richtig albern werden.

Er seufzte, zog Pia dabei enger an sich. Wie ein Püppchen kam sie sich dabei manchmal vor. Pasquale war so stark, dass er sie mühelos anheben und umhertragen konnte.

»Das muss ich mir noch überlegen …«

»Überlege nicht zu lange, *Signora* Pia.«

Pasquale flüsterte fast. Er wurde schläfrig. Sein Mund war an Pias Ohr. Sein Atem ließ sie erschaudern. Er nahm ihre Hand, führte sie zum Mund, küsste ihre Fingerspitzen.

Ganz kurz war es wie früher zwischen ihnen. Vertraut. Pia glaubte ein Knistern wahrzunehmen, begann ihren Mann mit der freien Hand zu streicheln. Und er stöhnte leise und wohlig auf, entspannte sich. Sein Atem wurde tiefer. Pia spürte seine harten Muskeln. Pasquale war durchaus attraktiv und hatte einen wunderschönen Körper, den er aber ständig unter alter Arbeitskleidung versteckte.

Pia hätte sich gewünscht, von ihrem Mann eine Antwort zu bekommen. Sie hätte sich gewünscht, von ihm berührt und verwöhnt zu werden. Wie gerne hätte sie in seinen Augen Begierde gelesen. Feuer. Leidenschaft.

Stattdessen hielt Pasquale seine Augen geschlossen. Und seine Hände umfassten nicht ihren Po, nicht ihr Gesicht und auch nicht ihre Brüste, nein. Seine Hände lagen einfach nur da.

Vielleicht wünschte er sich seinerseits ja auch, von Pia liebkost zu werden. Und sie versuchte es. Sanft. Etwas direkter. Dann ganz direkt.

Keine Reaktion.

Pasquale war nämlich eingeschlafen.

»Wie findest du Sofia Loren, Claudio?«

»Was für eine Frage, *Signor* Marcello ...«

Claudio lacht. Er kann auch verschmitzt aussehen.

»Wusstest du auch, dass sie unheimlich klug ist?«

»Ganz ehrlich, *Signor* Marcello, bei der Loren vergisst man manchmal, dass sie auch einen Kopf hat.«

Kapitel 16

Rom, Anfang Oktober

Todmüde, aber endlich mit dem Gefühl, angekommen zu sein, wälzte Pia sich im Bett. Sie fand nach dem ereignisreichen Tag keinen Schlaf. Wie um alles in der Welt sollte sie die ganzen Eindrücke nur verarbeiten? Und wie sollte sie ihr schlechtes Gewissen zum Schweigen bringen?

Natürlich dachte sie noch immer an ihre Familie. So einen Urinstinkt konnte man nicht einfach ausschalten. Dennoch war ihr endlich – auch dank Marcello – klar geworden, dass sie nichts Unrechtes tat. Und diese Gewissheit war stärker als ihr Schuldbewusstsein.

Trotzdem brachte es wenig, sich weiter in diesem wundervoll weichen Bett hin und her zu wälzen. Sie kannte sich. Auf diese Weise würde sie nicht zur Ruhe kommen. Daheim wäre sie jetzt wahrscheinlich zu Alberto in die Küche gegangen. Hoffentlich dachte jemand daran, ihren roten Fisch zu füttern. Komisch. Um Alberto machte sie sich Sorgen. Aber was war mit den anderen? Mit Pasquale? Warum tat sie ihm das an?

Fragen. Immer diese Fragen.

Pia schälte sich aus den Decken, die sie ganz eng um sich gewickelt hatte. Nicht, weil ihr etwa kalt war, nein. Der Grund war viel törichter. Sie war es einfach nicht gewöhnt, allein zu schlafen. Nackt fühlte sie sich dabei. Was ziemlich dumm war. Oder etwa nicht?

Ganz automatisch fand sie den Weg zur Dachterrasse. Barfuß trat sie hinaus. Der Boden war kalt. Es ging ein frischer Wind, sodass Pia sich ihre Jacke holte, damit sie nicht fror. Seufzend zog sie sich einen schweren Stuhl aus Gusseisen zurecht, der beim Kontakt mit dem Boden tiefe, vibrierende Geräusche verursachte. Eigentlich wirkte er unbequem. Das dicke Sitzkissen jedoch glich das gekonnt aus.

Wie herrlich es hier oben doch war!

Pias Blick wanderte zum Himmel hinauf. Oh. Überrascht stellte sie fest, dass Roms Sterne nicht halb so schön leuchteten wie die über Camerota. Nein, das war gar kein Vergleich. Dafür waren die Lichter um sie herum viel interessanter. Ja, es war mitten in der Nacht. Dennoch waren diverse Fenster noch immer beleuchtet. Vielleicht war auch Rom eine Stadt, die nie schlief.

Ein Geräusch drängte sich in ihre Gedanken. Ganz leise. Wie ein Hauch. An der Zimmertür. Wahrscheinlich nur Einbildung.

Oder?

Eigentlich hatte Pia gerade gar keine Lust aufzustehen, um nachzusehen. Aber ein komisches Gefühl ließ sie einfach nicht los.

»*Va bene, va bene*!«, murmelte sie, leicht von sich selbst genervt. Da war sicher nichts.

Falsch.

Da war sehr wohl etwas.

Etwas Weißes kontrastierte derart kräftig mit dem Fußboden, dass Pia den Eindruck hatte, davon angesprungen zu werden. Sie ging hin, hob es auf. Ein Umschlag. Sofort riss Pia die Tür auf. Was sie im Flur empfing, war gedämpftes Licht, Stille und sonst nichts.

Seltsam.

Pia schloss die Tür also wieder. Leise. Und ließ dabei den Umschlag keine Sekunde aus den Augen, als könne sie auf diese Weise dem gefalteten Papier etwas entlocken. Aber es war nichts weiter als das: ein weißer Umschlag. Aus gutem Papier. Das merkte Pia, weil es ihr schwer in der Hand lag. Einen kurzen Augenblick fürchtete sie, dass ihre Familie herausgefunden hatte, wo sie war. Ihr Herz klopfte in einer seltsamen Mischung aus Angst und Vorfreude. Wie konnte das denn sein? Aber es war nicht zu leugnen: Ein Teil von ihr hätte sich darüber gefreut, eine Nachricht von ihrer Familie – von Pasquale – zu erhalten. Was ja total dumm war. Es wusste ja niemand außer Tiziana, der sie eine SMS geschickt hatte, wo sie sich aufhielt. Ob sie wohl …? Aber nein! Sie konnte Tiziana vertrauen.

Wer aber kam sonst als Absender infrage? Und warum zögerte sie den Moment so weit hinaus, das Kuvert zu öffnen? Obwohl sie so neugierig war, schaffte sie es einfach nicht.

Um sich selbst zu beruhigen, ging Pia erst einmal wieder hinaus, setzte sich, atmete.

»Ist doch nur ein Brief!«, schimpfte sie ein bisschen mit sich selbst.

Ja. Ein Brief. Den irgendwer mitten in der Nacht unter ihrer Zimmertür durchgeschoben hatte. Was war denn bitte so wichtig, dass man damit nicht bis zum nächsten Tag warten konnte? Pia war sich nicht sicher, das wissen zu wollen. Dennoch beobachtete sie ihre Hände dabei, wie sie den Umschlag öffneten und ein Karte herausnahmen.

Pia,

»Ganz und gar man selbst zu sein
kann schon einigen Mut erfordern.«

– Sophia Loren –

Hast du Mut, cara Pia?

Marcello

P.S. Giulietta aus der Osteria ist ganz begeistert von dir. Sie hat angerufen und lässt fragen, ob du bei ihr arbeiten willst.

Pia ließ die Karte sinken.

Giulietta.

Unwillkürlich musste Pia wieder an die imposante Frau denken. Und das Lob, das sie von ihr erhalten hatte.

»Das machst du wirklich gut, *bellezza*«, hatte Giulietta während des gemeinsamen Kochens mit etwas Verwunderung in der Stimme zu ihr gesagt. An Marcellos Blick hatte Pia erkannt, dass eine derartige Bemerkung wohl eher eine Seltenheit war.

Bei Giulietta arbeiten.

Gemeinsam mit ihr römische Artischocken zubereiten, wie sie es erst vor ein paar Stunden gemacht hatten.

»Schön. Und jetzt legen wir sie ins Zitronenwasser, damit sie sich nicht hässlich verfärben«, hatte Giulietta geduldig erklärt und dabei ihre dicken Arme verschränkt.

»Das Öl darf nicht zu heiß sein, sonst verbrennt die Außenschicht und innen bleibt die Artischocke roh«, erinnerte Pia sich weiter an die vielen Anweisungen, die sie von Giulietta bekommen hatte.

Und plötzlich erschien ihr der Gedanke, bei Giulietta zu arbeiten, möglich. Gar nicht mehr absurd.

Mut?

Ja, auch dazu brauchte es Mut. Der ihr vermutlich fehlte.

Aber man konnte das doch sicherlich erlernen, Mut zu haben, nicht? Eigentlich war es doch schon mal ganz schön mutig, hier in Rom gelandet zu sein. Okay, manch einer würde ihre Handlung vielleicht als kapriziös bezeichnen. Doch so einfach war das nicht.

Was für eine Lawine an Überlegungen!

Noch nie hatte Pia sich selbst so sehr unter die Lupe genommen wie nach Marcellos Brief. Ihm hatte ein Satz gereicht, um das Dilemma auf den Punkt zu bringen.

Wie war das denn möglich, dass ein komplett Fremder sie innerhalb kürzester Zeit so gut verstand? Nach einem einzigen Gespräch im Zug und dem gemeinsamen Abend bei Giulietta, an dem sie ab und zu auf seine gezielten Fragen nach ihrer familiären Situation geantwortet hatte. War Marcello besonders clever? Oder verhielt sich die Sache umgekehrt – hatte ihre Familie ihr einfach zu wenig Beachtung geschenkt und dabei nicht bemerkt, wie sehr sie sich verändert hatte? Natürlich veränderte man sich mit der Zeit. Natürlich musste man im Leben auch Prioritäten setzen und seine eigenen dabei manchmal zurückstellen. Aber das hieß ja nicht, dass man sich in dem ganzen Prozedere komplett selbst verlieren musste.

Hast du Mut, *cara* Pia?

Und?

Pia hatte das Gefühl, sich selbst eine Antwort schuldig zu sein. Vermutlich hatte Marcello die Frage aus genau diesem Grund gestellt.

Also holte sie tief Luft, blickte sich wieder um. Sie hatte beinahe vergessen, wo sie sich befand. Nur langsam kehrte das Bewusstsein, in Rom zu sein, wieder zurück. *Peng.* Ihr Herz machte einen Satz. Verdammt, ja! Das war mutig. Und vielleicht konnte sie es schaffen, diesen Mut weiter auszubauen.

Pia ging zu Bett.

Aber an Schlaf war weiterhin nicht zu denken. Denn dieser neu errungene Mut stellte sie auch vor die Frage, wie man sich denn nun fremden Männern gegenüber verhielt, die nachts vor der Zimmertür standen. Marcellos offensichtliches Interesse schmeichelte ihr, das konnte sie gar nicht leugnen. Aber nur, solange ein gewisser Sicherheitsabstand eingehalten wurde.

»Leidest du an Schlaflosigkeit?«

Pia beäugte Marcello im Licht des römischen Morgens. Er sah eigentlich ganz frisch aus. Ausgeruht. Und er duftete so angenehm und nicht die Spur aufdringlich nach einem Parfum, das sie auf unerklärliche Weise an sein Hotel erinnerte. Blumig, edel, traditionsbewusst.

»Wie kommst du denn darauf?«, beantwortete er die Frage mit einer amüsierten Gegenfrage. Dass seine dunklen Augen dabei geradezu funkelten, zeugte von seiner guten Laune. »Na, so normal ist das ja nicht, dass du mir mitten in der Nacht Briefe vorbeibringst …«

Sie hatte ihrer Aussage einen scherzhaften Ton geben wollen, war sich aber nicht sicher, ob ihr das tatsächlich gelungen war. Dennoch fand sie es erschreckend einfach, ganz ehrlich zu Marcello zu sein. Mit ihm zu reden – das war … gut. Es tat ihr gut.

Marcellos Gesicht zeigte keine Emotionen. Nur seine Lippen bewegten sich leicht. Als würde er versuchen, nicht zu lächeln. Da! Jetzt sah man sie doch, die winzigen Fältchen um seine Mundwinkel.

»Normal«, er machte eine kurze Pause, »das ist doch wohl ein ziemlich dehnbarer Begriff, oder?«

»*Vero*. Das stimmt«, gab Pia ihm recht und versuchte, mit ihm Schritt zu halten.

»Du bist eine kluge Frau, Pia.«

Was hatte das denn jetzt zu bedeuten?

Klug?

Naja, dachte Pia. Sie hätte das jetzt nicht als ihre hervorstechendste Eigenschaft bezeichnet. Aber wenn Marcello …

Zu spät merkte sie, dass er abrupt stehen geblieben war, sodass sie ein paar Schritte zu ihm zurückgehen musste. Der Wind wehte ihm eine Haarsträhne ins Gesicht, die er souverän wieder an die richtige Stelle schob. Rhett Butler, schoss es Pia durch den Kopf. Neben diesem Mann kam sie sich manchmal vor wie ein kleines Mädchen. Marcello war groß und hatte eine beeindruckende Figur. Lange Arme und feingliedrige Hände, mit denen er sicherlich ganz wunderbar Klavier spielen könnte.

»Will dir vielleicht jemand einreden, dass du es nicht bist?«, fragte er jetzt und fuhr sich mit dem Finger in den Kragen, um das hellblaue Hemd ein wenig zu lockern, das sich effektvoll von seiner gebräunten Haut abhob. Da musste Pia erst einmal nachdenken. Die Antwort gefiel ihr nicht.

»Am meisten wohl ich selbst …«

»Dann rede dir diesen Quatsch gleich wieder aus. Du bist sehr wohl klug. Und allemal klug genug, um meinem Brief die richtige Bedeutung beizumessen«, sagte er jetzt betont liebevoll, wobei er seiner tiefen Stimme noch mehr Wärme verlieh.

Dann ging er einfach weiter. Und Pia musste fast rennen, um ihn einzuholen.

»Hast du es eilig?«

Marcello schaute auf seine Armbanduhr, die von exzellentem Geschmack zeugte und golden auf seinem Arm funkelte.

»Ein wenig.«

Er hatte nicht verraten, wohin er sie führen wollte. Aber es ging ganz eindeutig in Richtung Fluss.

»Schwimmzeug habe ich nicht dabei.«

Pia sagte irgendetwas, ohne groß darüber nachzudenken. Sie wollte die Atmosphäre etwas auflockern.

»Schade«, kommentierte Marcello trocken. »Schwimmzeug wäre sicher von Nutzen. Aber es wird auch ohne gehen.«

»Was?«

Endlich hielt Marcello an und reichte ihr die Hand.

»Komm schon, Pia, entspann dich. Es wird ein wundervoller Tag werden.«

Und wieder sollte Marcello recht behalten.

Es wurde ein wundervoller Tag. Und gleichzeitig ein lehrreicher.

Ja, Pia lernte zum Beispiel, dass sie, als Kind des Meeres, Flusswasser fürchtete. Was Marcello unheimlich amüsierte. Gemeinsam mit Unmengen von Touristen teilten sie beide sich ein Plätzchen auf dem neongelben Linienschiff, und Pia vergaß bei der ungewohnten Perspektive auf Rom ihre unbegründete Furcht fast sofort. Beeindruckende Brücken führten ihr einmal mehr die historische Imposanz dieser Stadt vor Augen. Und der Tiber fügte sich so geschmeidig und sanft in die verschiedenen Zonen der Stadt, dass man fast den Eindruck bekam, er wäre erst nachträglich hinzugefügt worden, obwohl in Wahrheit die Stadt um ihn herum entstanden war.

Als sie der Tiberinsel, von der Marcello bereits erzählt hatte, näher kamen, stand Pia auf.

»Können wir uns die Insel irgendwann genauer ansehen?«

»Sicher.«

Dass die Insel sie ein bisschen an Marina erinnerte, erwähnte Pia dabei nicht. Auch nicht, dass sie in Gedanken kurz ganz weit weg war.

»Was habt ihr dazu zu sagen?«

»Clem hat angefangen!« – »Stimmt gar nicht. Miri kann einfach nicht die Klappe halten, während ich Hausaufgaben mache. Das nervt.« – »Du hast dich auf meine Puppe gesetzt.« – »Hab ich gar nicht.« – »Doch. Das habe ich auch gesehen.« – »Was mischst du dich denn jetzt bitte ein, Giovanna?«

»Halt. *Basta così.* Ich wiederhole jetzt noch einmal meine Frage: Was habt ihr dazu zu sagen?«

»Okay. Von mir aus. Friede?« – »Meinetwegen ...« – »Ja. Friede.«

»*Bene. Benissimo.* Ihr wisst, ich mag keinen Streit.«

»Ja, *mamma,* das wissen wir.«

Kapitel 17

Camerota, Ende September

William nahm während seiner Fahrt von Marina nach Camerota unzählige winzige Details in sich auf. Gleichzeitig schwirrten seine Gedanken unaufhaltsam hin und her, spielten im engen Fahrerraum Ping-Pong. Seattle war ihm noch nie weiter weg, weniger bedeutsam und unwichtiger erschienen als just in diesem Moment. Er sah üppige Mittelmeervegetation und seltsame rote Früchte. Wich Schlaglöchern aus und fuhr dabei direkt in die nächsten. Erschrak in jeder unübersichtlichen, engen Kurve bei Gegenverkehr.

Während der ganzen Fahrt wehte ihm dieser charakteristische Duft nach wilder Natur entgegen, die ihn umgab und den Weg hinauf nach Camerota fast auffraß. Dichte Büsche ragten mit ihren verzweigten Auswüchsen weit auf die Straße hinaus und schienen ihr Terrain zurückzufordern, schlugen vielleicht deshalb gegen die Autos, die ihnen nicht ausweichen konnten. Weite Teile der Straße waren zu natürlichen Tunneln mutiert, mit Bäumen, die von beiden Seiten ihre Äste herüberreichten, sich in der Mitte trafen und so dicht zusammengewachsen waren, dass noch nicht einmal die Sonne es schaffte, ihre Strahlen hindurchzuschicken. Camerota thronte hoch über der Straße und schien aus dieser Position fast ein bisschen anmaßend herunterzublicken. William konnte sich den einstigen Glanz des mittelalterlichen Ortes gut vorstellen.

Noch nie hatte ein Ort, eine Umgebung, sogar eine Straße ihm so viel erzählt, so viel vermittelt.

Er folgte gehorsam Pias Beschreibung, dachte wieder diverse Male, sich verfahren zu haben, entdeckte aber letztendlich Pasquales Auto. William parkte und stieg aus.

»William. Hier!«

Pia winkte ihm aus einiger Entfernung zu. Sie stand an der Hütte. Pasquale trat aus der Tür.

William sah sich um, während er auf das Paar zuging. Ein gepflegtes Beet zog seine Aufmerksamkeit auf sich. Mächtige Olivenbäume mit knorrigen Stämmen standen neben niedrigeren Feigenbäumen, die noch vereinzelt reife Früchte trugen. Diverse Zitronenbäume lockerten das Bild farbenfroh auf. William konnte das alles nicht nur sehen, sondern auch riechen, und er fragte sich, ob in Seattle sein Geruchssinn nicht funktioniert hatte oder ob es dort einfach nichts zu riechen gab. Ein Hahn krähte irgendwo. Wiederholt. Dreimal, viermal. Dann herrschte kurz Stille, bis die Zikaden wieder ihr endloses Konzert aufnahmen.

Erst als er die Hütte erreichte, merkte William, dass hellblaue Farbtupfer zwischen den Bäumen sichtbar wurden.

Das Meer.

Sein Blick war geschult genug, um das gesamte Potenzial dieses Stück Lands sofort zu erkennen.

Vor der Hütte blieb er stehen. Seine Augen tanzten über die Flächen. Zwei Hauswände bestanden aus Naturstein. Dort, wo das feste Mauerwerk zusammengefallen war, war dunkles Holz eingesetzt worden. Die Fenster waren ramponiert. Das Dach bestand nur aus einer improvisierten Kunststoffabdeckung.

Dennoch.

Diese Hütte hatte das, was Williams durchgeplanten Bauwerken oft fehlte, wie er selbst fand. Diese Hütte hatte Charme.

»*Amazing!*«, war das Erste, was er herausbrachte. Dann breitete er die Arme aus. Zeigte damit auf all das, was sie umgab – Zitronen-, Feigen- und Olivenbäume – und, fast greifbar nah, das Meer, das am Horizont mit dem Himmel verschmolz. »Ich bin begeistert!«

»Du findest also, es ist eine gute Idee, hier Geld zu investieren?«

Pasquales Stimme drückte leichte Verwunderung aus.

»Absolut. Wenn du willst, gebe ich dir Tipps, wie du die Hütte noch schöner gestalten kannst. Weißt du, ich habe zu Hause eine Baufirma.«

»Das wäre … puh … ganz toll!«

Fast verlegen kratzte sich Pasquale am Hals.

Nur Pia hatte noch nichts gesagt. William suchte instinktiv ihren Blick. Hatte er irgendetwas falsch gemacht? Nein. Den Eindruck hatte er nicht. Aber er merkte, wie sie immer wieder zum Meer lugte.

»Wie sieht es denn innen aus?«, wollte William wissen und sprach Pasquale direkt an.

»Schlecht. Das ist ja das Problem. Ich hatte mal angefangen, das alles in Ordnung zu bringen. Aber dann … du weißt … Kinder, Alltag. Familie.«

Pasquale zuckte mit den Achseln und Pia räusperte sich.

William sah auf.

War das ein weiteres Auto, das sich da näherte?

Zeitgleich drehten sie sich alle zur Auffahrt. Zuerst hörte man nur, wie die Reifen über den Schotter fuhren. Dann sah man aufgewirbelten Staub. William kannte weder das Auto noch den Fahrer. Aber er merkte, dass Pia aufstöhnte, als sie erkannte, um wen es sich handelte.

»Mein Schwager. Also, Pasquales Bruder Ermanno«, informierte sie ihn knapp.

Ihre entspannte Haltung war verschwunden.

Das Auto kam erst zum Stehen, als es sie beinahe erreicht hatte und Pia wegen des Staubes Nase und Mund mit der Hand schützen musste.

Ein Mann stieg aus.

William musste bei seinem Anblick unwillkürlich an Mafiosi denken, wie sie in schlechten Filmen dargestellt wurden.

»Was soll das hier sein?«, hörte William den Mann arrogant fragen.

Pasquale ging ein paar Schritte auf ihn zu. Und Pia war das alles offensichtlich unheimlich peinlich, während William sich unangenehm an Szenen aus seiner eigenen Vergangenheit erinnert fühlte. Szenen, die ihn beinhalteten. Und seinen Sohn Edward.

Um nicht taktlos zu erscheinen, entfernte er sich ein paar Schritte. Aber er geriet dabei nicht außer Hörweite. War sich auch gar nicht sicher, ob er das wollte. Er fühlte sich unerklärlich involviert.

Pia hatte eigentlich vorgehabt, sich aus dem Gespräch zwischen den Brüdern herauszuhalten, in dem es mal wieder um die Hütte ging und die Frage, wem sie gehörte. Sie ertrug es nicht, dass das jetzt ausgerechnet vor William stattfand. Und sie hatte Angst, mit ihrer Wut auf Ermanno alles schlimmer zu machen. Aber dieses Geschrei jetzt – natürlich von Ermanno – und ein ihr vertrautes Knurren, das sie nur zu gut von ihrem Mann kannte, machten es ihr unmöglich, nicht einzugreifen. Dieses Knurren aus Pasquales Kehle bedeutete nämlich Alarmstufe rot. Aber es bereitete ihr keine Freude, sich da einzumischen. Wahrlich nicht.

»Hey!«, schrie sie. Nicht gerade intelligent, aber sie musste die Streithähne erst einmal zur Ruhe bringen. Tatsächlich waren sie wohl kurz so überrascht, dass sie innehielten. Das Bild, das sich Pia bot, war schon beinahe witzig. Ermanno, super gestylt und mit hochrotem Kopf, versus Pasquale in seiner Arbeitskleidung und mit der Haltung eines Stiers. Manchmal fragte sich Pia wirklich, wie Brüder so verschieden sein konnten.

»Also, ihr werdet das doch hinbekommen, wie zwei Erwachsene über diese Angelegenheit zu sprechen!«

Sie zeigte mit dem Kopf auf William. Das würde die beiden hoffentlich zur Vernunft bringen.

Ermanno machte aber eine abwertende Handbewegung, schnalzte mit der Zunge und zeigte mit jeder Faser seines Körpers, dass er sich für den eindeutigen Gewinner hielt.

»Wir haben Besuch, Ermanno.«

»Mir doch egal.«

Pia merkte, wie ihre Hand zu zittern begann. Ermanno hatte das Talent, sie innerhalb von Sekunden zur Weißglut zu bringen, der arrogante Idiot!

»Typisch. Wenn es brenzlig wird, eilt das Frauchen zu Hilfe, nicht Pasquà?«, sagte er jetzt zu seinem Bruder.

Pasquale knurrte schon wieder, scharrte wortwörtlich mit dem Fuß. Was würde als Nächstes kommen? Ein frontaler Angriff? Das musste Pia vermeiden. Weil Ermanno da gar nicht gut wegkommen würde. Obwohl er eine Tracht Prügel wahrlich verdient hatte, fürchtete Pia die Konsequenzen.

»Ermanno, was willst du von uns?«

Besser, sie ging die Sache direkt an. Anders war die Hütten-Affäre nicht zu lösen.

»Was soll ich schon wollen? Was mir zusteht natürlich!«

»Fein. Du willst also die Hütte und das Land, auf dem sie steht. Aber, wie du selbst ja behauptest, gehört es noch *mamma* Sandrina. Und die hat Pasquale vor Jahren schon klipp und klar gesagt, dass er sich darum kümmern soll. Korrekt?«

»Davon weiß ich nichts. Sind alles nur Behauptungen.«

Santo cielo! Pia verstand Pasquales blinde Wut. Ermanno stand da in seinem pink-farbenen Polohemd und log das Blaue vom Himmel herunter. Pasquale machte unerwartet ein paar Schritte von seinem Bruder weg.

»Geh, Ermanno. Und vergiss, dass du einen Bruder hast.«

Pia schaute überrascht zu ihrem Mann. Seine Stimme hatte eine eisige Färbung, die sie so noch nicht kannte. Die Worte aus seinem Mund waren scharf wie ein Messer. Und so endgültig und direkt, dass sie sogar Ermanno erreichten, der verwirrt schien und ein paar Mal nach Luft schnappte. Letztendlich drehte er sich aber wortlos um, ging zu seinem Auto und fuhr weg.

Ganz instinktiv ging Pia auf ihren Mann zu, berührte ihn am Arm. Sie kannte ihn gut genug, um zu wissen, dass ihn sein letzter Satz viel Kraft gekostet haben musste. Pasquale respektierte den Begriff *famiglia*. Ihr Mann hatte immer versucht Ermanno, trotz seines miesen Charakters, nicht zu meiden. Was Pasquale gerade gemacht hatte, musste sich für ihn anfühlen wie Verrat.

Und wie sie es erwartet hatte, schüttelte er den Kopf, griff sich ins Haar und ließ schließlich seine Hände kraftlos fallen.

Pasquale war zu keiner weiteren Aktion zu überreden. Er gab sich noch vor der Schlacht geschlagen und machte Pia damit beinahe wahnsinnig. Seine Passivität war irritierend. Selbst William, der sich wieder zu ihnen gesellt hatte, zeigte mehr Reaktion.

»Vielleicht könnt ihr vor Gericht gehen«, schlug der Amerikaner vor.

»Ja, Pasquale …«

»Pia, wohin soll das führen? Du weißt doch, dass solche Geschichten sich ewig hinziehen und nur Geld verschlingen.«

»Dann rede mit deiner Mutter!«

»Wozu denn?«

Nachdem Pasquale noch zwanzig weitere Vorschläge weggewischt hatte, war Pia mit ihrem Latein am Ende.

»Ich würde um dieses Stück Land kämpfen«, verkündete William, »und selbst in der Hütte wohnen. Das hier ist ein Traum. Man hängt praktisch über dem Meer. Und diese idyllische Ruhe hier oben … Lasst euch das von niemandem nehmen!«

Pia sah zu ihrem Mann hin. Suchte sein Gesicht nach irgendeiner Regung ab. In seiner Körperhaltung, vor allem aber in seinen Augen, las sie jedoch nichts weiter als Resignation.

Pia stellte ihr Auto ab und war froh darüber, dass ein leichter Wind ging. Es dämmerte bereits, und die allmähliche Abkühlung vermittelte ihr den Eindruck, dass gleichzeitig auch die Wut weniger heiß in ihr brannte. Trotzdem spürte sie eine Müdigkeit, die nichts damit zu tun hatte, dass der Tag beinahe vorüber war. Die Müdigkeit steckte auch nicht in ihren Knochen oder Muskeln, nein, sie schien direkt in ihrem Kopf zu leben. Das war kein gutes Gefühl. Und jetzt musste sie abends durch Camerotas Gassen schleichen. Sich dabei um Dinge kümmern, die ganz weit weg von ihren eigenen Bedürfnissen waren.

Ich habe die Schnauze endgültig voll!, tönte es in ihrem Kopf.

Dieser Gedanke kam ihr zum ersten Mal in den Sinn, während sie in den engen Gassen von Camerota dem Geräusch ihrer Schritte lauschte. Übertrieb sie da jetzt nicht etwas? Oder war es vielmehr so, dass sie endlich den Mut hatte, sich selbst Dinge einzugestehen, an die sie bis vor Kurzem gar nicht mal gedacht hatte? Was passierte gerade mit ihr? Seit ihre Tochter ausgezogen war, kam sie nicht mehr mit sich selbst zurecht. Es nervte sie, dass sie auf nichts Besonderes zurückblicken konnte. Oder anders herum, sich auf nichts freuen konnte. Ihr Leben war einfach träge geworden und brauchte etwas Schwung. Nur, wie sollte sie das anstellen, wenn immer wieder etwas dazwischen kam? Der Alltag stellte sich quer. Die Familie stellte sich quer. Und sie steckte wie immer ein.

Fast ohne es zu bemerken, hatte Pia durch das Wirrwarr aneinandergereihter, identisch wirkender Durchgänge bereits die Behausung ihrer Schwiegermutter erreicht. Sandrina bewohnte den Flügel eines *palazzo* mitten im Ortskern. Nicht weit davon entfernt befanden sich die Ruinen der mittelalterlichen Burg. Alles war hier antik. Wobei antik ja schön klang. Alt traf es aber besser. Es wurde nicht viel getan, um den Gemäuern zu neuem Glanz zu verhelfen.

Schritte aus dem Nichts näherten sich, als Pia gerade den Türklopfer in die Hand nahm, der an der dicken Holztür unter dem prächtigen Portal hing. Der Löwenkopf fiel ihr aus der Hand und erzeugte dabei kein richtiges Klopfen.

»*Buonasera.*«

»Oh. Don Rosario, *buonasera.*«

»Pia?«

»Ja, ich bin es.«

Don Rosario kam etwas näher.

»Ich bitte um Verzeihung, hatte dich gar nicht erkannt. Alles gut bei euch?«

Wieso fragte er das nur immer wieder?

»Nein.«

Hatte sie das gerade wirklich gesagt? *Santo cielo,* Don Rosario stellte diese Frage aber auch mit einer unglaublichen Beharrlichkeit. Vielleicht war das seine Art, letztendlich zur Wahrheit zu gelangen! Wie ärgerlich! Das war sicherlich nicht der richtige Moment, um dem Priester ihr Leid zu klagen.

»*Chi è*? Wer ist da?«, tönte es aus dem Hausinneren.

Sandrina hatte das misslungene Klopfen demnach doch gehört. Und Pia war gerade richtig froh darüber. Don Rosario sah sie schon eindringlich an, wollte ganz sicher tiefer in ihrer Seele graben.

»Ich bin es, Pia!«

»Gut, dann will ich nicht länger stören. Aber, Pia, falls du mich brauchst, weißt du, wo du mich finden kannst«, sagte Don Rosario, bevor er hastig weiter seines Weges ging. Pia hatte den Eindruck, dass er vor Sandrina floh. Verständlich. Ihre Schwiegermutter wurde überaus geschwätzig, wenn sie auf Don Rosario traf. Das hielt kein Mensch lange aus. Auch kein Priester.

Der Gruß an Don Rosario blieb Pia im Halse stecken. Sandrina hatte die Tür erstaunlich schnell entriegelt und stand nun vor ihr. Ein winziges Weib mit der Energie einer ganzen Armee. Und deshalb brauchte Pia Sandrina auf ihrer Seite.

»Was machst du denn hier?«

Sandrina gab sich nicht mal Mühe, etwas Freude zu heucheln.

»Ich muss bitte mit dir reden.«

»Dann komm rein.«

Wortlos ging die alte Frau Pia voraus, direkt in das Zimmer, in dem sich praktisch das ganze Leben der Schwiegereltern abgespielt hatte. *Nonno* Marios Abwesenheit war hier beinahe körperlich spürbar. Und das tat weh. Pia betrat den Raum, der eine Art Wohnzimmer mit Kochstelle, Fernseher und Esstisch darstellte. Zwei mehr als unbequeme Holzbänke standen am Kamin, in dem zu dieser Jahreszeit noch kein Feuer brannte. Das schwarze Loch wirkte ohne die Wärme der Flammen feindlich.

Der Fernseher lief. Leise. Und Pia konnte riechen, was Sandrina zu Abend gegessen hatte.

»Hat Miriana sich gemeldet?«, wollte Sandrina wissen.

Pia nickte. Steckte dabei ein komisches Gefühl weg, das sie seit einigen Tagen begleitete, wenn sie an ihre Tochter dachte. Miriana hörte sich am Telefon ganz seltsam an – was Pia natürlich für sich behielt.

»Ja, wir hören uns oft. Sie grüßt dich herzlich.«

Eine Lüge. Aber Pia fand, dass Miriana so besser dastand als mit der Wahrheit.

»Das ist lieb.«

Tatsächlich sah Sandrina kurz gerührt aus. Dann setzte sie sich aber auf die Holzbank und reckte den Hals ein bisschen herausfordernd hoch.

»Ich nehme nicht an, dass du hier bist, um mir Mirianas Grüße vorbeizubringen?«

Ihr Tonfall war natürlich tadelnd. Wie auch sonst?

»Nein, das bin ich in der Tat nicht, *mamma*. Hast du in letzter Zeit mit Ermanno gesprochen?«

»Wir sprechen jeden Tag miteinander.«

Ach ja?

»Hat er dir von dem Streit mit Pasquale erzählt?«

Musste man dieser Frau alles aus der Nase ziehen? Pia war sich ziemlich sicher, dass Sandrina bereits wusste, worauf sie hinauswollte.

»Ach, Streit …«, Sandrina gestikulierte und rollte leicht mit den Augen, »… Streit … Das ist doch ganz normal, dass Brüder sich ab und an zanken. Das haben sie schon als Kinder gemacht.«

»Ja, das glaube ich dir gerne. Mag sein, dass sie als Kinder harmlos um ein Spielzeugauto gestritten haben. Aber was ich heute gesehen habe, war keine einfache Streiterei.«

Sandrina zuckte nur mit den Achseln.

»Das Land, auf dem die Hütte steht, das hast du doch an Pasquale abgetreten, nicht?«

Die Alte riss die Augen so weit auf, wie es ihre faltigen Lider zuließen.

»Ich?«

»Ja, du.«

»Wie kommst du denn auf diese Idee?«

Pia stockte. Das Gespräch entwickelte sich in eine Richtung, die ihr gar nicht gefiel.

»Du leugnest also, dass ihr diese Vereinbarung hattet?«

Dass ihre Stimme bei dieser Frage leicht in die Höhe ging, fand Pia gar nicht schön. Aber besser das als Schreien. Und ihr war wirklich sehr danach zumute. Sehr, sehr, sehr.

»Pia, Gott ist mein Zeuge«, dabei schaute Sandrina theatralisch gen Himmel und faltete ihre spindeldürren Hände vor die Brust, »Pasquale hat sich aus eigenem Willen dazu bereit erklärt, ab und an dort oben nach dem Rechten zu sehen. Mehr nicht.«

Eine Ohrfeige hätte Pia vermutlich weniger zum Schwanken gebracht.

»Verstehe …«

»Da du schon einmal auf das Thema zu sprechen gekommen bist, informiere ich dich, dass Ermanno das Land braucht, um Gemüse für sein Restaurant anzubauen. Er muss es doch sonst immer so teuer am Markt besorgen. Das kann er sich nicht mehr leisten. Pasquale sollte sein Zeug am besten bald wegräumen.«

Sandrina machte zwar ein betroffenes Gesicht, aber Pia glaubte ein verräterisches Blitzen in den Augen ihrer Schwiegermutter zu erkennen, das ihr zutiefst missfiel. Jetzt konnte sie einfach nicht mehr an sich halten.

»Ist dir klar, was du Pasquale damit antust?«

»Pasquale wird das verstehen. Ich habe einen vernünftigen Mann großgezogen. Die *famiglia* muss zusammenhalten, auch in schwierigen Situationen. Und Ermanno braucht das Land jetzt einfach dringender. Ihr habt einen so großen Garten. Da kann Pasquale sich doch austoben. Und ich kann ihm dabei sogar helfen.«

»Helfen?«

»Aber ja. Was soll ich denn sonst den ganzen Tag tun, wenn ich dann bei euch wohne?«

Ein dumpfes Gefühl breitete sich in Pia aus.

»Du willst bei uns wohnen?«

Stupide Fragen. Dessen war sich Pia am Rande bewusst. Aber beim besten Willen kam gerade nichts Intelligentes über ihre Lippen.

»Warte, *Signora* Pia.«

»Was denn, Pasquale?«

»Ich muss dich doch über die Schwelle tragen.«

Pia lächelt verliebt, schmiegt sich an den harten Männerkörper und lässt sich hochheben. Sie fühlt sich leicht wie eine Feder. Unbeschwert, glücklich. Und schön, in ihrem bezaubernden, weißen Kleid.

»Lässt du mich denn nicht wieder runter?«

»Nein.«

Er steigt mit ihr die Treppen hoch, schnauft dabei nicht einmal, und legt sie sanft auf das nagelneue Ehebett.

Dann sieht er sie an.

»Was denn?«

»Du bist wunderschön, *Signora* Pia, und ich liebe dich!«

Sie streckt ihm ihre Hände entgegen, und er nimmt sie, küsst sie.

Keine Worte mehr.

Nur noch *amore*.

Kapitel 18

Pia wollte nicht nach Hause.

Einige Momente stand sie unentschlossen vor der Haustür ihrer Schwiegermutter. So lange, bis ihre Füße sie in eine Richtung trugen, die Pia selbst am wenigsten erwartet hätte.

Camerota war zu dieser Uhrzeit wie leergefegt. Wenige Behausungen waren im Ortszentrum von innen beleuchtet. Pia hatte das Gefühl, dass Camerota langsam ausstarb, und irgendwie erkannte sie sich selbst darin. Auch sie starb gewissermaßen aus. So fühlte sie sich zumindest gerade.

Inzwischen hatte sie die offene Piazza erreicht, auf die sie zugesteuert war. Sie war schon ewig nicht mehr hier gewesen. Und dem Ort war anzusehen, wie die Zeit vergangen war. Keiner pflegte die Piazza. Dafür lag sie viel zu weit oben. Selten verirrte sich jemand hierher. Es gab auch nicht viel zu sehen. Außer der Burgruine, die so runtergekommen war, dass man ihre einstige Pracht nur noch erahnen konnte. Ein einziger Turm hatte es fast unbeschadet über die Jahrhunderte geschafft. Der Wachturm, der in Verbindung zu den Türmen an der Küste gestanden hatte, die immer wieder mit Rauch oder durch Spiegelreflexe Alarm geschlagen hatten. Wenn sich Piratenschiffe am Horizont zeigten.

Pia schob wild wachsendes Unkraut beiseite und war doch etwas überrascht. Es gab sie noch immer. Die Bank.

Lange Zeit war das *ihre* Bank gewesen. Der Mond schien hell, und Pia wusste genau, wo sie zu suchen hatte. An der Lehne. Direkt in der Mitte. Da war ein Herz eingeritzt.

P + P = *Amore eterno*

Das stand da.

Pia spürte, wie sich ihr Gesicht unwillkürlich zu einem breiten Lächeln verzog. Was war das doch für ein wunderbarer, unvergesslicher Abend gewesen. Der Abend, an dem Pasquale offiziell um ihre Hand angehalten hatte. Sie waren gemeinsam spazieren gegangen. Allein sein. Das war damals ihre erste Priorität gewesen. Und diese Piazza hatte ihnen schon damals etwas Privatsphäre geboten.

Pasquale war zu der Zeit ein total romantischer Bursche gewesen, und Pia erinnerte sich fast noch an jedes Wort, sogar an seine Mimik, die sie so unwiderstehlich gefunden hatte.

»Setz dich, *Signora* Pia, und mach deinen Kopf ganz leer!«

»Wie soll ich denn das anstellen, Pasquale? Ich denke doch immer gleichzeitig an so viele Sachen.«

»Eben. Aber jetzt sollst du an gar nichts denken. Entspann dich und schau in den Himmel. Kannst du sie sehen, die vielen Sterne?«

Die Sterne, ja. An jenem Abend hatten sie sich von ihrer besten Seite gezeigt. Dicke Lichttupfer auf schwarzer Leinwand. Nie waren sie Pia greifbarer erschienen. Und mit Sternen kannte sie sich ein bisschen aus. Ihr *nonno* hatte immer versucht, ihr die Konstellationen näherzubringen, an denen er sich auf dem Meer orientierte. Aber Pia war keine besonders gute Schülerin gewesen. Jedenfalls nicht in diesem Fach.

»Sie sind wunderschön.«

»Nichts im Vergleich zu deiner Schönheit.«

Pia hatte verlegen gekichert. Komplimente annehmen war ihr nie leicht gefallen. Aber Pasquale hatte ihre Hand genommen und sie gestreichelt.

»Du bist die schönste Frau, die mir je über den Weg gelaufen ist, *Signora* Pia. Und das meine ich ernst. Ich fühle mich geehrt, dass du dich überhaupt mit mir abgibst.«

Mit der freien Hand war Pia Pasquale über das Gesicht gefahren. Zärtlich. Liebevoll.

»Weißt du eigentlich wie schön du bist?«

»Ich?«

Da. Sein Lachen. Das schönste Lachen auf der Welt.

»Ja, du!«

»Nein, ich bin nicht schön. Aber ich bin stark.« Er hatte zum Beweis seinen Arm hochgehalten und seine Muskeln gezeigt. »Und weißt du, was das Beste ist? Zusammen können wir noch stärker sein. Unbesiegbar.«

Pia hatte genickt. Sich die Worte durch den Kopf gehen lassen. Gemeinsam stark. Irgendwie war ihr dieser Gedanke ganz wunderbar erschienen. Und sie hatte sich an ihren Pasquale gelehnt. Seinem Herzschlag gelauscht. Gemeinsam. Auf der kleinen Bank. Im mittelalterlichen Borgo von Camerota. Am Fuße der Burgruine.

Wieso saß sie dann jetzt alleine hier?

Pasquale hatte recht gehabt. Gemeinsam waren sie unbesiegbar. Aber es schien Pia, als wären sie inzwischen auf Parallelen gelandet, die ganz, ganz nah beisammen waren. Leider, ohne sich dabei jemals zu berühren. Wie schrecklich, dass ihr das erst jetzt bewusst wurde.

»Pia?«

Sie schrak auf, hatte niemanden gehört oder gesehen. Die Nacht hatte den Besucher geschluckt. Was wohl an der Farbe seiner Kleidung liegen musste.

»Don Rosario. Spaziergang?«

Der Priester kam näher, setzte sich, ohne zu fragen, ob er denn durfte.

»Ich mag die Ruhe hier oben.«

»Ja. Und die Sterne.«

Don Rosario blicke gen Himmel.

»Stimmt«, gab er nach einer Weile zu. »Möchtest du dich mir anvertrauen?«

Dazu schwieg Pia so lange, bis sie beinahe vergessen hatte, was die Frage gewesen war. Erst als Don Rosario ihr eine Hand auf das Knie legte, schüttelte sie den Kopf.

»Gut, Pia. Aber verliere niemals den Mut. Es gibt immer einen Weg. Egal, was das Problem ist. Manchmal findet man die Lösung sogar, wo man sie am wenigsten erwartet. Direkt vor der Nase.«

Eine ganze Weile lang saßen die beiden schweigend nebeneinander. Und Pia gelang es tatsächlich, ihren Kopf komplett frei zu machen. Genau so, wie Pasquale es vor vielen Jahren von ihr verlangt hatte. Don Rosarios regelmäßiger Atem störte sie dabei nicht die Spur. Ganz im Gegenteil.

»Danke.«

Mit diesem einfachen Wort verabschiedete sich Pia.

Pasquale lag auf der Couch, als sie zu Hause eintraf. Er sprang aber gleich auf, als er sie hörte.

»Wo warst du denn so lange, *Signora* Pia?«

Sie ging ganz nah zu ihrem Mann hin, lehnte die Stirn an seine breite Brust. Sein Duft war so vertraut. Er schlang die Arme um sie, was sich himmlisch anfühlte.

»Ich war auf unserer Bank.«

Ja, dachte Pia. Sie würde ihrem Mann von der kurzen Reise in die Vergangenheit erzählen. Und dann wollte sie sein Gesicht sehen, wenn er sich daran erinnerte. Wenn er dieses Gefühl mit ihr teilte.

»Welche Bank?«

Pasquale war sichtlich verwirrt. Mühsam gelang es Pia sich zusammenzureißen. Natürlich, sie konnte Pasquale keinen Vorwurf daraus machen, dass er erst einmal nicht verstand, um welche Bank es ging. Immerhin war sie ja weggegangen, um mit Sandrina zu sprechen.

Also ließ sie von ihrem Mann ab, setzte sich auf die Couch, klopfte mit der Hand auf den freien Platz neben sich.

»Der Heiratsantrag. Die Bank mit dem Herz und unseren Initialen darauf.«

Jetzt aber! Nach dieser Erläuterung musste es bei Pasquale doch klingeln.

Sein Gesicht zeigte noch immer Verwirrung.

»Ich verstehe kein Wort. Du wolltest doch zu *mamma*, oder nicht?«

Das verstand sie schon, dass er dringend wissen wollte, welches Urteil seine Mutter ausgesprochen hatte. Trotzdem verletzte es sie, wie wenig Pasquale sich dafür interessierte, was es mit der Bank auf sich hatte.

»Ich war bei ihr.«

Pia suchte nach der richtigen Art und Weise, Pasquale die Pille zu versüßen.

»... und was hat sie gesagt?«

»Dass Ermanno das Land braucht, um dort Gemüse für das Restaurant anzubauen.«

»Tut er nicht.«

»Ich weiß.«

Er schlug so hart auf den Wohnzimmertisch, dass die Fernbedienung herunterfiel und aufbrach. Dann schauten Pia und Pasquale gemeinsam der Batterie nach, die aus dem Gerät gesprungen war, jetzt über den Boden rollte und erst stoppte, als sie an der Tür angelangt war.

»Es tut mir leid, Pasquale.«

Pasquale ging ein paar Schritte auf und ab, hob die Batterie vom Boden.

»Ich wollte ... Ich meine ... Ach, schon gut.«

»Ist es nicht, Pasquale. Und als krönenden Abschluss hat deine Mutter mir mitgeteilt, dass sie zu uns ziehen wird.«

»Sie will zu uns?«

»Sieht so aus. Rede mit ihr.«

»Was soll ich ihr denn sagen?«

»Ja, keine Ahnung. Dass sie zu Ermanno soll.«

»Bestimmt hat sie das nur so dahergesagt.«

»Mir kam das nicht so vor.«

»Mal jetzt nicht gleich den Teufel an die Wand, ja?«

»Pasquale, du musst das klären. So schnell wie möglich. Ich will nicht, dass sie plötzlich mit einem Koffer bei uns vor der Tür steht.«

»Das wird sie nicht. Vertrau mir.«

Der letzte Satz raubte Pia schier den Atem. Weil sie es nicht konnte. Ihrem Mann vertrauen.

Wütend und enttäuscht – weil sie das Gefühl hatte, dass es einfach keine Worte gab, die diese Situation klären konnten – ließ sie ihn einfach stehen und ging hinauf in ihr Zimmer. Wo sie aber erst Stunden später in einen unruhigen Schlaf fiel.

»*Mamma*?«

Pia wusste nicht so recht, ob sie träumte oder wach war, aber sie hielt definitiv einen Hörer ans Ohr. Den vom Haustelefon, das eigentlich nie jemand benutzte. Es stand im ersten Stock im Flur. Gleich bei Pasquales und ihrem Schlafzimmer. Pia musste sich abstützen, ihr war ganz schwindelig. Wie war sie hier gelandet? Das Letzte, an das sie sich erinnern konnte, war, dass sie sich nach dem Streit mit Pasquale schlafen gelegt hatte. War sie so schnell aus dem Bett gehüpft?

»Miriana?«

Wie spät war es? Was war nur los?

Pia fror.

Zitterte am ganzen Körper.

Sie hörte es am anderen Ende der Leitung schluchzen.

»*Madonna mia*! Was ist los, Kind? Bist du verletzt?«

Ganz lange ging das Schluchzen weiter. Pia konnte die bitteren Tränen förmlich am Gesicht ihrer Tochter entlanglaufen sehen.

Sie ließ sich an der Wand herunterrutschen. Lauschte weiter. Versuchte etwas zu hören, was nicht ihrem eigenen Herzschlag glich.

»*Mamma*?«

»Kind, bitte, erklär mir, was los ist!«

Pia wollte nicht schreien. Sie wusste, dass das bei ihren Kindern rein gar nichts nutzte.

»*Mamma*. Singst du das Lied für mich?«

»Welches Lied, mein Schatz? Welches?«

Jetzt kämpfte Pia selbst mit den Tränen.

»Unser Lied, *mamma*. Bitte.«

Pia versuchte sich zusammenzureißen. Wenigstens wusste sie, um welches Lied es sich handelte. Ein selbsterfundenes Kinderlied, das sie Miriana als kleines Mädchen immer vorgesungen hatte. Aber der ganze Rest? Den verstand sie überhaupt nicht. Das Warum dieser seltsamen Bitte. Mitten in der Nacht.

Dennoch. Pia sang. Wenn ihr Kind sie darum bat, tat sie es. Mit zittriger Stimme, aber mit all der Liebe, die in ihr steckte.

Sie merkte, wie das Schluchzen auf der anderen Seite leiser wurde. Selbst Mirianas Atem schien sich zu beruhigen.

»Miriana. Bist du in Ordnung?«

»Jetzt ja. Schlaf gut, *mamma. Ti amo*.«

Und – *klack* – war sie aus der Leitung verschwunden.

Was um alles in der Welt war denn das gewesen?

Lange starrte Pia auf den Hörer in ihrer Hand. Sie rappelte sich erst auf, als ihr so kalt war, dass aus dem Zittern richtiges Schlottern wurde.

»Pia!«

»*Buongiorno*, Ninetta, *come stai*?«

»Ach, viel zu tun, viel zu tun …«

»Ja? Läuft es gut im Geschäft?«

»Unerwartet gut, Pia. Danke der Nachfrage. Weißt du, deine Idee mit den Broschüren, die Pasquale im Feriendorf verteilt hat, war einfach genial! Es kommen reihenweise Touristen.«

»Das freut mich zu hören.«

»Solltest du mal wieder eine solche Idee haben, nur her damit.«

Kapitel 19

Camerota, Ende September

Don Rosarios Plan besagte, dass er Sandrina einen Besuch abstatten sollte. Das machte er routinemäßig, um den Hinterbliebenen Trost zu spenden. Er mochte den direkten Kontakt und hatte mehr als einmal bemerkt, dass er wirklich in der Lage war, Menschen zu ermutigen, ihnen neue Hoffnung zu geben. Dennoch merkte er, wie er versuchte, sich vor diesem Hausbesuch zu drücken. Sandrina machte ihn mit ihrer Litanei schläfrig. Sie ließ es kaum zu, dass er mal zu Wort kam. Und das war ja nicht Sinn der Sache. Don Rosario seufzte. Erhob sich mühsam. Stellte das Tässchen in der Spüle ab und gab sich einen Ruck. Heute stand Sandrina auf dem Plan und *basta*.

Kaum hatte Don Rosario die Tür hinter sich zugezogen, da hörte er seinen Namen. Unwillkürlich zuckte er zusammen. Ihm fiel der Schlüssel aus der Hand, was ihn reichlich nervte. Aber er fluchte nicht. Und war allein deshalb schon sehr stolz auf sich.

»*Buongiorno*, gut, dass ich Sie noch erwische!«

Antonio.

Na, dann konnte der sich jetzt bücken. Don Rosario zeigte nur stumm auf den Schlüssel am Boden, und Antonio verstand, hob den Schlüssel auf und reichte ihn Don Rosario, der ihn sicher in der Hosentasche verstaute.

»*Buongiorno*. Wieso? Ist was?«

»Nein, nein.«

Schweigen.

Aber Don Rosario kannte Antonio lange genug, um ihm an der Nasenspitze anzusehen, dass etwas im Busch war.

»Na gut, Antonio. Ich muss ohnehin los«, pokerte er, um doch noch zum Ziel seiner Neugierde zu gelangen.

»Ich begleite Sie …«

»Von mir aus.«

Zwei Türen weiter begann Antonio zu sprechen.

»Gestern war ich auf der Piazza.«

»Aha.«

»Es war warm, die Kinder saßen im Schatten.«

»Und?«

»Und dann ist die *Signora* Tiziana vorbeigekommen.«

Instinktiv horchte Don Rosario auf.

»Mhm.«

»Sie war nicht allein.«

Es wurde langsam interessant.

»Sondern?«

»In Begleitung eines Ausländers.«

Don Rosario brauchte sich nicht zu erkundigen, um welchen Ausländer es sich handelte.

William.

Das war ihm ohnehin schon klar.

Töricht, dass er auch nur angenommen hatte, dass William und Pia … Nein, diesen Gedanken wollte er gar nicht zu Ende denken. Einfach absurd. Pia liebte ihren Pasquale.

Antonio strahlte. Und Don Rosario verbarg nicht, dass er sich freute, wenn Antonio für ihn den Spitzel spielte. Vier Augen sahen mehr als zwei.

»Verstehe. Gut gemacht, Antonio. Komm, ich spendiere dir etwas an der Bar.«

Nicola schenkte Antonio Bier ein, kratzte sich dabei an der Stirn. Er überlegte wohl.

»Don Rosà, gestern, da war übrigens dieser Amerikaner wieder da.«

Antonio und Don Rosario wechselten einen Blick.

»Ach ja?«

»Ist er irgendwie mit der *Signora* Tiziana verwandt?«

»Nicht, dass ich wüsste. Wieso?«

»Na, sie waren ziemlich vertraut.«

»Inwiefern?«

Nicola hob die Schultern, stellte dann Tassen in die alte Spülmaschine.

»Na, Sie wissen schon. Vertraut-vertraut.«

Don Rosario grinste in sich hinein. Die Männer von Camerota hatten einen ausgeprägten Beschützerinstinkt ihren Frauen gegenüber. Was sie natürlich nicht einmal unter Folter zugeben würden.

»Danke für die Information, Nicola. Ich bin mir sicher, Tiziana weiß, was sie tut.«

»Hm. Ich weiß nicht. Sie kennt sich doch gar nicht aus mit Ausländern. Die sind immer alle so eingenartig Was ist, wenn er ihre Ehre kompromittiert?«

»Du machst dir Sorgen um Tizianas Ehre, ja? Und um ihr Glück kümmerst du dich nicht, was, Nicola?«

Nicola schluckte ein paar Mal.

»Naja, ich mein ja nur …«

Don Rosario verließ die Bar wenig später. Seine schlechte Laune wegen des Besuchs bei Sandrina war wie weggeblasen. Er freute sich für Tiziana. Sie war so lange allein gewesen. Ein bisschen Aufmerksamkeit von dem netten Amerikaner konnte da gar nicht schaden. Etwas Ernstes würde ja ohnehin nicht daraus werden. Der Amerikaner musste irgendwann abreisen, und Tiziana würden die Erinnerungen an ihre gemeinsam verbrachten Tage eine Weile lang warmhalten. So war das im Leben.

Und Don Rosario wollte heute plötzlich besonders nett sein und Sandrina sogar eine Kleinigkeit mitnehmen. Ninetta würde schon etwas für die Alte haben.

Ausnahmsweise traf Don Rosario Ninetta mal im Laden an. Sie hatte weder Gesichtscreme noch Lockenwickler auf und sah dabei eigentlich ganz ordentlich aus.

»Ich brauche eine Kleinigkeit für Sandrina.«

»Ach, das ist ja ein Zufall. Sie war gestern selbst hier.«

»Tatsächlich?«

»Ja.«

Kurzes Schweigen.

»Was hat sie denn gekauft? Ich meine … damit ich ihr nicht dasselbe kaufe.«

»Selbstgemachte Seife. Die von der alten Costanza. Da schwört Sandrina ja drauf.«

»Na, selbstgemachte Seife hätte ich ihr mit Sicherheit nicht mitgenommen.«

»Ja, ich habe auch gar keine mehr. Sie hat alles aufgekauft, weil Pia ja nur Waschmittel aus dem Supermarkt benutzt.«

»Was hat Pia denn mit Sandrinas Seife zu tun?«

Ninetta hob in gespielter Unwissenheit die Achseln.

»Weiß ich doch nicht.«

Irritiert gab Don Rosario sich geschlagen. Er wurde gerade nicht schlau aus dieser Seifen-Geschichte.

»Suchen wir ihr einfach etwas anderes, ja?«

»Klar. Aber Sie müssen dann wahrscheinlich zu Pia.«

Wieso schon wieder Pia?

»Sandrina zieht doch jetzt zu ihr!«, rückte Ninetta endlich mit der Neuigkeit heraus.

Diese Information erschlug Don Rosario fast. Sofort überrollte ihn eine Welle des Mitleids. Er konnte sich fast bildlich vorstellen, wie es sein musste, mit so einer uneinsichtigen Person wie Sandrina zu leben. Die reinste Tortur. Das hatten Pia und Pasquale nicht verdient.

»Wollen Sie ihr trotzdem etwas kaufen?«, mischte Ninetta sich mit ihrer penetranten Stimme wieder in seine Gedanken. »Ich muss ja gestehen, dass ich nicht viel hier habe im Moment.

Gestern habe ich nicht nur die gesamte Seife verkauft, sondern noch viel mehr. Ein Amerikaner war da.«

»Mit Tiziana.«

Eine Feststellung.

»Genau. Sie haben davon schon gehört?«

Ninetta wirkte beinahe empört.

»Ja. Davon habe ich schon gehört.«

William wusste, dass er dabei war, sich zu verlieben. Und er wusste das so genau, weil es schon so lange nicht mehr passiert war. Dieses Kribbeln. Das Herzklopfen. Die Anziehungskraft. Und die schwindende Vernunft. Alles alte Bekannte, von denen er nicht gedacht hätte, dass er sie noch mal wiedertreffen würde.

Das kühle Nass tat gut auf seiner Haut. Jede Armbewegung, die ihn weiter hinaus brachte und ihn körperliche Anstrengung kostete, machte seinen Kopf freier. Frei von Seattle, frei von Harris Constructions. Aber nicht frei von Tiziana. Irgendwie hatte er den Eindruck, dass diese beiden Welten nicht zusammen in seinem Kopf bestehen konnten. Sie schlossen sich gegenseitig aus. Denn ganz rational betrachtet, war Tiziana einfach nicht kompatibel mit seinem Leben. Seinem Leben in Seattle.

Trotzdem kreiste seit gestern jeder seiner Gedanken um sie.

Tiziana.

Es war ihre Weiblichkeit, die ihn schier wahnsinnig machte. Sie hatten nichts Besonderes unternommen. Einen Spaziergang durch Camerota. Aber William hatte irgendwo einmal gelesen, dass man besondere Menschen daran erkannte, dass ihre Besonderheit auf das Umfeld abfärbte. Wo sie auch hingegangen waren, hatte sich die Welt verwandelt. Mit Tiziana hatte sogar dieser kleine Laden – *Arte Camerotana* oder so – gewirkt wie ein Palast.

Und sie hatte sich gar nicht aufgedrängt, nein, vielmehr hatte sie ihn mit freundlicher Distanz behandelt. Aber an dem verräterischen Blitzen in ihren Augen hatte er sehr wohl erkannt, dass auch sie etwas für ihn empfand.

Ein Spiel.

Ja, William hatte den Eindruck, dass ein Spiel begonnen hatte, zwischen ihm und Tiziana. Er kannte das Spiel. Es war so alt wie die Menschheit selbst.

Er machte kehrt, schwamm nun wieder in Richtung Strand. Es tat so gut, wie das Meereswasser sich um seinen Körper schmiegte. Und es tat so gut, sich einfach gleiten zu lassen. Er war entspannt wie schon lange nicht mehr. Vielleicht konnte er sich diesen Zustand antrainieren.

Wie um sich selbst auf die Probe zu stellen, tauchte William ab. Das Wasser war paradiesisch klar. Ohne Mühe konnte er bis auf den Grund blicken. Fische bewegten sich flink unter ihm. Er hatte große Lust sie zu fragen, was sie von Tiziana hielten. Ja, er hatte große Lust, mit jemandem über dieses prickelnde Gefühl zu sprechen, das ihn erfüllte. Er hatte sogar schon überlegt, Bruno anzurufen, es letztendlich aber doch gelassen.

Pia.

William tauchte wieder auf.

Ja, vielleicht konnte er mit Pia reden.

Pasquale war zu Hause geblieben. Sie hatten geredet. Den ganzen Vormittag lang. Aber irgendwie aneinander vorbei. Pia hatte ihm von dem nächtlichen Telefonat mit Miriana erzählt und ihn noch einmal darum gebeten, mit Sandrina über ihre Umzugspläne zu sprechen. Und Pasquale hatte gefragt, was sie davon hielt, wenn sie einen Teil des Erdgeschosses für Touristen ausbauen würden.

»Hier in unserem Haus kann niemand uns etwas sagen«, argumentierte Pasquale und kritzelte irgendwelche Raumaufteilungen auf ein Papier.

»Ja, aber so ein Umbau mitten im Haus wird anstrengend. Wir wohnen ja hier.«

»Ach, das machen wir ganz schnell. Vielleicht kann Matteo mir helfen. Und der Amerikaner hat sowieso angeboten, dass er mir ein paar Tipps gibt.«

»Ich muss sagen, ich bin nicht wirklich begeistert.«

»Geht das auch ein bisschen genauer? Wenig begeistert, also nein?«

»*Dio santo*, Pasquale, lass mir ein paar Tage Zeit, um darüber nachzudenken.«

Pasquale warf ungehalten seinen Stift quer über den Tisch, an dem sie saßen. Er landete bei Pia auf dem Schoß, und sie hätte ihn liebend gerne genommen und Pasquale an den Kopf geschmissen.

»Tut mir leid«, hatte ihr Mann dann aber schnell gesagt und entschuldigend die Hand gehoben.

»Ich sage ja nicht Nein, Pasquale. Aber es gibt doch im Moment wahrlich Dringenderes zu besprechen. Was willst du, zum Beispiel, in Sachen Sandrina tun?«

Pasquale hatte vom Papier aufgesehen, auf dass, er sich wieder konzentriert hatte.

»Gar nichts. Du hast da bestimmt irgendetwas falsch verstanden.«

»Dauernd unterstellst du mir, dass ich Dinge falsch verstehe. Glaubst du, ich bin blöd?«

»Das glaube ich natürlich nicht. Aber ich denke, dass dich die Tatsache, dass Miriana ausgezogen ist, komplett aus der Bahn geworfen hat. Du telefonierst nur noch mit ihr herum …«

»Und warum sagst du das mit einem vorwurfsvollen Ton?«

»Weil ich glaube, dass du sie nicht dauernd bemuttern sollst. Auf Distanz ist das nicht gut. So lernt sie nie zurechtzukommen.«

»Aha. Dann hältst du mich also für eine schlechte Mutter?«

»Das habe ich nie gesagt.«

Pia schlug jetzt hart mit der Hand auf den Tisch.

»Aber du denkst es!«

Sie kam gerade nicht richtig mit. Wie waren sie denn bitte in dieses Streitgespräch geraten?! Und was für Wahrheiten kamen hier plötzlich ans Licht?!

Pasquale überlegte lange, bevor er antwortete.

»Ich denke, wir hätten strenger zu Clem sein sollen. Auf sein Studium bestehen. Und Miriana, die muss ihre eigenen Fehler begehen. Andernfalls wird sie nie zu einer starken, unabhängigen Frau.«

»Ach, tatsächlich? Und wieso klingt das wie ein stummer Vorwurf an mich?«

Pia sprang auf und begann durchs Zimmer zu tigern.

»*Signora* Pia, ich mache dir keine Vorwürfe ... Aber ich weiß, dass du dir selbst welche machst!«

Diese Aussage traf Pia hart. Weil ihr klar wurde, dass Pasquale den Nagel auf den Kopf getroffen hatte. Müde fuhr sie sich durchs Haar.

Sie setzte sich wieder, wollte das klären. Mit Pasquale. Mit sich selbst.

Aber es kam nicht dazu, denn es klingelte unerwartet an der Tür.

»Ich muss Ihnen recht geben, *Signor* Marcello ...«

»Das ist ja mal eine seltene Ehre, Claudio.«

»Ich gebe Ihnen immer recht, wenn Sie recht haben. Und in diesem Fall ... Nun, ich mag die *Signora* Pia auch. Wirklich. Sie ist so eine Person ... Ach, ich kann das gar nicht so richtig beschreiben.«

»Ich verstehe, was du meinst. Man mag sie einfach ganz instinktiv.«

»Richtig.«

»Und sie weiß es gar nicht mal, dass sie diese Gabe hat.«

»Ja. Das ist es ja gerade ...«

Kapitel 20

Rom, Mitte Oktober

Das Schminktischchen in Pias Hotelzimmer war ganz reizend. Zuerst hatte sie nur einige persönliche Gegenstände darauf abgestellt. Ihre Bürste zum Beispiel. Tiziana hatte so lange auf sie eingeredet wegen dieses monströsen Keramik-Dings mit Ionen-Technologie – was auch immer das bedeutete –, dass Pia sie halt genommen hatte, diese enorme Bürste. Ihr Haar wirkte dadurch auch nicht anders als sonst. Ein stinknormaler Kamm wäre bestimmt auch bequemer gewesen. Aber Tiziana hatte das Sagen, wenn es um Haare ging. Da ließ sie nicht mit sich reden. Ihre Freundin bestand auch darauf, dass Pia immer gut eingedeckt war mit Make-up und Kajal-Stiften und allerhand schimmernder Lippen-Cremes und dergleichen. Als Friseurin bekam sie unendlich viele Proben, die sie dann tütenweise bei Pia ablud. Doch obwohl Pia all das Material dazu hatte, schminkte sie sich nicht oft. An diesem Abend aber wollte sie es anders machen. Denn sie ging weg. Wohin, wusste sie noch nicht. Es war auch nicht weiter wichtig.

Zum ersten Mal setzte Pia sich daher an den hübschen weißen Schminktisch. Der Hocker war niedlich, fand sie. Mit seinem edlen Bezug, der elegant schimmerte, vermittelte er fast den Eindruck, sich als etwas ausgeben zu wollen, was er eigentlich nicht war. Man saß dennoch sehr bequem darauf.

Nur hatte Pia zunächst Schwierigkeiten, sich direkt im Spiegel anzusehen. Deshalb ließ sie ihre Augen von links nach rechts schwirren, erhaschte dabei nur Teilportraits aus den kleinen Nebenspiegeln, die wie Flügel am etwas größeren Hauptspiegel befestigt waren. Nach einer Weile aber wurde ihre Aufmerksamkeit von dem Gesicht angezogen, das ihr aus dem Hauptspiegel entgegensah, und ihre Augen beruhigten sich allmählich.

Als sie die Frau erkannte, die ihr entgegenblickte, verspürte Pia eine tiefe Rührung, die sie beinahe zum Weinen gebracht hätte.

Pia.

Ja, die Frau, die ihr entgegenblickte, war Pia.

Endlich erkannte sie sich wieder.

»Wo hast du all die Jahre gesteckt, Mädchen?«, fragte sie sich selbst und streckte dabei die Zunge heraus.

Es kam keine Antwort. Natürlich nicht. Eigentlich war es auch nicht so wichtig. Nur schön, dass sie sich wieder zurückgetraut hatte, die Pia voller Lebensfreude; die Pia, die sich Zeit für sich selbst nahm; die Pia, die auch mal wegging; die Pia, die das Meer ebenso sehr liebte wie Rom. Und diese Pia hatte gerade ganz große Lust darauf, ihre hellen Augen zu betonen und ihre Lippen, die auch ohne Lippenstift sehr schön und wohlgeformt waren, mit etwas Gloss zum Glänzen zu bringen. Ihre Haut hingegen, die sich gut gehalten hatte, wollte Pia nicht mit einer schweren Abdeckung belasten, sondern nur hie und da mit etwas Rouge bearbeiten.

Der Effekt war überraschend.

Pia fand, dass sie um Jahre jünger aussah, und dankte im Geiste Tiziana, die sie zu dieser Kurzhaarfrisur überredet hatte. Auch ihr schön geschwungener Hals kam dadurch hervorragend zur Geltung. Tiziana hatte mal wieder recht behalten. Aber was hatten sie diskutiert!

»Du wirst sehen. Ein Kurzhaarschnitt wird dich viel jünger aussehen lassen!«

»Ich will gar nicht jünger aussehen. Und ich mag meine langen Haare.«

»Lange Haare sind out, Pialein!«

»Du hast aber doch lange Haare …«

»Ich habe ja auch nicht dein perfektes Gesicht.«

»Ja genau … perfektes Gesicht …«

»*Santo cielo*! Diese Frau ist einfach nicht imstande, ein Kompliment anzunehmen.«

»Ach, verdammt, mach es. Aber wenn ich danach aussehe wie eine bescheuerte Matrone, dann wirst du was erleben!«

Die Drohung erwies sich als überflüssig. Denn sie war für diesen Kurzhaarschnitt geboren, wie Pia fand.

»Gar nicht so schlecht!«, lobte sie sich selbst und verließ den Schminktisch, um sich anzuziehen.

»Magst du Musik?«

»Klar.«

»Singst du auch? Unter der Dusche oder so?«

Marcello sah sie mit einem Augenzwinkern an. Sie wurden von einem Fahrer mit dem Hotelwagen irgendwohin gefahren. Ja, dachte Pia. An diese Art von Luxus konnte sie sich eventuell gewöhnen.

»Hm. Unter der Dusche weniger. Manchmal habe ich für meine Kinder gesungen, als sie noch klein waren. Schlaflieder und dergleichen. Aber jetzt sind sie viel zu groß dafür, wobei …«

Pia brach den Satz ab, schaute durch die Scheibe nach draußen. Sie mochte die Lichter der Stadt, die sich an ihr vorbeibewegten. Und sie wollte nicht, dass diese Lichter verblassten, weil sie von dem Gedanken an ihre Kinder, an ihre *famiglia* – in den Schatten gestellt wurden.

Im Moment bevorzugte sie es, so wenig wie möglich mit der Pia zu tun zu haben, die sie bisher gewesen war.

Viel lieber verharrte sie in diesem aufregenden, kribbelnden Schwebezustand. Mit Marcello, ihrem Retter, der es sogar geschafft hatte, dass sie sich wieder schminkte, nur um in seinen Augen diese ganz subtile Art der Bewunderung zu lesen, wenn er sie ansah.

Das war spannend. Wirkte belebend. Und vor allem war es genau das, was sie jetzt wollte und brauchte.

»Wir sind gleich da«, unterbrach er ihre wirren Gedanken.

Sie hatte nicht aufgepasst, merkte nur, dass der Wagen langsamer wurde. Jetzt erblickte Pia auch eine Leuchtschrift. Und eine Menschenmenge.

Brancaccio.

Oh. Das Theater?

»*Santo cielo*, du gehst mit mir ins Theater?«

Marcello half ihr galant aus dem Wagen.

»Ich hätte dir die Augen verbinden sollen!«, erklärte er in gespielter Verärgerung.

Dieser einfache Satz ließ sie wohlig erschaudern. Sie liebte es, wie gewandt er mit Worten umgehen konnte, wie perfekt er den Punkt zwischen Spiel und Ernst traf.

»Im Gegenteil. Du hättest mir das viel eher sagen sollen. Dann hätte ich mich besser drauf vorbereitet.«

»Hm. Und wie genau bereitet man sich besser auf einen Theaterabend vor?«

»Na, keine Ahnung. Ich hätte mich über das Stück informiert, das wir uns ansehen.«

»Grease. Nur ein Musical.«

Für Pia war es viel mehr als das. Und das wusste Marcello sicherlich. Darauf ließ das begeisterte Leuchten in seinen Augen schließen. Pia erkannte, dass es ihm Freude bereitete, ihr eine Freude zu bereiten. Und ihr Herz klopfte dabei ganz wild. Ob es ihm ähnlich ging?

»Grease. Mit John Travolta. Kenne ich.«

»Siehst du, passt doch perfekt. Aber natürlich ohne John Travolta.«

»Nein! Grease ohne John Travolta?«, tat Pia ganz verzweifelt.

»Ohne John Travolta. Aber ich bin mir sicher, dass der Protagonist aus dem Musical mindestens ebenso gut aussieht wie das Original.«

»Na hoffentlich.«

»Und wenn nicht, kannst du vielleicht mit mir vorliebnehmen?«

Pia stockte kurz auf dem Weg zum Eingang. Aber nur ganz kurz. Sie musste das wieder lernen, wie man mit einem aufgeregten Herzen umging.

»*Spiacente*, das kann ich nicht versprechen. Du hast nicht die richtige Frisur. Und ich wette, du kannst weder singen noch tanzen.«

»Aber ich bin zumindest nett ...«

»Das stimmt.«

»Na, dann muss das wohl reichen.«

Pia war überrascht, wie modern das Theater wirkte. Klare Linien, interessante Beleuchtung, Holz und rote Theater-Sitze. Und natürlich ein Logenplatz.

»Wie machst du das nur immer? Hast du prophylaktisch Plätze in ganz Rom reserviert?«

Das konnte doch nicht sein, dass Marcello nur mit dem Finger zu schnipsen brauchte, um in seiner Stadt immer alles zu erreichen und zu bekommen.

»Man hat so seine Beziehungen ...«

»Aha.«

Pia setzte sich auf ihren Platz und nahm die knisternde Atmosphäre in sich auf. Aus ihrer Position konnte sie hervorragend auf die Bühne sehen, aber auch auf die vielen Menschen, die einen Stock tiefer nach ihren Sitzen suchten. Ob sie wohl auch so aufgeregt waren wie sie? Vielleicht saß da unten ja ebenfalls jemand, für den dieser Theaterbesuch eine absolute Prämiere darstellte. Diesen Gedanken fand Pia schön. Sie wollte ihr Glück gerne mit jemandem teilen.

»Aha? Was soll das denn heißen?«

Marcello hatte sich ebenfalls nach vorne gebeugt, wobei er gar nicht auf die anderen Leute schaute. Sein Blick ruhte auf ihr.

Pia zuckte mit den Schultern und entgegnete: »Aha, weil ich mir schon vorstellen kann, was du mit Beziehungen meinst.«

Sie entfernte sich von dem durchsichtigen Geländer und machte es sich auf dem roten Polster bequem.

»Und was meine ich damit?«

Marcello war jetzt ganz offensichtlich neugierig. Pia machte es Spaß, mit ihm zu spielen. Momentan lebte sie nicht nach irgendwelchen Regeln.

Sie beugte sich leicht zu ihm hinüber und flüsterte: »Du kannst es ruhig zugeben, dass Roms Frauenwelt dir zu Füßen liegt und nur darauf wartet, dass du sie um etwas bittest. Ich habe das schon mitbekommen, wie die Dame an der Kasse förmlich dahingeschmolzen ist, als du um Logenplätze gebeten hast.«

Marcello lachte laut auf.

»Unsinn.«

»Gar kein Unsinn.«

Als Marcello sich räusperte, wurde Pia erst klar, dass sie sich vielleicht etwas zu weit vorgewagt hatte.

Glücklicherweise konnte Marcello aber nichts darauf erwidern, weil das Licht exakt in dem Moment heruntergedimmt wurde, und die nächste Stunde über war Pia kaum ansprechbar. Viel zu sehr genoss sie das Spektakel. Und sie nahm sich gierig all das, was ihr geboten wurde.

»Das war einfach wundervoll!«, begeisterte sich Pia noch immer, obwohl sie schon fast wieder am Hotel angelangt waren.

»Schön, dass es dir gefallen hat.«

»Ich … ich …, ja, toll. John Travolta hin oder her.«

Pia merkte, dass sie mit den Händen fuchtelte und bremste sich ein bisschen. Sie kam sich ja vor wie ein Kind beim ersten Besuch auf dem Rummel. Was hatte sie nur alles verpasst in ihrem bisherigen Leben?

Als der Wagen vor dem Hotel hielt, war sie zwar schon etwas ruhiger, aber längst noch nicht bereit, sich auf ihr Zimmer zurückzuziehen. Natürlich wagte sie es nicht, Marcello um irgendetwas zu bitten. Glücklicherweise bot er sich selbst an. Und das war das Beste an ihm. Sie brauchte gar nichts zu sagen. Er verstand ohnehin.

»Wollen wir den Abend noch bei einem Glas Wein ausklingen lassen?«

»Oh, ja, bitte!«

Obwohl Pia noch immer daran arbeitete, ihren Enthusiasmus in Grenzen zu halten, war sie dennoch begeistert aufgesprungen bei Marcellos Vorschlag.

»Komm. Ich führe dich zu einem meiner Lieblingsplätze«, forderte er sie auf, und Pia ließ sich nur zu gerne bei der Hand nehmen.

Wenn es etwas gab, was sie fast so sehr liebte wie die frühen Stunden auf ihrer Dachterrasse, dann waren das Roms Nächte. Dieses Stimmengewirr. Die Lichter, die der Stadt ein vollkommen neues Gesicht verliehen. Und diese unvergleichliche Atmosphäre, die geradezu berauschend wirkte und den Eindruck vermittelte, dass in dieser Stadt alles möglich war.

Alles.

Sogar, dass Pia, die verheiratete Frau und Mutter aus dem süditalienischen Nirgendwo, eine fantastische Nacht erlebte.

Und die Nacht wurde wahrlich grandios in der kleinen Wine-Bar, gleich am Campo de' Fiori. Pia verliebte sich sofort in das kleine Lokal, das die Ecke eines alten Gebäudes einnahm und mit seiner charakteristischen Einrichtung Lust auf Wein und noch ganz andere Dinge machte. Offene, wandhohe Vitrinen waren angefüllt mit bunten Flaschen aus der ganzen Welt. Marcello bestellte eine, die so viel kostete, dass Pia ganz schwindelig wurde, bevor sie überhaupt getrunken hatte. Vielleicht wirkte die teure Flasche auf dem Holztisch aus recycelten Fässern etwas fehl am Platz.

Wie ich, überlegte Pia und trank das Glas Rotwein mit wenigen, tiefen Schlucken aus.

Als sie das nun leere Glas abstellte und bemerkte, dass Marcello nur an seinem genippt hatte, spürte Pia, wie sie rot wurde. Hatte sie das teure Gesöff jetzt wirklich so wenig elegant heruntergekippt? Diese dumme Nervosität! Pia war es einfach nicht gewöhnt, auszugehen. Sie wusste nicht, wie man es richtig machte. Aber offensichtlich sehr genau, wie man es falsch machte.

»Weißt du, ich bin sehr oft hier, Pia. Aber noch nie habe ich mich so wohl gefühlt wie mit dir«, bemerkte Marcello breit lächelnd und prostete ihr zu.

Vielleicht passe ich ja doch ganz gut hierher, war Pias nächster Gedanke.

Als Marcello ihr das zweite Glas einschenkte, sagte sie daher nicht Nein.

»Tut mir leid, *mamma*. Bei uns ist zu wenig Platz. Und Letizia, die hat mit dem Restaurant wirklich schon mehr als genug Arbeit.«

Sandrina blinzelt die Tränen weg.

»Natürlich, Ermanno. Das hatte ich nicht bedacht.«

»Na, ich bin mir sicher, dass Pia sich gut genug um dich kümmern wird. Sie tut ja von morgens bis abends nichts. Und falls sie dich nicht gut behandelt, dann gibst du mir Bescheid. Sofort. *Capito*?«

»Ach, du bist so ein guter Junge, Ermanno. Ich werde dir keine Sorgen bereiten. Versprochen.«

Kapitel 21

Camerota, Ende September

»Hier bin ich!«, ließ eine strahlende Sandrina verlauten.

Pia starrte erst in das Gesicht der Alten, dann auf ihren Koffer. Definitiv keine Fata-Morgana. Sandrina, wie sie leibte und lebte, direkt vor ihrer Haustür.

»Nein!«, kreischte eine Stimme in Pias Kopf.

Dass ihre Schwiegermutter die Drohung wahrmachte, war der nächste Hieb an einem Tag, der schon so einige Schläge bereitgehalten hatte. Und dieser hier brachte Pia beinahe zum Torkeln.

»Willst du mich nicht reinbitten?«, forderte Sandrina ungehalten.

»Doch, sicher. Aber ich denke, wir müssen das erst besprechen.«

»Was denn?«

»Na das …«

Pia zeigte auf Sandrinas Koffer.

Die Verzweiflung, die sie dabei spürte, war lähmend.

»Wer ist denn da?«, meldete sich Pasquale aus dem Flur. »*Mamma*?«

»Ja, mein Junge, ich bin es. Jetzt bin ich endlich mit dem Aufräumen fertig und bereit, mein neues Leben zu beginnen.«

»Bei uns?«

Pia sah sich den Wortwechsel zwischen Mutter und Sohn an und betete, dass Pasquale Sandrina wegschickte. Sofort.

»Wo denn sonst?«

»Jetzt komm erst mal rein«, bot Pasquale an, was Pia dermaßen schockierte, dass sie sich wieder ins Gespräch einmischte.

»Pasquale, was machst du da?«

»Na, ich kann sie doch kaum vor der Tür stehen lassen!«

»Was ist denn heute mit deiner Frau los, Pasquale?«

»Sie ist etwas nervös!«

Und dieser Satz machte Pia, wenn überhaupt möglich, noch nervöser. Nein, mehr, fuchsteufelswild.

»Pasquale, schick sie weg!«, schrie Pia jetzt und merkte, dass dieses Ventil notwendig war, wenn sie nicht vor Wut platzen wollte.

»Ist deine Frau vom Teufel besessen?«, sprach Sandrina ihren Sohn direkt an.

»*Signora* Pia, ich sage doch nur, dass wir sie aufnehmen, bis wir eine bessere Lösung finden.«

»Pasquale, darf ich dich dran erinnern, dass deine Mutter dir erst das Land weggenommen hat, das du so sehr liebst.«

»Besessen. Sie ist besessen«, murmelte Sandrina gar nicht mal leise und bekreuzigte sich wiederholt.

»Hörst du das, Pasquale?«

Pia zeigte mit zitterndem Finger auf Sandrina, die immer noch vom Teufel sprach, der ihrer Meinung nach in Pia gefahren war.

»Du weißt doch, wie sie ist …«

»Ist das alles, was du dazu zu sagen hast, Pasquale?«

»Ich sage gar nichts mehr, wenn du dich nicht erst mal beruhigst.«

»Richtig!«, mischte Sandrina sich wieder ein.

»Oh. Na wunderbar. Sehr gut, Pasquale. Zeig dich nur solidarisch mit ihr.«

Am Ende ihrer Kräfte merkte Pia, wie ihr die Tränen kamen. Dieser Streit, das Gespräch zuvor … Das alles wuchs ihr gerade mächtig über den Kopf. Und deshalb tat sie das Einzige, was ihr noch übrigblieb.

»Perfekt. Solange ihr das unter euch klärt, werde ich bei Tiziana wohnen.«

»Komm schon, *Signora* Pia. Benimm dich nicht wie ein Kind!«

Oh. Sie benahm sich also wie ein Kind?!

»Doch. Oh doch. Ich benehme mich jetzt wie ein Kind und packe meine Koffer. Falls du mir irgendetwas zu sagen hast, findest du mich bei Tiziana.«

»Lass sie gehen. Das Böse spricht aus ihr, Pasquale.«

»Ach, *mamma*, halt dich da raus, verdammt!«

Sandrina wandte sich beleidigt ab.

»Entweder sie geht oder ich tue es!«

Pia war so verletzt. Pasquale demütigte sie mit jedem Wort, das er von sich gab.

»Wo soll ich sie denn hinschicken?«

»Naja. Denk einfach darüber nach. Mich findest du bei Tiziana.«

Pia stürmte hinauf in ihr Zimmer, packte ihren Koffer und ging.

Was sie am meisten verletzte, war, dass Pasquale nicht versuchte, sie aufzuhalten.

»Unglaublich, oder?«

»Dreist. Die Alte hat es faustdick hinter den Ohren. Wieso ist sie nicht zu Ermanno gegangen?«

»Woher soll ich denn das wissen? Ich spreche doch weder mit ihm noch mit ihr.«

»*Merda*!«

»Ja.«

»Bist du denn sicher, dass sie gekommen ist, um zu bleiben?«

»Sie hatte einen Koffer dabei.«

»*Merda*!«

»Ja.«

»Und du, stell deinen Koffer erst einmal ab, ja? Du weißt, du kannst so lange bleiben, wie du willst.«

Pia blickte sich um. Tiziana wohnte in einer kleinen Wohnung im Ortskern. Sie war hübsch eingerichtet. Trotzdem hatte Pia plötzlich das Gefühl, keine Luft mehr zu bekommen. Wie war sie nur auf diese absurde Idee gekommen, sich hier einzuquartieren? Ihr war nach Weinen zumute.

Tiziana nahm sie bei der Hand und zog sie mit sich. Sie setzte sich auf die Couch und klopfte auf den leeren Platz neben sich. Pia ließ sich darauffallen.

»Ich weiß, was du jetzt denkst. Alles. Von der Tatsache, dass du dein Weggehen bereits bereust, bis hin zu deinen Zweifeln, ob du es hier wohl aushalten wirst.«

Pia legte wortlos ihr Gesicht in ihre Hände. Tiziana kannte sie gut. Viel zu gut.

»Ich kann dich verstehen. Extreme Gesten sind nie einfach, Pialein. Aber notwendig. Ich bin ehrlich gesagt froh, dass du endlich einmal reagiert hast.«

»Ja, ganz toll habe ich reagiert …«

»Ja, verdammt, das hast du! Endlich zeigst du einmal, dass auch du nur ein Mensch bist. Wie lange, meinst du, kann man seine wahren Bedürfnisse zurückstecken, bevor man explodiert und irgendetwas Unüberlegtes tut, hm?«

Lange genug.

»Du bist jetzt durcheinander. Das ist ganz normal. Komm erst mal wieder runter und nutze die Gelegenheit, um dir darüber klar zu werden, wie du in Zukunft leben willst. Denn dass dich dein Leben, wie es bisher abgelaufen ist, nicht richtig glücklich macht, das ist offensichtlich. Hier geht es nicht um Pasquale. Auch nicht um Sandrina. Oder Miriana. Hier geht es um dich.«

Pia rieb sich die Augen. All das, was Tiziana gerade zu ihr sagte, hörte sie nicht zum ersten Mal. Aber zum ersten Mal verstand sie die Worte richtig.

»Ich bin nicht mehr glücklich, Tiziana.«

Es schmerzte sehr, das laut auszusprechen. So sehr.

»Ich weiß, Pia, ich weiß. Und jetzt müssen wir herausfinden, was es ist, das dich so unglücklich macht.«

Pia lehnte sich zurück, streckte die Arme über ihren Kopf. Sie blickte an die Decke. Oh, eine neue Lampe. Wann war die denn gekauft worden? Und wieso wusste sie nichts davon? War sie in letzter Zeit wirklich so sehr mit sich selbst beschäftigt gewesen, dass sie nicht mehr, wie sonst immer, ein Teil von Tizianas Alltag war?

»Ich weiß es nicht. Ich meine, ich weiß nicht, was es ist. Keine Ahnung. Ich habe wundervolle Kinder. Und einen Mann. Der mich, trotz seiner Eigenarten, immer noch liebt. Da bin ich mir sicher. Ich habe alles. Wieso will ich noch mehr?«

»Weil da drinnen«, Tiziana legte ihre Hand auf Pias Brust, »irgendwo eine große Leere herrscht. Und die müssen wir füllen.«

Fast spürte Pia diese Leere körperlich. Ein schwarzes Loch. Dunkel. Unendlich. Tief. Und alles zerstörend.

»Hilf mir dabei!«, hauchte Pia.

»Das werde ich. Verdammt, das werde ich! Und wenn es das Letzte ist, was ich tue!«

Pia warf sich in Tizianas Arme. Sie hatte nicht gemerkt, dass sie weinte. Erst als Tiziana ihr die Tränen wegwischte, wurde ihr das bewusst. »Das wird schon wieder, Pia. Das bekommen wir hin!«

Pia fühlte sich gerade so schwach, dass sie kein Wort über die Lippen bekam. Sie wusste nicht richtig, was mit ihr passierte. Aber sie spürte ganz genau, dass sie dabei war, sich selbst zu suchen.

Stimmen.

Ja.

Von irgendwoher drangen Stimmen an ihr Ohr.

»Pasquale?«, murmelte sie und erschrak etwas beim Klang ihrer eignen Stimme. Ein Wispern. Mehr nicht. Pia räusperte sich und blinzelte. Eine Lampe. Tizianas Lampe. Die neue Lampe.

Erst allmählich drang die Gewissheit zu Pia durch. Sie war

noch immer bei Tiziana. Und sie war auf der Couch eingeschlafen.

Jetzt nahm sie es ganz deutlich wahr: Die Stimme gehörte zu einem Mann. Ihr Herz machte einen irrationalen Sprung. Wahrscheinlich war Pasquale gekommen, um sie zu holen. Dennoch schaffte Pia es nicht, ihren Kopf zu heben. Erschlagen. Ja, regelrecht erschlagen war sie.

Tiziana kicherte. Es klang nach tausend winzigen Glocken. Und als Pia noch besser hinhörte, konnte sie die männliche Stimme ganz eindeutig zuordnen.

William.

Was machte der denn hier?

Der Gedanke an William gab ihr die Kraft, sich zu erheben. Langsam wurde es ihr peinlich, dass dieser nette Amerikaner nichts anderes zu sehen bekam als ihre dramatische Seite.

Pia fuhr sich über das Gesicht, erhob sich, bemerkte erst dabei, dass sie zugedeckt worden war. Sie legte die Decke weg und ging auf die Stimmen zu.

Sie fand Tiziana und William in der winzigen Küche vor. Der beengte Raum schien ihnen nichts auszumachen.

»Pialein. Na endlich. Ich dachte schon, du wirst nie wieder wach!«, begrüßte Tiziana sie.

William nickte ihr freundlich zu. Pia registrierte, dass er Tizianas Schürze umhatte.

»Er kocht für uns.«

Obwohl Pia noch immer durcheinander war, musste sie lächeln. Sie mochte William. Und sie mochte es, dass er sich auch an den Herd stellte. Kein Wunder, dass Tiziana ihn toll fand. Toller als toll.

»Und was kocht er Leckeres?«

Sonderbarerweise verspürte Pia sogar etwas Hunger.

»Na rate mal!«

Sie schnupperte. Es roch nach Fleisch.

»Hamburger?«

Tiziana kicherte.

»Ja, Hamburger!«

Pia fand das plötzlich so komisch, dass sie selbst das Kichern nicht unterdrücken konnte.

»Was ist so lustig an meinen Hamburgern?«, wagte William irgendwann zu fragen.

Pia sah Tiziana an, und wie auf Kommando prusteten sie beide los. Gar nichts war lustig an seinen Hamburgern. Aber so befreiend gelacht hatte Pia schon seit Ewigkeiten nicht mehr.

Pia ist aufgeregt. Sie gehen heute zum ersten Mal zu viert weg. Tiziana und Pia mit ihren Ehemännern Pasquale und Marco.

»Lasst uns nach Marina ins Restaurant fahren«, schlagen die Männer vor.

Bei Tisch aber wird Pia plötzlich übel.

»Das war sicher der Fisch«, behauptet Pasquale.

Aber Pasquale kennt das Meer nicht. Er weiß nichts von schlechtem Fisch. Und er weiß nicht, dass Pia bereits neues Leben in sich trägt.

Kapitel 22

»*Pronto*?«

»Don Rosario, ich bin es.«

Jemand flüsterte. Don Rosario verstand kaum etwas. Telefonieren fand er ja ohnehin schon anstrengend. Wenn er dabei aber nichts hörte, wurde er regelrecht rabiat.

»Wer auch immer hier anruft: Bitte etwas lauter sprechen, ja?«

»Don Rosario, ich kann nicht schreien. Pasquale hört mich sonst. Ich bin es, Sandrina.«

»Ach, Sandrina. Wie geht es dir?«

»Oh, Don Rosario, Sie müssen was tun. Pia …«

Sein Herz schlug ihm bis in den Hals. Er mochte Pia sehr, machte sich sofort Sorgen. Etwas am Tonfall der Alten versetzte ihn in Alarmbereitschaft.

»Was ist mit ihr?«

»Sie ist besessen!«

»Was?«

Er verstand schon wieder kein Wort.

»Sie hat etwa Schlechtes gegessen?«, wiederholte er das, was er zu verstehen glaubte. Aber warum erzählte Sandrina ihm das? Sie sollte besser einen Arzt holen.

»Nein. Besessen.«

Also doch gegessen.

»Sandrina, dann ruf den *Dottore*.«

»Der kennt sich mit so etwas aus?«

»Natürlich. Verdauungsprobleme kann er bestimmt lösen.«

Don Rosario überlegte, dass Sandrina ganz schön durcheinander sein musste.

»Verdauungsprobleme? Don Rosario, machen Sie Witze? Der Teufel ist in Pia. Verstehen Sie? *Il Diavolo*! Ich kann ihr nicht helfen, weil sie weggelaufen ist. Zu Tiziana«, schrie die Alte nun.

Vor Schreck fiel ihm der Hörer aus der Hand. Als er sich bückte, um ihn aufzuheben, merkte Don Rosario, wie stark er zitterte.

Der Teufel.

Sofort eilten seine Gedanken zu Severino, seinem einzigen Freund damals aus der Zeit im katholischen Internat. Severino hatte ihm zwei Dinge beigebracht: Jesus zu lieben und den Teufel zu fürchten.

»Pass auf dich auf«, hatte Severino zum Abschied zu Don Rosario gesagt.

Und er hatte diesen Rat stets befolgt. Auf den Teufel war er in den vielen Jahren aber niemals gestoßen. Dass er auf seine alten Tage doch noch Bekanntschaft mit ihm machen würde, das hätte Don Rosario nicht gedacht oder nicht mehr erwartet. Aber so war er, der Teufel. Unberechenbar.

Plötzlich spürte Don Rosario, wie das Adrenalin in seine Blutbahn schoss.

»Du willst ihre Seele, Satan? Nun, du wirst sie nicht bekommen!«, begann er bereits ein stilles Zwiegespräch mit seinem Feind.

»Keine Sorge, Sandrina. Ich werde nicht zulassen, dass Pia etwas zustößt.«

Dann legte er auf.

Panik.

Eiskalte Panik.

Lähmende Panik.

Dann aber die ersten klaren Gedanken.

Der Teufel.

Während seiner Ausbildung hatte Don Rosario von solchen Fällen gehört. Frauen, die sich den dunklen Mächten hingaben. Aber ausgerechnet Pia?

Was tun?

Don Rosario hatte keine ausdrückliche Erlaubnis, gegen den Teufel vorzugehen. Er durfte keine Exorzismen aussprechen, befand sich also in der Zwickmühle.

Dennoch zögerte er nicht lange, bevor er sein Zimmer verließ.

Mit oder ohne Erlaubnis. Er musste sich dem Feind stellen. Koste es, was es wolle.

»Möchtest du noch?«

Pia hob abwehrend die Hand. Sie hatte viel zu viel gegessen und war ganz seltsam entspannt. Es fühlte sich richtig an, mit Tiziana und William zu Abend zu essen. William war ihr gerade weniger fremd als ihr eigener Mann. Eigentlich bedenklich. Statt sich aber darüber Gedanken zu machen, musste Pia merken, dass sie das einfach so hinnahm. Genau wie das Knistern, das sich allmählich zwischen William und Tiziana aufbaute. Williams Hand, die wie zufällig Tiziana berührte. Tizianas Blicke, die das Feuer, das in ihr loderte, nur schlecht verbargen. Ein bisschen beneidete Pia ihre Freundin gerade darum. Um das herrliche Gefühl des Verliebens.

Pia erhob sich, machte sich aus Gewohnheit daran, den Tisch abzudecken.

»Nein!«, riefen Tiziana und William wie aus einem Munde. »Das machen wir.«

Pia wollte protestieren. Ließ es dann aber bleiben. Da gab es nichts zu protestieren. Es war nicht ihre Aufgabe. Nicht heute. Heute war sie ein Gast.

Eine Weile lang beobachtete Pia die beiden, wie sie abräumten und sich dabei unterhielten. Es ging um Pläne für den nächsten Tag. Und Pia wusste nicht, ob sie Tiziana warnen sollte. War ihr bewusst, dass sie dabei war, sich zu verlieben? Und hatte sie sich wirklich klargemacht, dass William irgendwann wieder abreisen würde?

Aber, ja. Natürlich wusste Tiziana das.

Und Pia wusste, dass sie irgendetwas tun musste. Sie konnte ja nicht ewig hier wohnen. Nur, was? Was sollte sie nur mit sich anfangen?

»Entschuldigt mich!«, bat sie und erhob sich. Sie brauchte ein paar Minuten für sich, ging ins Wohnzimmer und stellte sich ans Fenster, das nur einen Blick auf die enge Gasse bot. Sie öffnete es. Schnupperte. Nein, hier konnte man das Meer nicht riechen. Pia merkte, wie ihre Gedanken sich verloren, in eine Richtung schweiften, die mit der Unendlichkeit des Meeres zu tun hatte. Ganz am Rande nahm sie wahr, dass es im Flur zu rumoren begann.

Dann wurde die Wohnzimmertür aufgerissen.

Pia schrak auf. Und erschrak doppelt, als sie die Besucher erkannte … Oder vielmehr, als sie erkannte, in welch seltsamem Zustand sie sich befanden.

Der alte Raffaele, zum Beispiel, der knurrte. Laut und deutlich. Und Antonio, der fletschte die Zähne, versteckte sich dabei aber hinter Don Rosario, der besonders schlimm aussah. Irgendwie … erhitzt. Fiebrig. Sein Kopf war hochrot. Das Haar stand in alle Richtungen ab. Und er hatte ein kleines Kreuz bei sich, das er jetzt erhob. Auf sie richtete. Genauer gesagt … gegen sie. Fehlte nur noch, dass Raffaele Knoblauch aus der Tasche zog, während Antonio mit Hammer und Silberpfahl auftrumpfte.

»Sind Sie auf Vampir-Jagd?«, war das Erste, was Pia einfiel. Noch lachte sie selbst über ihren Witz. Als sie aber merkte, dass niemand mit einstimmte, begann sie sich ernsthaft Sorgen zu machen.

»Was ist los, Don Rosario?«

»Mein liebes Kind, ich werde dich befreien, so wahr mir Gott helfe.«

»… so wahr ihm Gott helfe«, unterstrichen Raffaele und Antonio die Worte des Priesters tapfer.

Der Tonfall gefiel Pia überhaupt nicht. Sie suchte fragend

Tizianas Blick, die aber nur die Schultern hob und nicht minder perplex wirkte.

»Ich verstehe nicht …«

»Ich weiß, Pia, ich weiß. Er beherrscht deine Sinne. Er ist stark. Aber wir sind stärker!«, brüstete der Priester sich jetzt und zeigte auf seine Begleiter.

»… wir sind stärker.«

Schon wieder Raffaele und Antonio, die als Echo fungierten. Pia versuchte die Männer zu ignorieren. In einer anderen Situation hätte sie sich wahrscheinlich darüber kaputtgelacht, wie peinlich ernst sich die drei Herren nahmen.

»Wer beherrscht meine Sinne?«

Was war das nur für ein verwirrendes Gespräch?

»Der Teufel, mein Kind, der Teufel.«

»Ja, der Teufel!«

Dieses Mal hatte nur Raffaele den Mut gefunden, die Worte des Priesters zu wiederholen. Antonio blickte sichtlich beunruhigt auf Pia, wartete offensichtlich eine Reaktion ab, die aber ausblieb.

»Was ist mit dem Teufel?«, fragte nun Tiziana, die ungefähr so aussah, wie Pia sich fühlte. Nämlich völlig verwirrt. William kam hinzu.

»Wie Sandrina mir berichtete, gibt es Grund zur Annahme, dass du besessen bist«, versuchte Don Rosario zu erklären. Inzwischen schien er sich seiner Sache nicht mehr ganz so sicher. Das Kreuz hielt er dennoch unbeirrt in die Höhe. Jetzt aber zitterte seine Hand dabei.

»… und ich verwette meinen Hut darauf, dass die Alte sich mit so was auskennt«, mischte sich Raffaele schon wieder ein. Antonio versteckte sich sicherheitshalber hinter dem Priester.

»*What's happening, cazzo*?«, fragte William in die eisige Stille hinein.

Pia konnte an nichts anderes denken als an das c-Wort, das William gerade ausgesprochen hatte. Irgendwer musste ihm sagen, dass das nicht in Ordnung war. Vermutlich wäre es jetzt wichtiger gewesen, über Don Rosarios merkwürdige Worte nachzudenken. Aber das schaffte sie einfach nicht. Williams Fluch war das Einzige, was sie jetzt beschäftigte. Mit dem, was Don Rosario eben von sich gegeben hatte, wollte sie sich nicht befassen. Nein.

Don Rosario räusperte sich wiederholt, senkte das Kreuz.

»Nun, Sandrina hat mich angerufen und behauptet, dass der Teufel in dich gefahren ist!«

»… in dich ge…«

Raffaele brach ab und schluckte laut.

Was Don Rosario da sagte, klang in Pias Ohren so grotesk, dass sie doch tatsächlich lachen musste. Aber das Lachen war bitter. Fast wäre sie daran erstickt. Antonio fiel trotzdem nervös mit ein und handelte sich prompt einen scharfen Blick von dem Priester ein, der ihn augenblicklich zum Verstummen brachte.

»Wissen Sie, Don Rosario. Mich verletzt es nicht im Geringsten, dass Sandrina so etwas behauptet. Was mir aber richtig – ganz arg – wehtut, ist die Tatsache, dass Sie diese Absurdität geglaubt haben.«

»Aber … ich«, versuchte er sich zu verteidigen.

»Sie werden verstehen, dass ich Sie bitten muss, zu gehen.«

»Pia, lass mich doch …«

»Raus hier! Alle drei!«, hörte Pia sich selbst sagen. Es hatte sie große Mühe gekostet, nicht laut zu schreien.

»Don Rosà, bekomme ich trotzdem das versprochene Bier?«, wollte Raffaele sehr unpassend wissen.

»Pia, das war wohl ein Missverständnis«, gab Don Rosario verlegen zu und schob den alten Raffaele unsanft zur Seite.

Pia interessierte das nicht. Sie wollte es nicht hören. Gar nichts wollte sie mehr hören. Denn sie spürte, wie ihr die Tränen kamen. Das alles war so demütigend.

»Claudio?«

»Ja.«

»Wie hieß die Kirche noch gleich, in der deine Tochter geheiratet hat?«

»Wollen Sie etwa heiraten, *Signor* Marcello?«

Marcello lacht laut auf.

»Sieh mich an, Claudio. Sehe ich so aus wie jemand, der heiraten möchte?«

Claudio schüttelt den Kopf, schmunzelt selbst.

»Die Kirche wird *Signora* Pia gefallen.«

»Ja, ich weiß. Ist es nicht wunderbar, dass wir in einer Stadt leben, die so viel Schönes zu bieten hat?«

Kapitel 23

Rom, Mitte Oktober

Mit Marcello durch Rom zu spazieren war einfach wunderbar. Er vermittelte dabei den Eindruck, wahllos herumzulaufen. In Wahrheit gelangten sie aber stets zu neuen herrlichen Sehenswürdigkeiten, sodass Pia mit offenem Mund dastand und sich fragte, wie sie schon wieder an so ein tolles Bauwerk geraten war.

Heute Morgen waren sie zeitig losgegangen.

»Lust auf einen Spaziergang?«, hatte er sie gefragt.

»Immer doch.«

Und so war es wirklich. Sie bekam nicht genug von Rom. Von Marcellos Rom, das nicht nur aus den berühmtesten Monumenten bestand. Er zeigte Pia immer wieder winzige Details, die es wohl kaum im Reiseführer zu finden gab.

»Wie hübsch!«, bemerkte sie zum gefühlt tausendsten Mal an diesem Morgen.

»Das ist die Basilika Santa Sabina all'Aventino.«

Marcello führte sie über die Grünfläche zum Haupteingang der Basilika, die Pia schon von außen ganz besonders gefiel mit ihrer klaren Form und dem Mauerwerk in rötlichen Schattierungen.

Je näher sie dem Gebäude kamen, desto deutlicher wurde das Geräusch von plätscherndem Wasser. Pia erhaschte einen kurzen Blick auf den kleinen Brunnen, der sie sehr an die Fontana del Mascherone erinnerte. Marcello ging aber so zielstrebig auf die Basilika zu, dass Pia nicht anders konnte, als ihm zu folgen.

»Glaubst du an den Teufel, Pia?«

Bei dieser unerwarteten Frage blieb sie so abrupt stehen, dass sie ihre Handtasche verlor. Marcello kam sofort zu ihr zurück, um ihr beim Aufheben zu helfen. Ihre Köpfe stießen dumpf aneinander. Pia rieb sich die Stelle. Versuchte mit dem Schmerz und gleichzeitig mit den Szenen zurechtzukommen, die bei Marcellos Frage vor ihrem innerem Auge aufgetaucht waren. Szenen mit ihr als unfreiwilliger Protagonistin. Camerota, Don Rosario und Sandrina holten sie ein. Holten sie aus Rom. Vermiesten ihr den Moment.

Marcello schwieg, sah sie aber genau an.

»Wieso fragst du das?«

Ihr war gerade gar nicht nach Sprechen zumute. Aber sie musste wieder hinausfinden, aus diesem grässlichen Déjà-vu-Moment.

»Nur wegen einer Legende …«

»Welcher Legende?«

»Das zeige ich dir alles gleich.«

Pia riss sich zusammen, folgte Marcello durch eine sehr antik wirkende hohe Holztür ins Innere der Basilika. Fast augenblicklich vergaß sie den Teufel. Was für ein herrlicher Anblick! Im ersten Moment wusste Pia vor Erstaunen nicht, wohin sie blicken wollte. Letztendlich wurde ihre Aufmerksamkeit aber von dem halbkreisförmigen Teil der Basilika gefangen genommen, der sich hinter dem Altar befand. Über drei großen bogenförmigen Fenstern füllte ein buntes Fresko die Halbkugel und fiel dabei besonders auf, weil der Rest der Basilika in dezenten Grau-Weiß-Tönen gehalten war. Die Decke hingegen war flach und mit Holztafeln ausgekleidet.

»Wo sind denn die Bänke?«

»Die gibt es nicht.«

Pia bewegte sich in dem riesigen freien Raum und bewunderte den Marmor am Boden, der perlmuttfarben glänzte.

»Es werden also keine Messen mehr zelebriert?«

»Ganz im Gegenteil. Viele Paare wählen Santa Sabina aus, um hier zu heiraten.«

»Wobei die Gäste dann im Schneidersitz zusehen?«

»Nein.« Marcello schüttelte amüsiert den Kopf. »Zu diesen Gelegenheiten werden Stühle aufgestellt.«

Ja, das konnte Pia sich hingegen sehr gut vorstellen. Sie fand, dass das durch die Seitenfenster eintretende Sonnenlicht etwas Romantisches hatte. Die mächtigen Säulen, die an beiden Seiten standen und bogenförmig miteinander verbunden waren, verstärkten diesen Eindruck nur. Eine ganze Weile lang sah sie sich schweigend um. Bis sie merkte, dass Marcello ihr gar nicht folgte. Er hatte sich links vom Eingang an eine kleine weiße Säule gestellt, auf der ein schwarzes Element lag, das Pia nicht richtig identifizieren konnte. Ein Stein vielleicht. Zumindest sah das aus der Ferne so aus.

»*La Pietra del Diavolo* – der Stein des Teufels«, sagte Marcello nur und versuchte dabei, seiner Stimme einen beängstigenden Unterton zu geben.

Doch ein Stein.

Pia ging etwas näher hin und erkannte, dass auf der Oberfläche des Steins drei Löcher zu sehen waren.

»Okay. Die drei Löcher stehen für die Finger des Teufels? Was hat der Gute mit dem Stein gemacht?«

Pia bemühte sich um einen ironischen Tonfall. Das Thema Teufel war für sie aber noch zu frisch und demütigend. Sie hörte selbst, dass sie nicht wirklich witzig klang.

»Der Legende nach soll hier im Mittelalter ein Kampf zwischen Satan und dem heiligen Domenico stattgefunden haben. Man sagt, der Teufel habe in seiner Wut, weil es ihm einfach nicht gelang, den armen Domenico zu besiegen, nach dem erstbesten Stein gegriffen und ihn auf den Heiligen geworfen. Dabei soll Satan seine Abdrücke hinterlassen haben.«

»Ach herrje. Und was wurde aus dem guten Domenico?«

»Nichts. Den hat der Teufel wohl verfehlt.«

»Das Gute gewinnt also letztendlich doch immer.«

»Immer!«

Marcello nickte, reichte Pia wieder die Hand und führte sie

ins Freie. Erst draußen bemerkte Pia, wie kühl es in der Basilika gewesen war.

Gemächlich schlenderten sie durch den antiken Stadtkern Roms wieder zurück in Richtung Campo de' Fiori.

»Und jetzt machen wir etwas für Touristen!«, meinte Marcello irgendwann.

»Haben wir das bisher nicht?«

»Nicht so richtig.«

»Wieso nicht?«

»Weil ich dir gerne das echte Rom zeigen möchte.«

»Das gelingt dir ziemlich gut«, fand Pia.

»Naja, ich hoffe, du wirst das nachher noch immer denken.«

»Dauernd sprichst du in Fragezeichen, Marcello!«

»Das macht aber auch Spaß.«

Sie waren an einer parkähnlichen Fläche angelangt, wo schon wieder ein Brunnen ein herrliches Wasserspiel zeigte. Auf einem felsenförmigen Gebilde knieten zwei männliche Meereswesen, die eine schwere Muschel auf dem Rücken trugen, aus der Wasser trat. Pia hatte törichterweise Mitleid mit den beiden Statuen mit Fischschwanz. Sie sahen angestrengt aus.

»Darf man hier Münzen hineinwerfen?«

»Pia, du verwechselst da etwas.«

»Dann lass mir wenigstens Zeit, dieses Schauspiel auf mich wirken zu lassen.«

»Später, ja?«

Marcello führte sie weg vom Wasser in Richtung einer weiteren Kirche, die einen seltsamen Turm hatte, der ganz viele bogenförmige Öffnungen aufwies.

»Rom und seine unzähligen Kirchen …«, witzelte Pia.

»Wir müssen nicht unbedingt rein. Was ich dir zeigen will, befindet sich in der Vorhalle.«

Und Pia wurde schon wieder neugierig. Wie machte Marcello das nur immer?

»Tada.« Er zeigte triumphierend auf ein rundes Relief, das an der Wand angebracht war.

In natura hatte Pia dieses Gesicht mit dem breiten Mund noch nie gesehen. Dennoch wusste sie, um was es sich handelte: *La Bocca della Verità* – der Mund der Wahrheit. Sie kannte das Relief aus einem Film mit Audrey Hepburn und Gregory Peck. Und jetzt stand sie davor! Wie genial!

»*La Bocca della Verità*!«, sagte sie begeistert.

»Dachte ich's mir doch, dass dir das gefällt.«

»Oh ja!«

»So, und jetzt hältst du deine Hand da rein und beantwortest mir wahrheitsgemäß eine Frage. Falls du lügst, wirst du leider deine Hand verlieren.«

»Ich denke nicht im Traum daran.«

»Oh doch! Du glaubst ja wohl nicht, dass ich dich sonst von hier weglasse.«

»Ich weigere mich ganz einfach.«

»Das kannst du nicht.«

»Nein?«

»Nein.«

»Na schön. Aber du zuerst.«

Marcello krempelte sich, ohne zu zögern, den Hemdärmel hoch und steckte seine Hand in den großen Mund.

»Schieß los.«

Santo cielo, so schnell? Pia hatte sich noch nicht einmal darauf vorbereitet, was sie ihn denn nun fragen konnte. Sie wollte ihm nicht zu nahe treten, keine Grenze überschreiten, aber auch nicht als Spielverderberin dastehen.

»Okay. Wie oft warst du in deinem Leben verliebt?«

Blöde Frage.

Aber Pia fühlte sich gerade wie beim Flaschendrehen. Albern. Also waren alberne Fragen wohl keine Todsünde.

Marcello dachte angestrengt nach. Sie wartete gespannt ab. Und wartete. Und wartete. Während Marcellos Hand im Mund steckte und er noch weiter nachdachte. So intensiv, dass dabei sogar eine Falte zwischen seinen Augenbrauen auftauchte.

»Marcello, also so genau will ich es eigentlich nicht wissen«, bemerkte Pia irgendwann. Die Leute, die auch zur *Bocca della Verità* wollten und hinter ihnen anstanden, wurden langsam ungeduldig.

»Machst du Witze? Es geht hier um meine Hand. Und ich brauche die noch.«

Pia lachte. Marcello konnte so wunderbar albern sein.

»Bitte heute noch!«

»Na, gut. Aber willst du das auch wirklich wissen, schöne Pia?«

»Unbedingt!«

Und erst recht, nachdem er sie als schön bezeichnet hatte.

»*Va bene*! Also, die Wahrheit ist, dass ich mich jeden Tag aufs Neue verliebe. In die Frauen. In Rom. Aber vor allem in das Leben. *Vivila*! Lebe das Leben. Das hat Angela immer gesagt. Und genau das versuche ich!«

Etwas überwältigt von der Situation, erreichten Pia seine Worte erst ganz allmählich.

Marcello hingegen kniff nach seiner Antwort die Augen zusammen, fast so, als erwartete er, seine Hand tatsächlich zu verlieren. Aber siehe da, er zog sie heil aus dem Mund.

»Und jetzt du«, forderte er Pia sofort auf, die noch immer zu verarbeiten versuchte, was er eben gesagt hatte. Sie verspürte einen kurzen, törichten Anfall von Bedauern. Dicht gefolgt von einem Gefühl ungeheurer Leichtigkeit. Marcello war kein Mann, der mit zufälligen Bemerkungen um sich warf, nein. Und dafür war sie ihm plötzlich unheimlich dankbar.

Etwas widerwillig streckte sie daher ihre Hand aus. Der Mund schien endlos groß zu sein und fühlte sich kalt an. Kein angenehmes Gefühl.

»Also, schieß los«, forderte sie Marcello auf.

»Okay. Warum warst du vorhin so schockiert, als ich den Teufel erwähnt habe?«

Oh. Das war aber unfair. Diese Frage war persönlich. Diese Frage war ernst. Kein Spaß. Pia zog die Hand sofort heraus.

»Das ist eine viel zu lange, viel zu blöde Geschichte, um sie auch nur zu erwähnen.«

»Ich mag lange, blöde Geschichten.«

Sein Kommentar prallte aber irgendwo an der Wand ab, erreichte Pia nicht.

Marcello überspielte den Moment gekonnt.

»Komm, gehen wir rüber.«

Pia nickte. Mit rüber meinte Marcello über den Tiber. Das wusste sie inzwischen ganz gut.

Erst in der Via della Lungaretta hielten sie wieder an.

»Lust auf ein wenig Erfrischung?«

Die Bar, auf die Marcello fragend zeigte, war verlockend.

»Gern.«

Sie setzten sich an einen Tisch, der draußen stand. Es war noch früh am Tag. Trotzdem war Pia ganz froh, dass sie unter einem Sonnenschirm Platz gefunden hatten. *Il sole di Roma* konnte einen ganz schön zum Schwitzen bringen. Vor allem, wenn man Kilometer weit lief.

»*Due Orangina, per favore.*«

Marcello fragte schon gar nicht mehr, was Pia trankt. Er bestellte direkt. Pia stand auf das erfrischende Getränk, und Marcello hatte sich bei ihr angesteckt, wie er oft behauptete.

Sie entspannten sich und sahen dem rundlichen Kellner dabei zu, wie er seine Arbeit verrichtete und das Getränk in die Gläser füllte, dass es dabei zischte.

»*Salute*«, prostete Marcello ihr zu. Er war so ernst dabei, als hätte er Champagner im Glas.

»*Salute.*«

Pia nickte ihm zu und horchte auf das klirrende Geräusch, das die Gläser dabei verursachten.

»Vor meiner Abreise kam der Priester aus dem Ort zu mir, weil meine Schwiegermutter, die bei uns eingezogen ist, behauptet hat, dass ich vom Teufel besessen bin. Und er wollte mich davon befreien.«

Marcello sah so überrascht auf, dass Pia lachen musste. Sie hatte schon die ganze Zeit überlegt, wie sie das am besten in Worte fassen konnte, was sich bei ihr daheim abgespielt hatte. Denn sie wollte Marcello plötzlich davon erzählen. Die Seele frei machen von dem ganzen Dreck.

»Okay. Netter Versuch. Und jetzt im Ernst.«

»Das ist mein Ernst. Bitterer Ernst.«

Marcello schüttelte den Kopf. Aber Pia merkte, dass er versuchte, ein Lachen zu unterdrücken. Verständlich. So von außen betrachtet wirkte die Angelegenheit durchaus witzig.

Pia nippte an ihrem Glas.

»Und hat diese lange und blöde Geschichte auch ein Ende?«

»Auf jeden Fall.«

»Ein gutes oder schlechtes?«

»Kommt drauf an, wie man es sieht. Ich habe den Priester rausgeschmissen und … Tja, jetzt bin ich hier.«

»Also ein gutes …«

– Ist ja okay, wenn du Stress mit *papà* hast. Aber musstest du Don Rosario unbedingt rauswerfen?! Er hat es Elide erzählt. Du kannst dir ja vorstellen, wie sie das findet ... -

– Find ich echt cool, Ma, dass du mal so richtig ausgetickt bist. Magst du eine Weile zu mir? Wir könnten doch zusammen austicken! –

– *Mamma,* geh ans Handy ran. Ich muss mit dir sprechen! –

– Was denn? *Papà* und *nonna* sind jetzt ganz allein?! Komm zur Vernunft, Ma! –

– *Mamma*! Geh an das verdammte Handy ran! -

Kapitel 24

Camerota, Ende September

»Bist du sicher, Pia?«

»Nimm es mir nicht übel, Tiziana. Aber ich muss hier eine Weile weg.«

»Das verstehe ich ja. Und ich halte es für eine gute Idee. Aber ich mache mir auch schreckliche Sorgen.«

»Brauchst du nicht, Tiziana. Wirklich nicht.«

Was nicht stimmte. Auch Pia selbst war ein wenig besorgt um sich. Sie hatte eine ganz miserable Nacht verbracht. Ihr Handy hatte beinahe ununterbrochen Nachrichten angezeigt. Die Kinder. Selbst vor denen musste sie sich rechtfertigen. Clem schimpfte. Giovanna bat um ein Gespräch. Einzig Miriana zeigte sich solidarisch, während Pasquale schwieg. Pia hatte Angst, dass sie zu viel kaputt machte. Gleichzeitig war sie aber seltsam gleichgültig.

»Dann steige ein. Und tu, was du tun musst!«

Pia umarmte Tiziana und stieg in den Zug.

Diese Idee, zu Miriana zu fahren, war ihr mitten in der Nacht gekommen. Sie musste unbedingt mit ihrer Tochter reden. Hatte ihr so viele wichtige Dinge zu sagen. So vieles zu erzählen. Das hätte sie schon längst tun sollen. Vor Mirianas Abfahrt. Warum nur hatte sie sich die Zeit dafür nicht genommen? Zeit zu reden. Nicht über Belangloses. Über die wichtigen Dinge des Lebens. Darüber, dass Miriana die Welt offen stand. Und dass sie diese Chance optimal nutzen musste. Stattdessen hatten sie über Hosen gesprochen. Wie dumm war das denn?

Der Zug fuhr los. Pia schaute noch einmal aufs Gleis. Suchte zwischen den vielen Menschen nach einem ganz bestimmten Gesicht. Fand es aber nicht.

Sie winkte Tiziana zu und versuchte die ganze Last zurückzulassen, die sie begleitete wie ein Schatten.

Don Rosario sah zunächst nur lange Schatten. Dann tippte ihm jemand auf die Schulter.

Er seufzte tief, drehte sich um und war nicht sehr überrascht, Tiziana zu sehen.

»Können wir reden?«, flüsterte sie ihm zu.

Don Rosario nickte. Er erhob sich von der knarrenden Holzbank und ging umständlich in Richtung Flur. Tiziana folgte ihm in sein Büro.

Obwohl Pias Freundin ihn um ein Gespräch gebeten hatte, so war doch er derjenige, der damit anfing.

»Wie geht es ihr?«, konnte er gar nicht schnell genug fragen.

»Sie ist nach Neapel gefahren.«

Don Rosario hob erstaunt die Augenbrauen.

»Ja. Pia war plötzlich der Meinung, ganz dringend mit Miriana sprechen zu müssen.«

Diese Information brachte Don Rosario durcheinander. Das klang so gar nicht nach Pia.

»Und, seien Sie unbesorgt wegen der Sache mit dem Teufel. Ich glaube nicht, dass Pia Ihnen ernsthaft böse ist.«

»Oh. Es ist schön, dich das sagen zu hören, Tiziana. Aber ich verheimliche dir nicht, dass ich mir Vorwürfe mache. Ich hätte Pias Gemütszustand viel eher richtig einschätzen sollen. Stattdessen habe ich mich mit ihren Antworten stets zufriedengegeben.«

»Dasselbe kann ich von mir behaupten.«

»Weißt du, ich vertraue Pia. Tust du es auch?«

»Natürlich. Darum geht es mir auch gar nicht. Wissen Sie, ich war heute bei Pasquale. Ich wollte mit ihm reden. Einen Schlachtplan aushecken. Ihm raten, sie anzurufen, sich mit ihr auszusprechen. Ich denke nämlich, dass Pias Krise erst dadurch entstanden ist, dass sie sich von ihrem Mann nicht verstanden gefühlt hat. Ich weiß, dass sie Pasquale liebt. Aber tut er es auch? Und ist die Liebe genug?«

»Ja. Ich sehe das ähnlich. Was hat Pasquale denn zu deinen Tipps gesagt?«

»Er sagte: ›Ich will nicht wissen, wo sie ist. Ich will nicht wissen, was sie gerade macht. Ich will keinerlei Information.‹ Das waren seine exakten Worte.«

»Oh.«

Don Rosario grübelte über das Phänomen Ehe nach. Und dass manche von ihnen ganz plötzlich zu Ende sein konnten.

»Ja.«

Sie schwiegen. Don Rosario hatte den Eindruck, dass das Gesagte den gesamten Raum ausfüllte und einfach kein Platz mehr für weitere Wort übrig war.

»Don Rosario, was können wir tun?«

Er erhob sich.

»Gar nichts, Tiziana, gar nichts. Wir müssen Pia jetzt einfach vertrauen. Und der Herr, in seiner unendlichen Güte, wird den Rest tun. Weißt du, der Herr zeigt sich manchmal ganz unerwartet. Oft schickt er Schutzengel, die wir nicht als solche erkennen. Oder er lässt kleine Wunder geschehen, die wir als glücklichen Zufall abtun. Bete für sie, Tiziana, und habe Geduld.«

Don Rosario sah, dass er Tiziana mit seinen Worten gerührt und berührt hatte. Genau das hatte er gehofft. Diese Frau hatte eine reine Seele. Und er wusste aus Erfahrung, dass nur sensible Menschen seine Worte tatsächlich begriffen. Er war froh, dass Tiziana zu ihnen gehörte. Insgeheim fragte er sich, ob sie seine Worte nicht auch ein bisschen auf ihre ganz neue … Freundschaft zu diesem Amerikaner projiziert hatte. War er nicht auch wie zufällig auf sie getroffen? Wer konnte schon sagen, was der Herr mit ihnen vorhatte? Don Rosario war gespannt und sich ziemlich sicher, dass sein Boss seine Hand schützend über dieses vielleicht zukünftige Paar halten würde.

Irgendetwas schien mit Pias Handy nicht in Ordnung zu sein. Sie erhielt andauernd Nachrichten von ihren Kindern. Clem schimpfte noch immer. Und Giovanna flehte sie förmlich an, sich zu melden, wozu Pia jetzt einfach nicht den Nerv hatte. Pasquale hingegen schrieb kein einziges Mal? Das konnte doch nicht stimmen! Sie schaltete das dumme Handy wieder aus. Sah sich eine Weile lang die vorbeiziehende Landschaft an, war letztendlich aber richtig froh, Neapel endlich zu erreichen.

Als der Zug zum Stehen kam, war Pia schon bereit auszusteigen. Sofort schlugen ihr Hitze und Lärm entgegen. Pulsierendes Leben zeigte sich in jeder Ecke, und Pia fühlte, wie die neapoletanische Energie langsam auf sie abfärbte. Sie schlängelte sich durch Menschengruppen hindurch und spürte, wie die Sorgen ein wenig von ihr abfielen. Hie und da hörte sie laute Gespräche in heiterem neapoletanischen Akzent mit und ertappte sich dabei, wie die totale und unnachahmliche Gelassenheit dieser Stadt anfing, auf sie überzugehen. Obwohl sie nicht wirklich geübt darin war, schnappte sie sich vor dem Bahnhofsgebäude ein Taxi. Wahrscheinlich wäre sie zu Fuß sogar schneller gewesen. Aber, hey, diesen Luxus wollte sie sich gönnen.

»*Signò, arò Vi porto*? Wohin soll es gehen?«, erkundigte sich der Fahrer mit einem Lächeln. Er hatte tolle blaue Augen, die konzentriert nach vorne blickten, während er langsam aus der langen Taxi-Schlange fuhr.

»Piazza del Plebiscito, *per favore*.«

Pia fragte sich, ob sie dem jungen Taxifahrer wie eine Frau von Welt erschien. Sie wünschte sich das sehr. Wollte, aus welchem Grund auch immer, nicht wie das wirken, was sie eigentlich war: eine Frau aus der weit entfernten salernitanischen Provinz.

»*Bella* Piazza del Plebiscito, *vero*? Haben Sie hier geschäftlich zu tun, *Signò*?

Offensichtlich war der Taxifahrer auf ein Gespräch aus. Pia sollte es recht sein, freute sich sogar, dass er vermutete, sie sei geschäftlich in der Stadt.

»Ich besuche meine Tochter«, gab sie offen zu.

»Sie haben eine Tochter, die alt genug ist, allein hier zu leben? Kann ich gar nicht glauben.«

Pia lächelte, erschrak kurz, als der Fahrer eine rote Ampel komplett ignorierte, rief sich aber wieder ins Gedächtnis, wo sie eigentlich war und was über den Verkehr in dieser Stadt erzählt wurde.

»Sie studiert hier.«

»Ah. Unsere Uni ist die beste. Gute Wahl.«

»Davon bin ich überzeugt.«

»Stellen Sie sich vor, meine Schwester ist hingegen nach Mailand, um zu studieren. Ich meine, Mailand!«

Der junge Mann schnalzte abfällig mit der Zunge.

»Mailand ist aber doch auch eine sehr schöne Stadt«, wagte Pia einzuwenden.

»Schön? Bah! Das hier ist schön. *Napule into core sempe*! Neapel ist in meinem Herzen, *Signò*.«

Er zeigte auf die wundervollen *palazzi*, die rechts und links die Straße säumten, ließ dabei das Steuerrad komplett los und brachte Pia dazu, ein Stoßgebet gen Himmel zu richten. Sterben wollte sie eigentlich noch nicht. Irgendwie hatte der Mann aber recht. Neapel war reizend. Und Neapel lag am Meer. Was der Stadt in Pias Augen gleich tausend Pluspunkte verlieh.

»*Eccoci*!«, informierte der Fahrer sie. Er hielt direkt an der wundervollen Piazza und gewährte ihr sogar Rabatt. »*Signò, Napule into core sempe*!«, rief er ihr statt eines Grußes zu, wobei er sich theatralisch eine Hand aufs Herz hielt.

Pia ging zum Geländer hin, das die Piazza elegant vom direkt darunterliegenden Meer trennte. Sie atmete tief durch und sog genüsslich den typisch fischigen Duft ein. Die Sonne wärmte ihr Gesicht und eine Möwe zeigte gerade, zu welch eleganten Bewegungen sie fähig war. Pia entdeckte einen Fischer, der wie jemand wirkte, der in einer Blase der Zufriedenheit lebte. Unwillkürlich beneidete sie ihn um seine Gelassenheit. Über ihm tobte die Stadt, in seinem Universum hingegen gab es nur ihn, seine Angel und das Meer. Sie konnte nicht anders, als sich an diesem beinahe poetischen Anblick zu ergötzen, und fand ihre eigenen Probleme gerade richtig winzig.

Dann hob sie den Blick.

Der Vesuv.

Herrlich.

Sie ließ das Bild des harmonisch wirkenden Hügels über dem Blau des Meeres so lange auf sich wirken, bis sie sich sicher war, dass es sich für immer in ihre Netzhaut eingebrannt hatte.

»*Mamma*?«

Miriana kreischte. Sie war überrascht. Und total erfreut. Das merkte Pia an den kleinen Flecken, die sich an ihrem Hals gebildet hatten.

»Was ist? Lässt du mich nicht rein?«

Statt ihre Mutter hereinzulassen, warf Miriana sich ihr an den Hals. Pia fiel beinahe um, war sich bei der Wärme des körperlichen Kontakts aber plötzlich sicher, genau das Richtige getan zu haben.

»Cool … Ich meine, ich finde es echt cool, dass du hier bist.«

Endlich machte Miriana den Weg in die Wohnung frei. Innen war es überraschend ruhig. Überraschend aufgeräumt. Überraschend wenig Uni-WG, dachte Pia. Oder hatte sie sich einfach ein falsches Bild gemacht?

»Wollen wir gleich in mein Zimmer, Ma?«

»Gerne.«

Das Zimmer war hübsch, sonnendurchflutet, und Pia erkannte zwei ihrer Kissen wieder, die sie im ganzen Haus gesucht hatte.

»Es ist richtig toll!«

»Ja, nicht?«

Miriana ließ sich gewohnt lässig aufs Bett fallen, und Pia hatte plötzlich Lust, es ihr nachzutun.

»Ja, Ma, lass dich fallen!«, riet Miriana ihr, und sie wusste wohl gar nicht, wie recht sie mit ihrer Aufforderung hatte.

Pia streckte sich neben ihrer Tochter aus und blickte zusammen mit ihr an die Decke. Es war ungewohnt und gleichzeitig vertraut.

Miriana sprach als Erste wieder, drehte sich Pia zu und lehnte ihren Kopf auf den angewinkelten Arm.

»Was ist das hier jetzt, Ma? Ich meine … Was ist los mit dir?«

»Ich brauchte mal eine Auszeit.«

Das klang so einfach. Und so richtig. Die Schritte bis zu dieser Erkenntnis waren aber die schwierigsten gewesen, die Pia jemals gegangen war.

»Kann ich mir vorstellen. Du hast ja nie, nie, nie Urlaub gemacht. Und wir sind alle manchmal echt anstrengend.«

»Ja, das seid ihr manchmal …«

Pia ließ den Satz in der Luft hängen.

»Aber, ich meine, was hast du jetzt vor?«

Ihre Tochter wollte es ganz genau wissen. So war sie schon immer gewesen. Selbst wenn es um ein Rezept ging, musste Miriana alle Zutaten kennen. Und die Garzeit. Und die Art und Weise, wie man eine Zutat dazuzumischen hatte. Und am besten noch, in welchem Supermarkt man die Zutat bekam.

»Ich weiß es nicht«, gab Pia daher offen zu. Was sie ihrer Tochter jetzt schuldete, war die Wahrheit.

»Du wirst aber doch wieder zurückgehen, oder?«

Ein deutliches Ja lag Pia bereits auf den Lippen.

»Das weiß ich auch nicht«, war hingegen das, was sie letztendlich sagte.

Miriana legte sich wieder auf den Rücken. Sie seufzte. Und Pia nahm ihre Hand. Alles gut, wollte sie damit ausdrücken.

»Weißt du, Ma, neulich, als ich dich nachts angerufen habe, da war ich nicht auf Drogen oder so. Ich meine, hey, ich muss auf dich wie eine Irre gewirkt haben. Mitten in der Nacht sollst du mir ein Lied singen …« Miriana kicherte. Und Pia war froh, dass sie darüber lachen konnte.

»Okay. Keine Drogen … sondern …?«

»Ach, ich meine, ich hatte etwas mit einem Typen.«

Pia wartete ab. War sich nicht sicher, was genau das bedeutete. Sie spürte aber, dass Miriana gerade mit sich haderte.

»So richtig, meine ich.«

Hat er dir wehgetan? Hast du dich geschützt? Wolltest du es auch? Wer ist dieser Typ? Tausende besorgte Fragen schossen durch Pias Kopf. Sie schluckte sie allesamt herunter.

»Bist du sauer?«

Pia richtete sich auf, winkelte die Beine an, lehnte sich gegen die Wand. Sie legte die Arme über die Knie, die merklich zitterten.

»Wie könnte ich, Miriana? Wie könnte ich sauer auf dich sein, Schatz? Sex gehört dazu. Klar, es gibt Regeln, die man einhalten muss. Aber die kennst du alle.«

»Nicht alle …«

Oh Gott, sie ist schwanger!, dachte Pia panisch.

»Wie meinst du das jetzt?«, stieß sie hervor.

»Regel Nummer 273: Lass dich nicht von einem Typen verarschen! Klartext: Ich war nur eine Wette. Hops ins Bett und dann *arrivederci*!«

»Oh, verdammt!«

Pia legte einen Arm um Miriana.

»Ja, das kannst du laut sagen.«

»Es tut mir leid, Miri.«

»Mir allerdings auch.«

»Weißt du, diese Erfahrungen gehören irgendwie dazu, Schatz. Das Leben besteht aus ganz vielen kleinen Päckchen. Mal ist etwas Schönes drin, mal etwas Hässliches. Meist sind die hässlichen leider gerade die, die notwendig sind, um zu den vielen, vielen schönen zu gelangen.«

»Schöner Scheiß!«

»Ich weiß. Und ich muss gestehen, dass ich mir Vorwürfe mache.«

»Wieso denn das?«

»Weil ich dich nicht richtig auf das Leben vorbereitet habe. Ich habe dich viel zu sehr beschützt. Die hässlichen Dinge von dir ferngehalten und dich vor der Abreise nicht einmal vor Typen gewarnt, die einfach Idioten sind.«

»Bist du etwa deshalb hier?«

»Ja. Ich wollte … Ich meine, ich wollte das zumindest teilweise nachholen, Miri. Du bist stark. Stärker, als du glaubst. Und ich will, dass aus dir eine tolle, unabhängige Frau wird. Vielleicht habe ich es vermasselt. Aber vielleicht sage ich dir die richtigen Worte doch noch rechtzeitig.«

»Mensch, Ma, ernsthaft? Wenn ich hier sitze und dir doch so cool von einer echt beschissenen Begebenheit erzählen kann, dann habe ich das doch einzig und allein deiner Erziehung zu verdanken. Ja, ich hatte eine echt üble Nacht. Aber, hey, ich habe mir von dir was vorsingen lassen und dann war es wieder gut. Ma, ich glaube, du weißt gar nicht, was für eine Stärke und Kraft du ausstrahlst. Wenn ich nur ein bisschen nach dir gerate, dann kann mir im Leben rein gar nichts passieren. Klar?«

Pia versuchte, die Worte ihrer Tochter zu verarbeiten. Ein größeres Kompliment hatte sie noch nicht erhalten.

»Das sagst du nicht einfach so daher?«

Ein bisschen hasste Pia sich für die Unsicherheit, die in ihrer Stimme mitklang.

»Ma, sehe ich etwa so aus?«

Sie schaute ihre Tochter an.

»Nein, nicht wirklich.«

»Sag ich doch.«

Pia sah, wie ihre Tochter grinste, und merkte erleichtert, wie auch ihre Mundwinkel sich hoben.

»Tja, und jetzt?«

»Ich habe irgendwie Lust auf Pizza!«

»Oh. Cool. Weiter vorne in der Gasse können wir uns eine holen. Hast du Lust?«

»Ja. Definitiv. Und Äpfel brauche ich.«

»Sag bloß, du willst hier einen Apfelkuchen backen.«

»Was dagegen?«

»Absolut nicht.«

»Jade?«

»Oh. Sieh an, der Verschollene meldet sich zurück ...«

»Wie läuft es?«

»Alles unter Kontrolle, Boss!«

»Gut. Sehr gut.«

»Wann kommst du wieder?«

»Das ... weiß ich noch nicht so genau.«

»Wie meinst du das?«

»So, wie ich es gesagt habe, Jade.«

Kapitel 25

»Magst du Pizza, William?«

»Sehr. Ich mag Italien generell. Vor allem italienische Pizza. Und italienische Frauen natürlich.«

Tiziana schaute kurz weg. Er wusste inzwischen, dass sie das immer dann tat, wenn sie nicht wollte, dass er ihre roten Wangen sah. Dabei fand er gerade das so unheimlich anziehend an ihr. Sie war keine Schauspielerin. Jede Gefühlsregung zeichnete sich deutlich in ihrem Gesicht ab. Und er fand Gefallen daran, sie etwas zu necken. Ihre herausfordernde Art, hinter der sich ein unschuldiges Wesen verbarg, weckte einerseits seinen Beschützerinstinkt, andererseits sein Verlangen. Diese gegensätzliche Mischung machte es ihm schwer, ihr zu widerstehen. Er sehnte sich danach, sie zu berühren. Tat es auch sehr oft, ohne dabei eine gewisse Grenze zu überschreiten. Dass sie das mochte, merkte er an ihrer Gänsehaut.

»Dann sind wir hier wohl genau richtig. Im *Castello* ist alles italienisch. Sogar die Stühle«, gab Tiziana sich kokett.

»Auf die freue ich mich ganz besonders«, scherzte William.

Sie betraten das kleine Lokal, das in einer verwinkelten Gasse in Camerota lag. Plötzlich wurde William klar, wie schwierig es für Tiziana sein musste, sich mit ihm zu zeigen, denn alle Anwesenden – nicht viele, um ehrlich zu sein – drehten sich ganz ungeniert zu ihnen um.

Tiziana grüßte in die Runde. William hob die Hand.

»Mein Onkel«, informierte Tiziana ihn und zeigte dabei auf einen bärtigen Mann, der einem Fußballspiel auf dem Bildschirm folgte.

Sie setzten sich, und Williams Blick verweilte einen Moment zu lange auf Tizianas Gesicht, die nicht wegschaute.

»Was darf's sein?«, tönte es vom Tresen aus in ihre Richtung.

»Bier?«

»Gern.«

»*Due birre.*«

»William, ich wollte dir mal ganz offiziell danken. Dafür, dass du Pasquale mit seinem komischen Umbau hilfst. Und dafür, dass du davor für mich und Pia gekocht hast. Es ist … Ja, es ist mir peinlich, dass du während deines Urlaubs auf so eine irre Situation gestoßen bist. Du weißt hoffentlich, dass du dich sofort aus der Sache auslinken kannst.«

»Und was ist, wenn ich es gerne tue?«

Tiziana setzte das Glas ab, das der Barmann ihnen gebracht hatte. Sie hatte einen großen Schluck genommen. William konnte den Abdruck ihres Lippenstiftes darauf erkennen. Hastig wischte sie die Spur mit den Fingern weg.

»Das kann ich mir kaum vorstellen …«

»Und wenn ich dir erzähle, dass ich in Seattle vor Einsamkeit eingehe und mir nichts sehnlicher wünsche, als Menschen um mich zu haben, die mich brauchen? Die der Tatsache, dass ich morgens aufstehe, einen Sinn geben?«

Tiziana ließ die Worte eine Weile auf sich wirken. William merkte, dass sie sich detailliert Gedanken darüber machte.

»Ich weiß so wenig über dich, William.«

Es klang traurig, wie sie das sagte.

»Dann frag mich aus, Tiziana. Ich bin hier und ich bin bereit, dir alles über mich zu erzählen.«

»Das reicht nicht, William.«

»Wieso nicht?«

William beugte sich zu ihr hin. Noch nie hatte er so dringend das Bedürfnis verspürt, eine Frau zu berühren.

»Weil du am Ende trotzdem nach Seattle zurückgehen wirst.«

»Lass uns Seattle doch einfach eine Weile lang vergessen«, schlug er vor, hörte aber selbst, wie verzweifelt er dabei klang.

»Ich weiß nicht, ob ich das kann.«

Die Pizza, die herbeigebracht wurde, lenkte sie ab. Aber William konnte nicht sagen, ob sie ihm schmeckte. Er war sich gar nicht richtig bewusst, was er überhaupt kaute und schluckte. Ihm war nur eines ganz klar: Dass er diese Chance, sich endlich wieder lebendig zu fühlen, nicht verlieren wollte. Dennoch ließ er das Thema fallen. Ihm lag zu viel an Tiziana, um sie in irgendeiner Form zu bedrängen oder in Verlegenheit zu bringen. Dabei wusste er selbst nicht, wie sie überhaupt in diese Situation geraten waren. Da war einfach diese starke Anziehungskraft zwischen ihnen. Eine Art Magie. Und alles andere wurde dabei nebensächlich.

Sie brachten das Essen irgendwie hinter sich, verließen das *Castello* schon sehr früh. Ein sagenhafter Mond zeigte sich am nächtlichen Himmel und erleuchtete die Gasse schwach, die zu Tizianas Wohnung führte.

»Weißt du, das Leben hat mir beigebracht, dass man jede Chance nutzen muss«, sagte Tiziana, als sie vor ihrer Haustür hielten. »Ein Augenblick nur, und alles kann vorbei sein. Ich werde sehr leiden, wenn du gehst. Aber ich würde es mir niemals verzeihen, wenn ich diese Chance, ein bisschen Glückseligkeit zu erleben, einfach so an mir vorbeiziehen lassen würde.«

William schluckte. Er hatte nicht damit gerechnet, dass ihre Worte so eine Wirkung auf ihn haben würden. Sein Herz pochte wild und die Sehnsucht nach einem Kuss war überwältigend. Tizianas Lippen zogen ihn magisch an. Er konnte sich, seine Gefühle, seinen Kopf und sein Handeln einfach nicht mehr steuern. Ihr warmer Mund war zu seinem einzigen Ziel geworden.

»Ich werde dich jetzt küssen, Tiziana«, raunte er und machte einen Schritt auf sie zu.

Tiziana lehnte an der Hauswand. Ihr Atem ging schnell. Das Heben und Senken ihrer Brust war zu viel für William. Er streckte die Hand aus, spürte ihr seidiges Haar unter seinen Fingerspitzen, schloss die Augen und suchte ihren Mund. Sein eigenes Stöhnen war das Letzte, was er bewusst wahrnahm. Vielleicht war er ihr gefolgt, hinauf in ihre Wohnung. Vielleicht waren sie gemeinsam in ihr Schlafzimmer gegangen. Vielleicht hatte er sie in quälender Ekstase entkleidet. Und vielleicht war das alles unheimlich dumm, weil große Gefühle große Verantwortung bedeuten. Aber um nichts in der Welt hätte er dieses Erlebnis mit Tiziana missen wollen. Ihr Gesicht im Mondschein würde er niemals vergessen.

»Vergiss es!«

»Ach, Ma, komm schon. Das ist der beste Platz überhaupt.«

»Genau. Der beste Platz, wenn man vier Stockwerke hinunterfallen und sich dabei das Genick brechen möchte.«

Pia war schockiert und wollte nicht sehen, wie ihr Kind auf dem Fensterbrett saß und Pizza aß.

»*Guarda che luna*!«, sang Miriana. »Willst du dir im Ernst diesen Mond entgehen lassen?«

Ach verdammt! Vielleicht konnte sie ja mal über ihren eigenen Schatten springen. Vorsichtig nahm sie neben Miriana Platz. Ihr wurde augenblicklich schwindelig. Gleichzeitig schien ihr der Mond tatsächlich zum Greifen nah.

»Na los! Gib mir ein Stück Pizza.«

Miriana reichte ihr ein triefendes Margherita-Stück. Der Duft ließ Pia das Wasser im Mund zusammenlaufen.

»War doch besser, dass wir mit dem Pizzaessen bis zum Abend gewartet haben, hm, Ma?«

»Ja. Und der Mond ist wirklich toll. Irgendwie romantisch hier oben.«

Pia dachte an den Fischer, den sie an der Piazza gesehen hatte. Auch sie fühlte sich jetzt wie in einer Wohlfühl-Blase, hier mit Miri. So weit weg von ihren Problemen.

»Magst du mir mal von deinem gemeinen Typen erzählen?«

Wenn jetzt nicht der geeignete Zeitpunkt für Mädchengespräche war, wann dann?

Miriana zuckte mit den Achseln, nahm noch einen Bissen Pizza.

»Von mir aus. Aber nachher bist du dran.«

»Ich kenne keinen gemeinen Typen.«

»Haha. Du weißt genau was ich meine, *Signora* Pia. Auch du wirst dich nicht ewig vor deinen Verantwortungen drücken können«, imitierte Miriana den Tonfall ihres Vaters.

»*Dio santo*, ich habe ein Monster erschaffen.«

Miriana lachte laut, legte dann aber los: »Also, was willst du hören?«

»Zum Beispiel, wie er heißt. Und wie er aussieht.«

»Ich wünschte, ich könnte sagen, dass er echt beschissen aussieht. Aber das stimmt leider nicht. Er sieht so gut aus, dass es in den Augen schmerzt, Ma. Also, so richtig. Dafür hat er einen total bescheuerten Namen.«

»Sag schon.«

»Isidoro.«

Pia prustete los und bemerkte, wie zerkaute Pizza-Stückchen auf Mirianas Hand landeten.

»Igitt.«

Miriana trocknete ihre Hand sofort an Pias Hose ab.

»Isidoro ist schon wirklich ungewöhnlich.«

»Ja. Seinen richtigen Namen kennen natürlich nur wenige. Ganz bescheiden darf man ihn *Il Principe* nennen, wenn man eine Antwort von ihm will.«

»Oh. Klingt irgendwie eitel.«

»Ein bisschen schon. Aber er singt in einer Band. Das ist also praktisch sein Künstlername.«

»Vielleicht könnt ihr euch mal aussprechen?«

»Da gibt es nichts zu sagen. Jungs lasse ich jetzt erst einmal sein.«

Pia setzte einen ironischen Blick auf.

»Nein, ehrlich, Ma. Ich bin hier, weil ich was lernen will. Damit meine ich nicht nur das Studium, weißt du? Jungs sind mir dabei nur hinderlich.«

Santo cielo, wann war denn das passiert, dass ihre kleine Miriana erwachsen geworden war? Sie klang so vernünftig. Und Pia kannte ihre Tochter gut genug, um zu wissen, dass sie jedes ihrer Worte ernst meinte.

Sie hatte sich umsonst Sorgen gemacht. Und Pasquale hatte sie zurecht auf ihre übertriebenen Ängste hingewiesen.

Ach, Pasquale.

»Jetzt bist du aber dran, Ma!«

Pia stieg vom Fensterbrett, ließ Neapels Nacht draußen und legte sich aufs Bett.

»Kennst du das, wenn man richtig glücklich ist? Selbst wenn es nur ein paar Sekunden dauert, das richtige Glücksgefühl hält einen, wenn es sein muss, über Monate warm. Verstehst du, was ich meine?«

Miriana nickte, legte das letzte Stück Pizza zurück auf das Papier, das der Straßenverkäufer zum Zusammenrollen benutzt hatte.

»Ich kann mich nicht mehr an meinen letzten Glücksmoment erinnern«, fuhr Pia fort.

Sie merkte, wie ihre Worte den Raum füllten. Und sie fand es befreiend, die Dinge mal beim Namen zu nennen.

»Der Alltag hat mich aufgefressen. Schuld daran bin nur ich selbst. Wahrscheinlich habe ich so oft zurückgesteckt, dass ich dabei mich selbst verloren habe. Und jetzt muss ich das wiedergutmachen.«

»Und das alles macht dich sauer auf *papà*?«

Darüber musste Pia erst einmal nachdenken.

»Ich glaube, ich bin sauer auf ihn, weil er das nicht erkannt hat.«

»Naja, aber du weißt doch, wie Männer sind«, erklärte Miriana und verdrehte die Augen.

»Klar. Ich verlange ja auch nicht von ihm, dass er für mich das Glück neu erfindet. Ein bisschen Verständnis aber, das brauche ich von ihm.«

»*Papà* liebt dich.«

»Das weiß ich, Miri. Und ich liebe ihn.«

»Aber du weißt nicht, ob das reicht.«

Eine Feststellung. Keine Frage.

»Gegenseitige Liebe, das ist schon sehr viel mehr, als so manches Paar hat.«

»Fährst du also wieder nach Hause?«

»Natürlich!«

Pia hatte es selbst noch nicht gewusst, bis sie es ausgesprochen hatte.

Nach Hause.

Aber ja!

Sie würden das schon irgendwie hinbekommen.

Ganz sicher.

Und wenn sie ehrlich war, dann vermisste sie Pasquale bereits.

»Was passiert mit *nonna*?«

Sandrina.

»Da wird uns schon etwas einfallen.«

Woher sie diese Zuversicht nahm, war ihr schleierhaft.

»Ma, ich bin total müde. Wollen wir schlafen?«

Pia nickte, war selbst schon ganz schläfrig.

Angezogen, wie sie waren, streckten sie sich auf dem Bett aus und kuschelten sich aneinander. Das war so angenehm, dass sie schon bald entspannt einschliefen.

Am nächsten Morgen holte Mirianas Handy sie beide unsanft aus dem Schlaf.

»Ja?«, meldete sich Miriana mit belegter Stimme. »Hi, Giò. Ja, sie ist hier. Okay. Ma, es ist Giovanna.«

Pia nahm das Gerät entgegen, richtete sich mühsam auf. Irgendwie fühlte sie sich komplett erschlagen. Sie hatte so tief geschlafen, dass ihr das Erwachen vorkam wie ein Aufstieg aus dem Zentrum der Erde.

»Hallo Schatz, tut mir leid, dass ich nicht zurückgerufen habe …«

»Ich bin schwanger.«

Mit einem Mal war Pia hellwach. Sie kreischte sogar – fast so gekonnt wir Miriana – vor Freude.

»Oh, was für eine tolle Nachricht, Schatz. Ich freue mich so.«

Erst jetzt bemerkte sie, dass Giovanna schwieg.

»Du freust dich doch auch?«

»Ja, natürlich …«

»Aber?«

»Aber mein Chef, der mitbekommen hat, wie ich bei der Arbeit gekotzt habe, fragt jetzt schon, wann ich nach der Geburt vorhabe, meinen Posten wieder einzunehmen.«

Pia wusste, wie viel Giovanna an ihrer Arbeit lag. Sie hatte das Immobilienbüro mitaufgebaut, ihre ganze Professionalität eingebracht und diverse wichtige Verkäufe geleitet. Giovanna konnte sich vermutlich nichts Schlimmeres vorstellen, als ihren Job zu verlieren.

»Du hast doch als Mutter deine Rechte.«

»Ach, Rechte, *mamma*. Komm mir nicht mit Rechten! Du weißt doch, wie das läuft. Man ist schneller weg vom Fenster, als man schauen kann.«

»Ich finde trotzdem nicht, dass der Job deine Freude auf das Kind trüben sollte.«

Miriana gestikulierte neben ihr wild. Registrierte wohl erst jetzt, dass sie bald Tante werden würde.

»Ich bin so in Sorge, *mamma*. Kannst du dich denn nicht um das Kind kümmern? Danach meine ich? Ihr baut doch ohnehin gerade um. Meinst du, ein Zimmer für das Kind springt auch dabei heraus?«

»Aber sicher doch«, sagte Pia ganz automatisch. Aber sie war immer noch dabei, diverse Informationen zu verarbeiten.

Zum einen fühlte sie sich gerade von der Tatsache überrumpelt, dass Pasquale, obwohl sie gegangen war, seinen Umbau offenbar trotzdem begonnen hatte. Ohne Rücksprache mit ihr. War es ihm denn ganz egal, dass sie weg war? Wie hatte sie sich nur so sehr in ihrem Mann täuschen können? Zum anderen war ihr, bei aller Liebe, einfach nicht danach, sich rund um die Uhr um einen Säugling zu kümmern.

»Fantastisch!«, bemerkte Giovanna gerade. »Dann kann ich *papà* ja Bescheid geben.« Und schon war sie aus der Leitung verschwunden.

Pia fiel das Handy aus der kraftlosen Hand.

Sie musste das klären. Und zwar sofort.

»Miri, ich muss los!«

Voller Hektik packte sie und verließ die WG.

Sie musste das klären. Einfach nur klären.

»Sie lacht jetzt viel mehr, *Signor* Marcello.«

»Stimmt. Die Last, die sie mit sich trägt, erdrückt sie nicht mehr.«

»Was wird denn nur aus ihr werden?«

Marcello zuckt die Achseln.

»Ich denke gerne, dass ihr alle Wege offen stehen.«

Kapitel 26

Rom, Mitte Oktober

Marcello lächelte. Vielleicht lachte er Pia sogar ein bisschen aus. Aber er durfte das. Es machte ihr nichts aus. Sie liebte sein Lächeln. Schämte sich aber fast sofort über einen so intimen Gedanken.

»Sag es halt bitte noch mal!«, forderte sie ihn auf und bekam dabei gar nicht mit, was um sie herum passierte, da draußen auf Roms hektischen Straßen. Marcello hatte auf das Taxi bestanden. Pia wäre lieber mit den öffentlichen Verkehrsmitteln gefahren, die Marcello aber hasste. So richtig. Und er hatte sich durchgesetzt.

»Ist dir klar, dass es Leute gibt, die als Kinder einen römischen Bus bestiegen haben und erst als Erwachsene am Ziel angekommen sind?«, hatte er gesagt, als Pia vorgeschlagen hatte, den Bus zu nehmen.

Dieses Argument hatte Pia aber letztendlich überzeugt. Jahre im Bus mussten nun wirklich nicht sein. So lange hatte sie vermutlich nicht Zeit.

»Coppedè«, wiederholte er amüsiert und betont langsam. »Sagt dir der Name wirklich nichts?«

Man sah ihm an, wie sehr er dieses Spiel genoss.

Pia schüttelte den Kopf. »Keine Ahnung. Klingt wie eine Supermarktkette. Willst du mich zu einem Supermarkt fahren? Eier, Mehl und Pasta kaufen?«

Marcello lachte nur noch mehr. Er schlug sich sogar vor lauter Erheiterung auf den Oberschenkel.

Sie war sich sicher, dass Marcello selbst Eier, Mehl und Pasta interessant erscheinen lassen konnte. So ein Typ Mann war er. Magnetisch. Ohne diesen Magnetismus bewusst einzusetzen.

»Kalt.«

»Museum?«

»Hm. Jetzt wird es schon etwas wärmer.«

»Also lauwarm.«

»Genau.«

Pia überlegte.

»Galerie?«

»Auch irgendwie lauwarm.«

»Puh. Dann muss ich wohl passen.«

»Na gut.«

Erwartungsvoll sah sie Marcello an. Der guckte aber gleich betont ruhig durch die Scheibe auf die Straße und die vorbeiziehenden Autos. Der Taxi-Fahrer kannte wohl jeden Schleichweg der Stadt. Fuhr auch ziemlich rasant. Bremste dafür oft, gerne und abrupt. Pia akzeptierte das wortlos. Und sie zermarterte sich förmlich das Gehirn. Coppedè …

»Ähm, willst du mich den ganzen Tag schmoren lassen? Sag's doch endlich, dann weiß ich Bescheid.«

»Nur ein paar Minuten noch«, verkündete Marcello vergnügt.

»Na, vielen Dank«, gab Pia sich beleidigt.

Was Marcello ihr offensichtlich nicht abnahm. Denn er schwieg weiterhin und grinste dabei breit.

Viel mehr Zeit, sich ihre Gedanken über dieses Coppedè zu machen, blieb Pia glücklicherweise nicht. Quietschend brachte der Fahrer das nicht mehr ganz neue Taxi auf einer Straße zum Stehen. Via Tagliamento, las Pia neugierig. Sie blickte sich um, stieg aus. Hm. Sah nach einer ganz normalen Straße aus.

»Und nun?«, erkundigte sie sich und kam sich dabei vor wie ein quengelndes Kind.

Marcello stellte sich an ihre Seite und schwieg kurz. Er dachte wohl nach.

»Und nun«, er zögerte einen Augenblick und schaute sich um, »kaufen wir eine Zeitung.«

»Eine Zeitung?«

Das wurde ja immer mysteriöser.

»Genau. Eine Zeitung«, wiederholte Marcello und ging auf einen kleinen Edicola-Laden zu.

Pia folgte ihm. Mehr als verwirrt. Sie betraten gemeinsam den Edicola und passten zusammen kaum hinein. Jeder Millimeter war den vielen Zeitungen, Zeitschriften, Büchern, Stadt- und Postkarten gewidmet. Eine grimmig dreinblickende Frau saß hinter einem Glastresen, der unter den vielen Pappkarton-Warenständern, die Stifte, Kugelschreiber, Kleber und Feuerzeuge enthielten, kaum zu sehen war. Offensichtlich waren der grimmigen Frau Begriffe wie Waschen und Körperpflege unbekannt. Ihr Haar hing strähnig und formlos herunter und wies am Ansatz mehr als offensichtliche Spuren ihres grauen Haaransatzes auf. Sie grüßte nicht.

Während Marcello seine Zeitung kaufte, blieb Pias Blick an einigen Büchern hängen. Wahllos nahm sie eines zur Hand. Ein rotes. Las kurz den Klappentext, als Marcello wieder zu ihr kam.

»Liest du gerne?«

Pia nickte, überlegte kurz, es zu kaufen.

»Ja. Unheimlich gerne«, gab sie zu.

»Komm, lass uns gehen.«

Marcello nahm ihr das Buch aus der Hand und führte sie ganz *Gentiluomo* aus dem Laden heraus.

Wieder auf der Straße, registrierte Pia erst, dass die Sonne schien und der Tag ganz wunderbar war. Sie glaubte sogar, einen Vogel zwitschern zu hören, was bei dem akuten Verkehrslärm der Via Tagliamento eigentlich absurd war. Aber vielleicht hatten die Vögel hier gelernt, lauter zu singen, überlegte sie und warf einen Blick in die Baumkrone, in der Hoffnung, das Tier zu erspähen. Zwecklos.

»Gut. Nun haben wir also eine Coppedè-Zeitung gekauft?«

»Nein«, erwiderte Marcello und warf die Zeitung in den

nächsten Abfallkorb. »Wir haben eine Ablenkungs-Zeitung gekauft. Ich wollte dich nur noch etwas auf die Folter spannen.«

Pia blieb stehen, stemmte die rechte Faust in ihre Hüfte, tippte mit der linken Fußspitze wiederholt auf den Boden.

»Hey! Das ist nicht nett!«, gab sie sich sauer.

»Ich weiß.«

Marcello lächelte so charmant, dass sie gar nicht anders konnte, als ihre grantige Körperhaltung wieder zu lockern. Sie nahm die Hand, die er ihr hinhielt. Es erschien ihr so natürlich, so selbstverständlich. Und seine Hand fühlte sich toll an. Richtig zart. Es war die Hand eines feinen Mannes, der wohl noch nie damit in der Erde gebuddelt hatte. Oder gar schwere, triefende, volle Netze aus den Tiefen des Meeres in ein kleines Boot gezogen hatte. Eine Hand, die also gar nicht zu ihrer passte. Dennoch bildeten ihre beiden Hände eine perfekte Symbiose. Dieser Gedanke schockierte Pia etwas, sodass sie nicht sonderlich darauf achtete, wohin Marcello sie gerade führte. Erst als er zum Stehen kam, blickte sie auf.

»Willkommen im Quartiere Coppedè!«, sprach er feierlich und machte eine ausladende Handbewegung.

Pia war sprachlos. Überwältigt vom Bild, das sich ihr bot. Ihr Blick ging hektisch hin und her, versuchte Details einzufangen, die aber gerade dazu da waren, nicht eingefangen zu werden. Vor ihr ragten zwei imposante *palazzi* auf, die miteinander verbunden waren. Die Verbindung bildete eine Art Bogen, der wie ein Eingangstor wirkte.

Das Stadttor zum Viertel Coppedè.

»*Porca miseria*!«, rutschte es Pia heraus. Erschrocken hielt sie sich eine Hand auf den Mund. Sie konnte doch jetzt unmöglich vor Marcello geflucht haben.

»Genau das habe ich auch gesagt, als ich zum ersten Mal hier war!«

Pia glaubte ihm kein Wort. Fand es aber unheimlich lieb, dass er auf diese Weise ihren Ausruf weniger schlimm erscheinen ließ.

»Mehr als 30000 Quadratmeter, die der Architekt Gino Coppedè ab 1915 in eine bizarre Traumwelt verwandelt hat«, erklärte Marcello.

Richtig. Traumwelt. Genau das war es. Die beiden mächtigen Wohnhäuser waren verwirrend reich verziert und erinnerten in ihrer beinahe unfassbaren Einzigartigkeit an eine Welt, die es gar nicht geben konnte. Pia fühlte sich in eine Art Trance versetzt.

Kein Fenster schien dem anderen zu gleichen. Mal hing ein Balkon davor, mal machte ein detailverliebter Rahmen ein Unikat daraus. Türmchen, Säulen und Treppchen dienten als externe Verbindungselemente der Stockwerke. Statuen, Fratzen und Insekten waren kunstvoll als Reliefs in die Hausfassaden gesetzt. Pias Auge brauchte sich nur um wenige Zentimeter zu bewegen, und schon musste es wieder halten, um eine neue Überraschung zu analysieren und zu bewundern.

Pia merkte erst nach einer Weile, dass ihr Mund offen gestanden hatte.

»Das ist einfach unfassbar«, versuchte sie irgendwie ihre Emotionen zu beschreiben.

»Dann warte erst mal, bis du den Rest siehst!«

Marcello hatte das zufriedene Gesicht eines Menschen, dem klar war, dass er mit seiner Überraschung exakt richtiggelegen hatte.

»Es geht noch weiter?«

»Mehr als 30000 Quadratmeter. Schon vergessen?«

Nein. Das hatte sie nicht. Sie konnte sich nur einfach nicht vorstellen, wie man die Pracht und Schönheit der beiden *palazzi* noch übertrumpfen konnte. Wie das ging, lernte sie, als sie durch den Torbogen ging.

»Schau mal!«, forderte Marcello sie auf.

Pia folgte der Richtung, in die sein Finger zeigte, und lehnte ihren Kopf zurück, um nach oben zu schauen.

»Oh. Ein Kronleuchter?«

Direkt unter dem weiten Bogen, der ins Viertel führte, hing ein schwerer antik wirkender Leuchter. Die Decke war ebenfalls voller Ornamente. Allein dieses winzige Stück Decke bot so viele verschiedene Szenarien dar, dass man sich beinahe satt an Eindrücken fühlte.

Gleich nach dem Durchgang aber bewies ein reizender Brunnen, dass man sehr wohl noch reichlich Platz für weitere wunderbare Eindrücke haben musste.

Obwohl rund um den Brunnen weitere *palazzi* standen, und die Straße vollgeparkt war, war es doch so still, dass man das träge Plätschern deutlich wahrnahm. Auch hier hatte Pia Mühe, alle Details einzufangen. Und das, obwohl sie bereits einmal, zweimal, dreimal rund um den Brunnen gegangen war. Dominant war der Frosch, aus dessen Mund Wasser in niedrige Bassins floss.

»Es ist so still hier«, bemerkte sie irgendwann. Marcello war ein ganz hervorragender Cicerone. Informativ, nie langweilig und unheimlich geduldig. Er musste dieses Viertel doch schon wiederholt besucht haben. Dennoch ließ er Pia Zeit, um die Bilder einzufangen und zu verarbeiten.

»Das liegt daran, dass es im ganzen Viertel keine Bars oder Restaurants gibt.«

Das hatte Pia noch nicht einmal bemerkt.

»Und sauber ist es hier. Fast untypisch für Rom, oder?«

»Man legt im Viertel Wert darauf, ja. Die Leute, die sich das leisten können, hier zu wohnen, mögen es ruhig und sauber.«

»Kann ich mir vorstellen.«

Marcello nahm Pia wieder bei der Hand, zeigte ihr die traumhaften Villen, weitere Gebäude. Alles Unikate. Alles einzigartige Visionen. Gedämpfte Farben, viel Grün. Palmen, Aleppo-Pinien. Portale, die wie Tore in andere Welten erschienen. Und die Details. Die unzähligen, immer wieder aufs Neue überraschenden Details. Statuen, die vom Besucher abgewandt in einen Spiegel schauten, goldene Spinnen, Adler, Feen. Fabelwesen neben realitätsgetreuen menschlichen Figuren. Eine einzige, gigantische, magische, fantastische, architektonische Orgie.

Völlig geplättet von all der Pracht, war Pia im Taxi zurück ins Hotel nicht fähig, auch nur einen Satz zu sagen. Egal was ihr einfiel, nach dem Besuch im Coppedè-Viertel fand sie jede Bemerkung banal. Ihr Schweigen schien Marcello nicht zu stören. Dennoch bemerkte sie, wie er sie aufmerksam beobachtete. Wie selbstverständlich war er auch auf dem Rückweg ebenfalls hinten eingestiegen. Pia wurde sich aber erst jetzt so richtig seiner Präsenz bewusst. Er füllte den Raum auf angenehme Weise, strahlte dabei Wärme aus. Noch immer konnte sich Pia diese Vertrautheit nicht erklären. Sie war keine Frau, die sich so leicht öffnete. Und doch war es ihr mit Marcello natürlich und nur konsequent erschienen. Der Eindruck, dass er sie verstand, nein, mehr noch, ihre intimsten Gedanken kannte, bestätigte sich jeden Tag aufs Neue.

Das Taxi hielt gerade im richtigen Moment in der Querstraße zum Hotel. Noch immer recht schweigsam stiegen Marcello und Pia aus. Sie beobachtete ihn dabei, wie er mit entwaffnender Selbstverständlichkeit bezahlte. Marcello ließ diese Geste wie das Normalste auf der Welt erscheinen. Und Pia hätte sich im Unrecht gefühlt, das Bezahlen an seiner Stelle zu übernehmen.

Sie beschloss, noch etwas spazieren zu gehen. Marcello hingegen zog sich zurück, was erneut seine enorme Sensibilität bewies. Er wusste, wann der Moment gekommen war, sie allein zu lassen.

Aus welchem Grund auch immer hätte Pia es jetzt nicht ertragen, noch weiter neben ihm herzugehen. Vielleicht, weil sie sich nach Nähe sehnte. Aber Nähe würde sie auf dem Weg zurückwerfen, den sie begonnen hatte. Dem Weg zu sich selbst.

Auf ihrem Spaziergang heftete sich Pia an die Fersen einer amerikanischen Touristen-Gruppe. Ihr Englisch klang nach

Kaugummi. So viel verstand Pia, obwohl ihre Kenntnisse der Sprache sehr bescheiden waren.

William war das ja ganz recht.

Himmel!

William.

Der Gedanke an ihn brannte ganz unerwartet in Pias Brust.

Seltsam irgendwie. Und unerklärlich.

Aber was war bei ihr im Moment schon normal?

Am nächsten Morgen erwachte Pia irritiert. Sie schlug aus alter Gewohnheit nach dem Wecker, ertastete verschlafen das Nachttischchen, fand aber darauf keine Uhr.

Erst allmählich realisierte sie, dass sie nicht daheim war. Ihr grässlicher Wecker piepste wohl ohne sie. Oder auch nicht. So oder so – das Leben ging weiter.

Dennoch blieb die Frage, wie sie den Wecker ausschalten konnte. Aber, Moment! Das klang gar nicht nach einem Wecker. Viel eher nach … hm … einer Taube?

Pia schüttelte den Kopf. War ihr das nicht schon am Tag zuvor aufgefallen?

Egal.

Gerade fühlte sie sich stark genug, um das Handy zu sich zu nehmen. Sie hatte mit ihrer Freundin Tiziana besprochen, dass sie das Telefon exakt einmal am Tag kurz einschalten würde. Pia war sich sicher, dass Tiziana ihr im Notfall eine Nachricht schicken würde.

Tatsächlich zeigte das Handy diverse eingegangene Nachrichten an. Schnell überflog Pia die Absender. Keine Nachricht von Tiziana. Gut. Sie schaltete das Handy wieder aus und schaffte es gerade so, sich frisch zu machen, bevor es dezent an der Tür klopfte.

Frühstück.

Und ein Teller mit Haube.

Claudio betrat das Zimmer, und Pia sah ihm dabei zu, wie er

das Frühstück schön auf der Dachterrasse anrichtete. Fast fand sie ihn an diesem Morgen zu langsam.

Als er sich verabschiedet hatte, setzte sie sich auf den schweren Stuhl, atmete erst einmal tief durch, wobei ihr der süßliche Blumenduft der vielen Balkonpflanzen in die Nase stieg, und nahm die Haube vom Teller.

Pia lächelte. Erkannte es sofort.

Das rote Buch.

Wie zum Teufel hatte er das angestellt?

Neugierig nahm sie auch die Karte, die Marcello ihr geschrieben hatte.

Pia,

Coppedè steht für Freiheit.
Siehst du das auch so?

Viel Spaß beim Lesen,

Marcello

»Es tut mir leid, Agata. Ich liebe Jesus einfach mehr.«

Das Mädchen bricht in Tränen aus, ist untröstlich. Auch Rosario bricht es das Herz. Aber er weiß, dass es wieder in Ordnung kommen wird, mit Gottes Hilfe.

»Ja, du mit deiner großen Liebe! Aber was wird aus mir?«

»Ich weiß es nicht, Agata ...«

Und Rosario wünscht ihr zum Abschied eine ebenso große Liebe, wie er sie in sich trägt.

Eine Liebe, die erfüllt.

Eine Liebe, die den Weg weist.

Und eine Liebe, die vielleicht ein kleines bisschen egoistisch macht.

Kapitel 27

Camerota, Ende September

Don Rosario nahm sich die Freiheit, einmal auszuschlafen. Noch nie hatte er sich so erschöpft gefühlt wie an diesem Tag. Er lag einfach nur da. Und genoss die Stille. Von irgendwoher drangen Kinderstimmen an sein Ohr. Sie stritten um einen Ball. Don Rosario seufzte. Er liebte Camerota so sehr. Hier war die Welt noch heil. Wenn er da an all die schrecklichen Dinge dachte, die anderswo passierten, konnte er mit Stolz behaupten, dass sein kleiner Ort, hoch oben auf dem Hügel, bisher gegen jegliche Art von Gewalt immun gewesen war. Aber wie lange noch? Wann würden die Kinder, die sich jetzt um den Ball stritten, das Messer zücken und sich wegen einer ebenso banalen Angelegenheit gegenseitig abstechen? Don Rosario spürte, dass er nicht mehr die Kraft hatte, sich dem Bösen zu stellen.

Er hatte das Böse am falschen Ort zu finden geglaubt. Wie sehr hatte er sich getäuscht, oh, wie sehr. Es tat ihm im Herzen weh, dass er Pia beleidigt hatte. Das hatte sie wahrlich nicht verdient. Und die Tatsache, dass er es dann auch noch groß an die Glocke gehängt hatte während seiner Predigt in der Kirche … Also, darauf war er wirklich nicht stolz. Vielleicht hatte er mit dieser Geste nur sein schlechtes Gewissen zum Schweigen bringen wollen.

Nein, er fühlte sich gerade gar nicht wohl in seiner Haut. Müde erhob er sich und machte sich auf den Weg in die Küche. Er hatte ein paar dringende Dinge zu erledigen. Die konnte er einfach nicht mehr vor sich her schieben. Und heute wollte er sich richtig Mühe geben und gepflegt aussehen. Vor allem sein Haar musste ordentlich sein.

Unglaublich. Da hatte er so lange und ohne Erfolg nach dem

richtigen Kamm gesucht, und am Vortag plötzlich war Antonio beim Aufräumen zwischen den Bänken auf das größte Geschenk gestoßen, das Don Rosario jemals erhalten hatte.

»Don Rosà, sehen Sie mal! Den habe ich gerade gefunden. Soll ich den entsorgen?«, hatte Antonio gefragt und ihm den wunderschönen Kamm hingehalten. Einen mit feinen, ganz eng aneinanderliegenden Zähnen. Schwarz. Glänzend. Wie neu.

Fast ehrfürchtig hatte Don Rosario den Kamm an sich genommen.

»Nein, nein. Wegwerfen werden wir den bestimmt nicht. Wäre doch schade drum.«

Jetzt stand er also in der Küche, fuhr sich mit dem Kamm durchs Haar und wusste, ohne in den Spiegel zu schauen, dass es perfekt saß.

Er zog sich an und blickte sich noch einmal in der winzigen Wohnung um, bevor er aufbrach. Er hatte ein ganzes Stück zu laufen. Aber das machte ihm an diesem Tag nichts aus. Er genoss sogar die Sonne, die ihm den Nacken wärmte, und deutete das wohlige Gefühl, das sich dabei in ihm ausbreitete, als gutes Omen.

Als er das Wohnhaus erreichte, war er etwas aus der Puste, aber sehr froh, endlich konkret etwas zu tun, um seinen Fehler wiedergutzumachen. Er klopfte an und hörte, wie ein Kind heiter kreischend zur Tür rannte. Pasquale Pio.

»Du musst immer erst fragen, wer da ist, okay?«, hörte er Elide geduldig erzählen. Die gute Elide.

»Wer ist da?«, erkundigte sich Pasquale Pio mit lieblicher Stimme.

»Don Rosario.«

Sofort wurde die Tür aufgerissen.

»Ist etwas passiert?«, erkundigte sich Elide, ohne ihn erst einmal zu grüßen. Er sah einen Augenblick lang die kleine, verschreckte Elide vor sich stehen, die er vor vielen Jahren aus dem

Heim geholt hatte. Wann würde das Mädchen jemals lernen, sich zu entspannen.

»Nein, nein«, sagte er beschwichtigend. »Kann ich kurz rein?«

»Natürlich!« Elide trat zur Seite. »Kommen Sie!«

Don Rosario bemerkte am Rande, wie nett die Wohnung eingerichtet war. Hübsch, richtig hübsch. Er ließ sich von Elide ins Wohnzimmer führen, setzte sich aufs Sofa und zog ein Spielzeugauto unter seinem Hintern hervor. Pasquale Pio nahm es ihm sofort aus der Hand.

»Ich will es kurz machen, Elide.«

Sie schaute ihn erwartungsvoll und wachsam an. Schwieg aber.

»Vergib Pia. Sie hat nichts Unrechtes getan.«

Elide senkte jetzt den Blick.

»Ich weiß, dass du Angst davor hast, sie zu sehr zu lieben, weil du schon einmal von einer *mamma* verlassen worden bist. Aber Pia ist nicht so wie deine leibliche Mutter. Sie würde dich niemals verlassen. Sie liebt dich wirklich.«

Diverse Male schluckte Elide, bevor sie antworten konnte.

»Ach ja? Und wo ist sie dann jetzt?«

»Wir haben sie verjagt, Elide. Dass sie im Moment nicht daheim ist, ist größtenteils unsere Schuld. Meine wie deine. Pasquales Schuld. Sandrinas Schuld. Ermannos Schuld. Wir alle sind schuld. Wir haben sie nicht verstanden. Gerade sie, die immer so verständnisvoll anderen gegenüber ist. Was ich damit sagen will, Elide: Du lenkst deine Liebe und Dankbarkeit auf die falsche Person. Ich habe nichts getan, um deine Solidarität zu verdienen. Du hast jetzt eine Familie. Du bist sicher. Öffne dich ihnen gegenüber, so wie du es Clemente gegenüber getan hast. Zeig ihnen, zeig Pia, wie wunderschön deine Seele ist. Glaub mir, du wirst es nicht bereuen.«

Daraufhin schwieg Elide ganz lange, während Pasquale Pio, der wohl merkte, dass in seiner Mutter etwas vorging, sie nur aufmerksam aus seinen dunklen Kulleraugen beobachtete.

Irgendwann nickte sie. Und als Don Rosario bemerkte, dass stumme Tränen an ihren blassen Wangen herunterliefen, war er sicher, dass seine Worte etwas bewirkt hatten. Noch nie, nie, nie hatte er Elide weinen gesehen. Als junges Mädchen nicht. Als junge Frau erst recht nicht. Er nahm ihre Hand, sah dabei zu, wie sie ihn so fest packte, dass ihre Knochen weiß hervortraten.

»Warum nur musste sie fort?«, presste Elide hervor und wischte sich mit der freien Hand über das Gesicht.

»Ich weiß es nicht«, antwortete Don Rosario wahrheitsgemäß.

»Aber sie wird doch wiederkommen? Ich meine … Sie kann uns nicht so einfach verlassen, oder? Wir brauchen sie!«

»Natürlich wird sie wiederkommen!«

Davon war Don Rosario überzeugt. Woher er aber die Überzeugung nahm, wusste er selbst nicht genau zu sagen.

Er erhob sich, strich Elide über den Kopf. Hier war erst einmal alles gesagt worden.

Und jetzt, jetzt kam der wirklich schwierige Part seines Vorhabens. Er musste mit Sandrina reden.

Don Rosario nahm sich ein bisschen Zeit, um sich zu sammeln. Ganz gemächlich verließ er Camerota und ging die Straße entlang, die zu Pasquales und Pias Haus führte. Er merkte dabei, wie die Natur ganz allmählich ihre Vorkehrungen für die kältere Jahreszeit traf. Die Olivenbäume, die die Straße säumten, trugen unzählige Früchte. Noch waren sie nicht reif. Aber mit Gottes Hilfe würden die Bewohner von Camerota auch dieses Jahr wieder reichlich Olivenöl produzieren können. Zyklisch erneuerte sich die Natur von Jahr zu Jahr. Don Rosario fand diesen Gedanken wunderschön. Und ermutigend. Und Mut, den brauchte er jetzt irgendwie, denn er war es nicht gewöhnt, seine Macht wirklich einzusetzen. Er tat es auch nicht gerne. Aber in diesem Fall, ja, da musste es einfach mal sein.

Etwas entschlossener betrat er die Auffahrt zum Haus. Er

hörte es bereits aus dieser Entfernung klopfen und hämmern. Das hielt ihn aber nicht davon ab, seinen Plan weiter fortzuführen. Als er die Haustür erreichte, klingelte er.

Sandrina öffnete.

Sie war erfreut, ihn zu sehen.

»Don Rosario, *buongiorno*. Kommen Sie rein.«

»Eigentlich will ich nicht lange stören.«

»Wollen Sie vor der Haustür stehen bleiben?«

»Unter diesen Umständen ist es vielleicht besser …«

»Ach, Don Rosario, Sie wollen sicher mit mir schimpfen, weil ich in Pia den Teufel vermutet habe, aber …«

»Nein. Ich bin eigentlich aus ganz anderem Grund hier.«

»Na schön. Sagen Sie schon!«

Die Alte war etwas verunsichert. Das konnte er an ihren Augen erkennen, die nicht stillhielten, sondern hin und her glitten, wie Kugeln beim Flipper.

Don Rosario überlegte eine Weile. Er wusste nicht, wie er das Thema einleiten sollte. Es gab seiner Meinung nach keine Möglichkeit, seine … Bitte … schöner oder anders zu formulieren. Also fiel er einfach mit der Tür ins Haus.

»Nach so langen Jahren denke ich, dass es an der Zeit ist, deinen Söhnen reinen Wein einzuschenken.«

Treffer, versenkt.

Sandrina torkelte ein paar Schritte zurück, war aber rational genug, um die Tür etwas hinter sich zuzuziehen.

»Was … Was sagen Sie denn da?«

»Das hast du schon verstanden. Pasquale und Ermanno sollten wissen, dass sie Halbbrüder sind.«

»Nie im Leben«, zischte Sandrina regelrecht und beugte sich dabei zu ihm vor.

Was diese Geste zu bedeuten hatte, war Don Rosario nicht wirklich klar. Eine Drohung? Ein Angriff? Nur Show?

Er hatte jedenfalls keine Lust auf lange Debatten. Seiner Meinung nach gab es da gar nichts zu diskutieren.

»Du weißt, was zu tun ist, Sandrina«, beendete er also das Gespräch.

Mehr sagte er nicht. Mehr war auch nicht zu sagen.

Er wollte glauben, dass Sandrina seinen Rat befolgen würde. Diese Aufgabe konnte er ihr nicht abnehmen. Aber Ermanno immer noch zu verheimlichen, dass Mario nicht sein leiblicher Vater gewesen war, hatte jetzt keinen Sinn mehr. Der Moment war gekommen, dieser Familie zu Ehrlichkeit und Ruhe zu verhelfen.

»Und jetzt hol mir bitte Pasquale, ja?«

Ob es der Schock war oder es an seinem Tonfall lag, konnte Don Rosario nicht sagen. Sandrina jedenfalls lief beinahe ins Haus hinein und rief so laut nach Pasquale, dass man sie wohl bis hinunter nach Marina hören konnte.

Pasquale kam mit gesenktem Kopf zur Tür, hob ihn erst, als er praktisch schon vor Don Rosario stand.

Er sah müde aus. Etwas erloschen. Dennoch blitzte in seinen Augen ein Anflug von Tatendrang. Pasquale wischte sich den Schweiß von der staubigen Stirn. Und er wartete einfach nur ab.

»Pasquale, können wir reden?«

»Ich wüsste ja nur zu gerne, warum plötzlich alle mit mir reden wollen.«

Das klang genervt. Abweisend. Aber das war Don Rosario egal. Seine Mission würde er an diesem Morgen zu Ende bringen. So oder so.

»Nun, dann rede ich einfach, und du hörst zu«, schlug Don Rosario vor, der ganz genau wusste, wie man Pasquale nehmen musste.

»Kein Wort über Pia! Kein einziges Wort über sie.«

Wie verzweifelt er war, ließ Pasquale erst jetzt durchblicken.

Don Rosario verstand nicht, warum er jeden abblockte, der auch nur ein Wort über Pia verlieren wollte. Tiziana hatte es versucht. Sie hatte Pasquale beruhigen und ihm mitteilen wollen, dass Pia wohlauf und in Rom war. Pasquale hatte es nicht zugelassen. Dabei war Don Rosario sich so sicher, dass alles in diesem Mann danach schrie, eine Information über seine Frau zu erhalten. Er musste doch umkommen vor Sorge!

»Gut. Kein Wort über Pia.« Don Rosario hob die Hände. »Wollen wir ein paar Schritte gehen?«

Pasquale zuckte mit den Achseln, sah aber etwas erleichtert aus. Legte dann letztendlich sein Werkzeug weg und drehte sich in Richtung Garten. Don Rosario folgte ihm.

Im Garten standen Möbel herum. Dazwischen lagen Werkzeug sowie Bau- und Verpackungsmaterialien. Irgendwie war Don Rosario sogar froh, dass Pia sich das nicht mitansehen musste. Ehrlich gesagt war ihm schleierhaft, wie Pasquale in so einem Moment auch nur daran denken konnte, sein Haus praktisch auf den Kopf zu stellen.

»Wie geht es mit dem Umbau voran?«, erkundigte sich Don Rosario höflichkeitshalber und war sich natürlich bewusst, dass er meilenweit vom Thema entfernt war, das ihn hierher geführt hatte.

»Sehr gut, danke. Wir sind bald fertig.«

»Tolle Leistung!«

»Ist nicht nur mein Verdienst. Der Amerikaner hat mir eine Menge Tipps gegeben, und Matteo hat mir ebenfalls sehr geholfen.«

»Ein feiner Kerl, nicht?«

»Oh ja.«

»Wie findest du es, dass er und Tiziana … na, du weißt schon.«

»Ich glaube, sie hätte keinen besseren Mann finden können.«

»Ja, nicht wahr? Das denke ich auch. Hast du ihm übrigens Schimpfwörter beigebracht? Man erzählt mir, dass er damit um sich wirft wie ein Jongleur.«

Pasquale versuchte ernst zu bleiben. Es gelang ihm nicht. Sein Gesicht wurde von einem amüsierten Lächeln erhellt. »Naja, sagen wir es einmal so. Matteo nimmt kein Blatt vor den

Mund. Und ich verrate dem Amerikaner einfach nicht die richtige Bedeutung, wenn er dann fragt, was das schon wieder für lustige Ausdrücke waren.«

»Jetzt wo Matteo Vater wird, sollte er das aber besser lassen!«, tat Don Rosario besonders streng und hielt unter einem Olivenbaum.

»Ja, nun, er wird es schon lernen, sich wie ein Vater zu benehmen.«

»Natürlich!«

Pasquale blickte in die dichte Baumkrone, unter der sie standen.

»Die Oliven sehen dieses Jahr ausgesprochen gut aus«, bemerkte er nach einer Weile.

»Ja. Das denke ich auch.«

Als Pasquale den Blick wieder senkte, richtete er ihn direkt auf Don Rosario.

»Nun, Sie werden mir verzeihen, Don Rosario. Aber ich muss weitermachen.«

»Aber natürlich. Danke für deine Zeit.«

Don Rosario verabschiedete sich und ging.

Kein Wort über Pia.

Trotzdem hatte er das Gefühl, dass es in ihrem Gespräch um nichts anderes gegangen war. Irgendetwas sagte ihm, dass er zufrieden sein konnte. Denn Pasquale hatte auf ihn wie ein Mann gewirkt, der einen ganz bestimmten Plan verfolgt.

»Lass mich!«

»Ach, Tiziana ...«

»Lass mich einfach in Ruhe.«

Pia setzt sich mitten aufs Bett, überlegt und schlüpft dann mit unter die Decke.

»Geh weg!«

»Ich denke nicht im Traum daran! Wenn du nicht aufstehen willst, dann bleiben wir halt beide liegen. Aber ich lasse dich nicht allein. Niemals!«

Kapitel 28

William beobachtete, wie Tiziana ihr Handy weglegte. Sie wirkte etwas genervt.

»Pia?«

»Ja. Netterweise hat sie heute mal eine Nachricht geschickt.«

William setzte sich neben Tiziana. Er war gerne in ihrer Wohnung, weil er den Eindruck hatte, dass jedes Möbelstück ihm von ihr erzählte.

»Bist du sauer auf sie?«

Tiziana erhob sich, ging ans Fenster. William sah ihr hinterher, wartete einfach nur ab. Sie ließ sich Zeit mit der Antwort. Schließlich hob sie den Arm leicht an, wobei ihre Armbänder klimperten.

»Ich glaube, ja.«

William klopfte auf den freien Platz auf der Couch neben sich.

»Komm her, *honey*. Erklär mir das!«

Wie ein kleines Mädchen setzte sich Tiziana schmollend zu ihm.

»Ja, verdammt, ich bin sauer auf sie. Ich weiß, dass das dumm ist. Aber, *santo cielo*, ausgerechnet jetzt verschwindet sie?«

»Was meinst du mit ausgerechnet jetzt?«

»Na … eben … jetzt. Ich meine, wen soll ich denn um Rat fragen, wenn nicht Pia? Dabei habe ich selbst ihr geraten, sich mal eine Auszeit zu nehmen. Aber, William, ich brauche sie jetzt! Ich kann das nicht alleine.«

»Du kannst was nicht alleine?«

William hasste sich gerade ein bisschen dafür, dass er nicht begriff, um was es Tiziana genau ging.

»Das mit dir, William. Woher soll ich wissen, ob ich es richtig angehe? Pia ist die einzige Person, die mich wirklich kennt. Sie weiß immer, was zu tun ist, immer, wie ich mich zu verhalten habe. Sie weiß es einfach. Und ohne sie bin ich aufgeschmissen.«

Ach, darum ging es ihr also. William konnte sich ein Lächeln nicht verkneifen. Er strich Tiziana eine Haarsträhne aus dem Gesicht.

»Das ist nicht lustig«, fand Tiziana, wurde bei seiner Berührung aber gleich viel weicher. Und William liebte es, dass er diese Art Macht besaß. Was machte diese Frau nur mit ihm?

»Das ist es in der Tat nicht, Tiziana. Aber, weißt du, ihr alle müsst lernen, auch ohne Pia zurechtzukommen.«

Tiziana ließ seine Worte lange auf sich wirken.

»Wir haben sie alle als Mülleimer für unsere Sorgen, Probleme und Fragen benutzt, oder?«

William zuckte mit den Achseln.

»Das weiß ich nicht. Ich kann es nur vermuten. Auf mich hat sie immer wie eine Person gewirkt, die auf der Suche nach etwas ist. Deshalb war sie mir wahrscheinlich gleich so vertraut. Auch ich habe unbewusst nach etwas gesucht. Daher wohl diese Affinität, die wir beide sofort gespürt haben.«

»Hast du dieses Etwas denn jetzt gefunden?«

Tiziana räusperte sich und schaute auf ihre Fingernägel.

»Ja. Das habe ich, Tiziana. Ich habe einen Teil von mir gefunden, den ich irgendwo im Verlauf meines Lebens verloren hatte. Ich weiß jetzt wieder, wie es ist, verliebt zu sein. Und es ist … Ja, es ist toll. Es macht mich lebendig, tatdurstig und wieder zuversichtlich, was die Zukunft betrifft.«

»Das klingt schön.«

»Ist es auch.«

»Und wieso habe ich das Gefühl, dass es ein Aber gibt?«

»Weil es immer ein Aber gibt, Tiziana.«

»Schließt dieses Aber mich aus deiner Zukunft aus?«

William drückte zärtlich ihre Hand.

»Ich möchte, dass du Teil meiner Gegenwart bist.«

»Siehst du, jetzt ist es so weit. Das ist so eine Situation, in der ich mich an Pia gewandt hätte. Dein letzter Satz sagt doch alles und nichts.«

»So soll es auch sein. Ich kann dir meine Gegenwart schenken. Lass uns doch einfach jeden Tag erleben, ohne dabei an das Nachher zu denken. Versprechen kann ich dir im Moment nichts.«

»Das ist ziemlich wenig …«

William legte Tiziana die Hand in den Nacken, rückte näher an sie heran, kam sich dabei vor, wie ein Teenager beim ersten Hormonschub. Er konnte ihr einfach nicht widerstehen.

»Oh, glaub mir, das ist eine ganze Menge«, entgegnete er.

Tiziana seufzte tief.

»Pia hätte mich jetzt bestimmt gebeten, vernünftig zu sein und nur ja nichts zu tun, was mich verletzen könnte.«

»Pia ist jetzt aber nicht da, oder?«

»Das stimmt allerdings«, grinste Tiziana jetzt und ließ sich endlich küssen.

Der Kuss dauerte aber nicht lang. Widerwillig ließ William von ihr ab.

»Wo willst du denn hin?«

»Ich habe Pasquale versprochen, ihm noch etwas zu helfen …«

»Das meinst du doch nicht ernst, oder?«, fragte Tiziana und rollte mit den Augen.

»Doch. Oh, doch. Und wenn ich etwas verspreche, dann halte ich Dummkopf es auch. Immer.«

Ich warte.
Jeden Tag.
Wenn es sein muss, bis in alle Ewigkeit.

Kapitel 29

Rom, Ende Oktober

»Einmal Apfelkuchen bitte noch, *bellezza*!«

»Kommt sofort!«

Wenn das so weiterging, war der Kuchen schon bald wieder alle. Pia war glücklich darüber. Wenigstens aßen die Gäste von ihrem Kuchen. War ja egal, dass kein anderer wusste, dass das heute ihr Ehrentag war.

Clem hatte sich schon gleich um Mitternacht gemeldet, um ihr zu gratulieren. Und Miri, die hatte extra ein Geburtstagsvideo für sie gedreht. Tiziana hatte angerufen. Giovanna natürlich ebenso.

Pasquale nicht.

Pia schluckte bei dem Gedanken an ihren Mann und war froh, dass die Osteria so gut besucht war und sie kaum Zeit hatte, sich selbst leidzutun.

Ja, letztendlich hatte Pia Giuliettas freundliches Angebot angenommen. Sie arbeitete jetzt in ihrer Küche.

»*Bellezza*, ich hoffe, dir ist klar, dass ich bisher noch niemanden an meinen Herd gelassen habe!«, hatte Giulietta am ersten Arbeitstag zu ihr gesagt und dabei schallend gelacht.

Pia muss wohl ein angespanntes Gesicht gemacht haben, denn Giulietta hatte sich gleich danach viel freundlicher gegeben.

»Du kannst so lange bleiben, wie du willst, *bellezza*!«, hatte sie ihr angeboten. So als stünde eh schon fest, dass Pia nicht lange bleiben würde. Was irgendwie witzig war, dachte Pia. Denn sie selbst konnte gar nicht sagen, ob diese Situation, in der sie sich nun befand, zeitlich begrenzt war oder nicht. Und sie war gespannt darauf, das herauszufinden.

Marcello hatte ihr erlaubt, einige Änderungen in ihrem Zimmer – Hotelzimmer – vorzunehmen. Als er von ihrem vorläufigen Entschluss erfahren hatte, in Rom zu bleiben, hatte er darauf bestanden, dass sie das Zimmer weiterhin bewohnte. Aber Pia zahlte jetzt dafür. Einen lächerlich niedrigen Preis nur. Dennoch war sie unglaublich stolz darauf. Sie verdiente ihr eigenes Geld. Sie kam für die Spesen auf. Sie hatte es im Griff. Ihr neues Leben. Und sie hatte einen Holzstuhl für die Dachterrasse gekauft, bei dem man die Beine schön ausstrecken konnte.

Es hatte sich sogar so etwas wie Routine eingestellt.

Morgens wurde sie von Giulietta über den Campo de' Fiori getrieben, wo sie gemeinsam frisches Gemüse kauften. Oh, und was war das für ein anstrengendes Unternehmen: Die Aubergine ist zu groß! Diesen Salat willst du verkaufen?! Deine Pilze schmecken nach Schwamm! Und das waren nur einige der Standardausrufe aus Giuliettas Repertoire. Aber Pia wusste inzwischen, dass die ruppige Art ihrer neuen Chefin nur Show war. Diese Frau hatte ein Herz so groß wie ganz Rom. Und sie erlaubte Pia sogar, etwas Eigeninitiative zu zeigen, was das Kochen anbelangte. Der Apfelkuchen etwa, der war einzig Pias Aufgabe. Und sie fühlte sich wirklich von Giuliettas Vertrauen geehrt.

Nach dem Mittagsbetrieb spazierte Pia meist durch Rom. Mit Marcello. Oft auch ohne ihn. Und, ganz unerwartet, manchmal auch mit Claudio, der darauf bestanden hatte, sie seiner Familie vorzustellen.

Abends war in der Osteria dann meistens so viel Andrang, dass Pia bis spät in die Nacht Seite an Seite mit Giulietta arbeitete. Platz für große, tiefgründige Gespräche gab es in Giuliettas Küche nicht. Und Pia war ganz froh drum. Hier in Rom konnte sie einfach nur sie selbst sein. Dieses Ziel zumindest hatte sie erreicht.

Manchmal, wenn sie allein auf ihrer Dachterrasse saß, fragte sie sich, wie sie sich so sehr in Pasquale getäuscht haben konnte. Sie war nach Sandrinas Auftritt doch nur zu Tiziana gegangen, weil sie sich so sicher gewesen war, dass Pasquale sie wieder zurückholen würde. Dann aber war plötzlich alles anders gekommen. Sie war in Neapel gelandet. Von Neapel aus in Rom. Ja, sie war einfach so hineingeschlittert in ihr Schicksal. Aber sie konnte nicht leugnen, dass sie jeden Tag, sogar jede Sekunde, mit irgendeinem Zeichen von Pasquale gerechnet hatte.

Aber es kam und kam nichts.

Manchmal, wenn sie ihn beinahe unter körperlichem Schmerz vermisste, griff sie zu ihrem Handy und wählte seine Nummer. Nur um dann wieder aufzulegen. Ja, das hatte sehr wohl etwas mit ihrem Stolz zu tun. Und sie konnte Pasquale seine Passivität nicht verzeihen.

Pia seufzte, packte den Apfelkuchen wieder weg.

»So, *bellezza*, ich denke, den Rest schaffe ich allein«, behauptete Giulietta plötzlich.

Irritiert schaute Pia auf ihre Armbanduhr. Es war erst kurz vor zehn, noch lange nicht Zeit, ihre Schicht zu beenden.

»Aber …«

»Heute gibt es mal kein Aber, *va bene*?«

Giulietta drehte sich in Richtung Kühlraum. Ein sicheres Zeichen, dass das Gespräch für sie beendet war.

Pia stand eine Weile unschlüssig herum. Erst als der Tellerwäscher deutliche Handbewegungen machte, die sie einluden, endlich zu verschwinden, wenn die Chefin sie schon einmal wegließ, nahm sie die Schürze ab und ging.

Da Pia abends, wenn sie Gerüche von hunderten von Gerichten an sich trug, nicht durch das Foyer gehen wollte, hatte Marcello ihr einen Hintereingang gezeigt, den sie jetzt immer nutzte. Der Eingang wurde auch vom Personal genutzt, und Pia wusste, dass Marcello neben der Personalumkleide ein kleines Zimmerchen hatte, wo er vertrauliche Dokumente aufbewahrte. Manchmal fand sie ihn nach der Arbeit dort vor. So auch an diesem Abend.

»Pia! Was machst du schon hier?«, rief er aus dem Raum.

Sie zuckte mit den Achseln.

»Giulietta hat mich eher weggelassen.«

»Das trifft sich gut!«, entgegnete er und stand auf, um auf sie zuzugehen. Er hielt einen Umschlag in der Hand. »Der kam heute für dich an!«

Pasquale!, war ihr erster Gedanke.

Aber es war nicht seine Schrift. Es war nicht seine Art. Es war nicht Pasquale.

»Enttäuscht?«, wollte Marcello wissen. Pia sah zu ihm auf. Ein schelmischer Ausdruck lag ganz kurz auf seinem Gesicht. So kurz nur, dass Pia nicht wusste, ob sie sich den nur eingebildet hatte.

»Nein, nein. Er ist von meiner Schwiegertochter. Natürlich freue ich mich darüber.«

»Ach so. Na dann wünsche ich dir eine gute Nacht, Pia«, sagte er einfach nur und wandte sich ab. Und Pia ging.

Mit der Karte entriegelte Pia routiniert die Zimmertür. Sie warf ihre Handtasche in die Ecke, machte Licht und begann gleich, sich zu entkleiden. Elides Brief hatte Zeit. Der würde sie sicher durch die Nacht begleiten. Achtlos legte Pia die Kleidung ab.

Bis sie etwas wahrnahm.

Eine Rose.

Auf ihrem Bett.

Rot.

Sofort blickte sie sich suchend im Zimmer um, versuchte dabei, ihr Herz zu beruhigen. Rational betrachtet konnte das gar nicht sein.

Eine rote Rose.

Es gab nur einen Mann, der ihr eine rote Rose zum Geburtstag schenkte.

Tränen schossen ihr in die Augen. Dagegen konnte sie rein gar nichts tun.

»Hast du sie endlich gefunden?«

Pia fuhr herum.

Pasquale.

Wirklich, wirklich, wirklich.

In der Balkontür.

Hatte er schon von Anfang an dort gestanden?

Unzählige Male hatte sie sich ihr Wiedersehen vorgestellt. Schön ausgemalt. Dabei die romantischsten Farben überhaupt benutzt. Sie hatte so darauf gehofft. So sehr darauf gewartet.

Und jetzt war sie einfach nicht vorbereitet. Auf die Realität. Auf ihre Gefühle. Auf ihre alles hinwegfegende Sehnsucht.

»Wieso hast du dir so lange Zeit gelassen?«, platzte Pia heraus.

Santo cielo. Diese Frage passte so gar nicht ins Bild. Und doch war es das Einzige, was sie jetzt wirklich interessierte. Wieso um alles in der Welt hatte er sie so lange allein gelassen?

Pasquale kam ein paar Schritte auf sie zu. Sie registrierte, dass er barfuß war. Und etwas abgemagert. Er war so schön in seinem hellblauen Hemd und der guten Jeans, die sie ihm gekauft hatte. *Dio santo*, Pasquale war so schön, dass es ihr den Atem raubte. Aber er war ihr eine Antwort schuldig.

»Ich habe nicht mir Zeit gelassen, sondern dir, *Signora* Pia.«

Sie merkte, dass seine Stimme etwas zitterte. Und sie wollte dieses Zittern wegmachen. Mit einer Umarmung. Mit einem Kuss. Aber da stand etwas zwischen ihnen. Und Pia wusste nicht, wie sie die unsichtbare Mauer durchdringen konnte.

»Pasquale, ich …«

»Psst … ist gut. Ich will nichts wissen. Vor allem nicht, was du gemacht hast die ganze Zeit über. *Per Dio*, ich … ich habe sie alle von mir weggescheucht, damit sie mir ja nicht sagen, wo du bist und was du tust. Ich hätte es … nicht ertragen zu wissen, wo du bist, ohne zu dir zu eilen. Ich hätte es nicht ertragen«, wiederholte er und Pia konnte den Schmerz, den sie ihm wohl zugefügt hatte, wie in Wellen gegen sich selbst schlagen fühlen.

»Weißt du, ich glaube, wir müssen eine ganze Menge klären, Pasquale.«

»Ja, verdammt, das müssen wir«, rief er und wirkte dabei wütend. Wobei Pia nicht annahm, dass die Wut gegen sie gerichtet war.

»Ich … arbeite jetzt in einer Osteria«, berichtete Pia, einfach, um etwas zu sagen.

Mit Pasquales Reaktion aber hatte sie nicht gerechnet. Er hielt sich beide Hände vor die Augen. Sein Gesicht verzerrt. Ein Laut entkam seiner Kehle. Mit Schrecken nahm Pia wahr, dass er weinte. Und Pasquale weinte … nie.

Es brach ihr Herz in tausend winzige Stücke, ihn so zu sehen. Und ehe sie überhaupt wahrgenommen hatte, dass sie sich bewegte, war sie auch schon bei ihm.

Sie nahm seine Hände, bedeckte sein Gesicht mit unzähligen winzigen Küssen.

»Schon gut«, hauchte sie. Immer und immer wieder. »Schon gut.«

In ihrem Bauch war ein Klumpen, der anzuschwellen schien. Lauter Emotionen, die sie ganz schwach machten.

»Nein«, wies Pasquale sie von sich. »Nein, lass mich ein paar Dinge sagen. Bitte.«

»Wollen wir uns nach draußen setzen?«

Pasquale schien mit der Frage beinahe überfordert. Irgendwann nickte er einfach nur.

Auf der Dachterrasse merkte Pia, dass Pasquale ihren Lieblingsplatz in Rom erst richtig perfekt machte. Sie hatte schon immer den Eindruck gehabt, dass ein Stück fehlte, und wahrscheinlich auch deshalb den Holzstuhl gekauft. Dass Pasquale das Stück gewesen war, das fehlte, wurde ihr erst jetzt schlagartig klar.

Sie sah, wie Pasquale die Umgebung, die sie so liebgewonnen hatte, auf sich wirken ließ. Obwohl sie nichts weiter wollte, als seine Stimme zu hören, ertappte Pia sich doch dabei, wie sie die fast magische Stille genoss. Pasquale entspannte sich sichtlich.

»Danke«, war das erste Wort, das sie von ihrem Mann auf der Dachterrasse zu hören bekam.

Sie glaubte, sich verhört zu haben. Pasquale sah auf die Dächer hinaus. Pia konnte seinen Gesichtsausdruck nicht deuten.

»Du dankst mir?«, fragte sie doch irgendwann nach.

»Ja. Ich danke dir.«

Endlich drehte Pasquale sich in ihre Richtung.

»Wofür denn?«

Er holte tief Luft. Seine Schultern hoben sich dabei.

»Deine Flucht hat mir die Augen geöffnet, *Signora* Pia. Ich war zu passiv die letzten Jahre über, habe viel zu viel Verantwortung auf dich abgeladen. Dafür muss ich mich bei dir entschuldigen. Meine Fehler haben dich unglücklich gemacht, und ich habe es noch nicht einmal gemerkt.«

Pia war sprachlos. Worüber Pasquale allerdings ganz froh zu sein schien, denn man sah ihm seinen Drang, sich zu erklären, förmlich an.

»Clemente hat sich an der Uni angemeldet«, fuhr er einfach fort.

Und Pia kam nicht mehr mit. Pasquales Worte fielen wie Sternschnuppen aus allen Richtungen auf sie. Sternschnuppen, die bereits erfüllte Wünsche in sich trugen.

»Jura?«

Pasquale lächelte bei der spontanen Frage leicht und nickte.

»Wie hat Elide das aufgenommen?«

»Elide … ja … Hättest du Elide jemals als starke Frau eingeschätzt, *Signora* Pia? Nun, sie ist es jedenfalls. Stärker als wir alle zusammen.«

Pia hatte das nie bezweifelt, verstand aber trotzdem nicht, worauf Pasquale hinauswollte.

Ihr Mann sah sie plötzlich ganz direkt an. Es lag so viel Liebe in seinem Blick.

»*Signora* Pia, ich … Ich kann das nicht. Du fehlst mir. Du fehlst mir so sehr. Es gibt nichts – nichts – auf dieser ganzen, kranken, gottverdammten Welt, das mir wichtiger wäre als du! Ich bin tot ohne dich. Tot. Gar nichts interessiert mich, wenn du nicht um mich herum bist. Ich … schaffe das nicht, ohne dich. Nein, wirklich nicht. Sag mir, was du möchtest. Sag es mir. Willst du hier bleiben? In deiner Osteria arbeiten? Sag es mir. Ich … bin Wachs in deinen Händen, *Signora* Pia. Verstehst du das? Ich würde alles für dich tun. Ausnahmslos. Alles.«

Pia war wie versteinert. Sie hatte Pasquale noch nie so leidenschaftlich erlebt. Fast hatte sie den Eindruck, ihren Mann zum ersten Mal zu sehen.

Sie zitterte. Vor Anspannung. Vor Aufregung. Vor Erregung. Vergessen war die Absicht, sofort alles zu klären, alles zu wissen, alles zu verstehen. Pia merkte erst jetzt, dass sie nur ihr Unterhemd und die Arbeitshose anhatte. Wo hatte sie nur ihr Oberteil hingeworfen?

Pasquale atmete tief durch, begann sein Hemd aufzuknöpfen, zog es aus und legte es ihr um die Schultern.

»Verzeih!«, hauchte er ihr dabei ins Ohr. »Verzeih mir, liebste, geliebte Pia.« Er küsste ihren Nacken. Gänsehaut breitete sich auf ihrem ganzen Körper aus, und ihre Knie wurden weich.

Pasquales Lippen suchten endlich ihre. Und der vertraute und zugleich neuartig aufregende Kontakt brach die Schleusen.

Sie küssten sich, versuchten dabei, nicht die Kontrolle zu verlieren, hielten sich aneinander fest wie Schiffbrüchige.

»Ich will nach Hause«, hauchte Pia auf seine Lippen. »Bring mich nach Hause, Pasquale, bitte. Nur nach Hause«, wiederholte sie unzählige Male.

Und Pasquale nickte, hob sie hoch wie eine Feder. Pia lehnte sich erleichtert an ihn, ließ zu, dass er sie hineintrug und aufs Bett legte.

Und sie berührte.

Und sie liebkoste.

Pia und Pasquale.

Irgendwo über Roms Dächern.

»*Signor* Marcello?«

»Ja, Claudio?«

»Das Zimmermädchen hat beim Aufräumen etwas gefunden, oben im Dachzimmer.«

Marcello legt den Kugelschreiber weg, sieht auf, direkt in Claudios Gesicht, und nimmt einen Umschlag entgegen.

Er lächelt, lehnt sich zurück, öffnet mit entschlossener Handbewegung den Brief und liest:

Carissimo *Marcello,*
wie soll ich mich von dir verabschieden?
Gibt es überhaupt die richtige Art und Weise, dir Lebewohl zu sagen?
Wahrscheinlich nicht.
Auch ein einfaches Danke ist nicht genug. Deshalb habe ich beschlossen, dir etwas zu schenken: die alte Pia.
Ich weiß, du lachst jetzt sicher. Dein strahlendes Lachen.
Ach, ich werde das so vermissen, Marcello, so sehr!
Ich werde dich vermissen.
Immer.
Aber der Gedanke, ich könnte dich eines Tages wiedersehen, hier oder in einem anderen Universum, macht mir das Herz leichter.
Ich vertraue darauf. Irgendwo. Irgendwann.
Denn meine Dankbarkeit reicht bis in die Ewigkeit,
Pia

Wortlos gibt Marcello Claudio den Brief. Der Mann liest ihn hastig.

»*Missione compiuta* – Mission vollbracht –, Signor Marcello?«

Marcello nickt zufrieden. Und dann lacht er wirklich sein strahlendes Lachen.

Epilog

»Wo fährst du denn hin, Pasquale?«

»Nach Hause …«

»Aber …«

»Psst. Geduld, *Signora* Pia, Geduld!«

Pia blickte sich um. Gerade waren sie an der Straße zu ihrem Haus vorbeigefahren.

»Ist das etwa noch immer eine Baustelle dort?«

Amüsiert schüttelte Pasquale den Kopf.

»Es ist abgebrannt?«

Jetzt lachte er sogar.

»Nichts dergleichen.«

»Aber …«

»Jetzt warte es doch einfach ab!«

Einige hundert Meter lang schaffte Pia es sogar zu schweigen. Dann aber erkannte sie den Weg.

»Wir fahren zur Hütte?«

»Könnte sein …«

»Ach, nimm es mir nicht übel, Pasquale, aber …«

»*Madonna mia*, du machst es mir aber schwer, Pia! Wir sind gleich da, ja?«

Er nahm ihre Hand und legte sie auf seine Brust. Genau an die Stelle, wo sein Herzschlag zu spüren war. Wie sie das liebte!

Schon an der Auffahrt merkte Pia, dass sich etwas verändert hatte.

»Oh, der Weg ist jetzt gepflastert?«

»Jawohl.«

»Hat Ermanno das gemacht?«

»Nein.«

»Gehört die Hütte jetzt etwa wieder uns? Oh, sieh mal, ein Zaun!«

Pia hatte Mühe, all die Neuigkeiten aufzunehmen.

»Schön, nicht?«

»Ja. Aber ist das nicht ein bisschen viel Neues für deine Touristen?«

»Viel zu viel Neues für Touristen. Für dich aber nicht genug!«

»Wie meinst du das jetzt?«

Endlich brachte Pasquale das Auto zum Stehen. Er zog die Handbremse an, drehte sich zu Pia um und sah sie lächelnd an.

»Willkommen in unserer Hütte!«, platzte er heraus und stieg aus.

»Pasquale? Was heißt das denn jetzt genau?«, rief sie ihm hinterher.

»Komm schon!«

Etwas widerwillig verließ auch sie das Auto.

Pasquale wartete vor der Tür auf sie. Mit einer dramatischen Geste schloss er auf, trug Pia, die ihn nur zu gerne gewähren ließ, über die Schwelle und setzte sie mitten in der stockdunklen Hütte ab. Pia blinzelte, um ihre Augen an die Dunkelheit zu gewöhnen.

»*Sorpresa*!«, ertönte es plötzlich, und sie erstarrte förmlich, als irgendwer Licht machte.

Nur mit Mühe konnte sie erfassen, was sie da gerade sah.

Ihre *famiglia*.

Die vollständig versammelt in der Hütte stand.

Pia entdeckte Clem. Ohne Bart? Elide, Pasquale Pio. Sie wurde liebevoll umarmt. Besonders von Elide. Giovanna. *Dio santo*, sie hatte bereits das typische Licht der werdenden Mutter in den Augen. Und Matteo. Stolz wie ein Pfau. Miriana! Natürlich kreischte sie. Und sie schleppte Sandrina mit an, die weinte wie ein Kind und Pia gar nicht mehr loslassen wollte.

In einem Eck entdeckte sie Ermanno, Letizia und Sandro. Am liebsten hätte Pia ihren Schwager dort einfach stehen gelassen. Wenn, ja, wenn sie nicht entdeckt hätte, dass Ermannos gesamte Köperhaltung sich geändert hatte. Er kam ihr vor wie ein Superheld ohne seine Uniform.

Don Rosario, der am Buffet stand, zwinkerte Pia zu und machte eine Kopfbewegung in Richtung Ermanno und Familie. Und Pia verstand, dass sie ihrem Schwager wohl eine weitere Chance geben musste.

Sie wusste nicht, was vorgefallen war, da Pasquale sich geweigert hatte, noch weiter über die Ereignisse zu Hause zu sprechen, solange sie in Rom gewesen waren. Aber sie spürte, dass Ermanno sich verändert hatte. Also gab sie ihm die Hand, die er dankend annahm.

Und er machte dabei keine Witze. Auch nicht über Alberto, der in neuem Aquarium einen Ehrenplatz im Wohnzimmer bekommen hatte.

Pia war überwältigt von dem Empfang. Und ließ sich von der ausgelassenen Stimmung tragen.

Elide, besonders Elide ließ nicht von ihr ab. Brachte ihr Sandwiches, fragte sie, was sie trinken wollte. Kein Wort fiel über die Vorgänge der letzten Wochen. Es brauchte auch gar keine Worte, denn jede von Elides Gesten sprach die Sprache der Liebe. Und Pia überlegte gerührt, dass ihr Clem eine kleine Alltagsheldin geheiratet hatte.

Nachdem Don Rosario das Buffet kräftig bearbeitet hatte, suchte er den Raum nach Pia ab. Er sah Ermanno und Pasquale miteinander sprechen, Sandrina und Letizia. Giovanna saß lächelnd da, während Matteo ihre Schultern massierte, Miriana hockte mit Sandro in Pias neuem Lese-Eck, und Elide versuchte Pasquale Pio auszureden, noch mehr Chips zu futtern. Alle waren beschäftigt. Nur Pia konnte er nicht ausfindig machen.

»Sie ist draußen. Auf der Schaukel!«, informierte Sandrina ihn. Don Rosario nickte ihr dankend zu.

Tatsächlich traf er Pia dort an, beobachtete eine Weile, wie sie sich auf der einfachen Holzschaukel hin und her schwingen ließ.

»Pia!«, rief er ihr zu, und sie verlangsamte die Bewegungen, bis die Schaukel beinahe still stand. Don Rosario näherte sich ihr vorsichtig. »Darf ich dich ein paar Minuten stören?«

»Sie stören doch gar nicht!«

»Nun ja, dennoch wollte ich mich persönlich bei dir entschuldigen.«

»Ach, vergessen wir diese alte Geschichte doch!«

Sie sagten eine Weile lang gar nichts. Pia fand als Erste die Worte wieder.

»Diese Schaukel … die hat Pasquale mir vor Jahren gebaut. Er hat behauptet, dass ich damit durch die Luft fliegen kann, bis meine Füße fast das Meer erreichen.«

Das stimmte. Der Olivenbaum wuchs ganz dicht neben dem Abgrund. Tief unter ihnen funkelte das Wasser. Bei diesem Anblick wurde Don Rosario selbst aus seiner sicheren Entfernung schwindelig. Pia allerdings schien die Höhe nicht im Geringsten zu stören. Diese Frau hatte vor nichts Angst.

»Wissen Sie, ich bin mir nicht sicher, ob ich das wirklich richtig verstanden habe. Alle haben durcheinandergeredet. Und ich bin gar nicht richtig mitgekommen. Aber dass Clem jetzt studiert, das stimmt doch?«

»Korrekt.«

»Und Clem und Elide haben ihre Wohnung verkauft?«

»Ja. Und davon haben sie einen Teil eures Hauses gekauft.«

»Weshalb Pasquale und ich jetzt auch hier in der Hütte wohnen werden, richtig?«

»Richtig. Pasquale hat sich größte Mühe gegeben, sie ganz nach deinem Geschmack zu gestalten.«

»Das ist ihm gelungen …«

»Und Elide hat sich wirklich dazu bereit erklärt, *nonna* Sandrina zu betreuen?«

»Ja, das hat sie. Sie möchte die Familie – ihre Familie – unterstützen und Verantwortung übernehmen Sandrina wird in der kleinen Wohnung leben, die Pasquale extra für sie im Erdgeschoss gebaut hat. Elide wird mit Clemente und Pasquale Pio den Rest eures ehemaligen Hauses bewohnen. Und Sandrina gibt etwas von ihrer Rente ab. Elide muss ja etwas verdienen, bis Clemente seinen Doktor macht.«

»Und Pasquale Pio mag den Kindergarten?«

»Ja. Er liebt ihn. Deshalb hat Elide Giovanna auch vorgeschlagen, dann vormittags auf das Baby aufzupassen. Gegen eine kleine Entlohnung natürlich. Giovanna hat sich mit ihrem Arbeitgeber auf eine Halbtagsstelle geeinigt.«

»Dabei hatte sie solche Angst, ihren Job zu verlieren …«

»Ja, manchmal ist das Schicksal uns wohlgesonnen, und alles fügt sich sehr schön, nicht?«

»Wissen Sie, ich habe Angst, dass es Elide … irgendwann zu viel wird.«

»Wir werden sie doch alle unterstützen, nicht wahr? Ihr diese Freude jetzt zu nehmen würde nur dazu führen, dass sie sich wieder in sich selbst zurückzieht.«

Pia nickte. Dachte weiter nach. Schaukelte wieder leicht.

»Hat Sandrina Ermanno dazu gezwungen, die Hütte herzugeben?«

»Nein. Er hat nach Sandrinas Offenbarung einen ziemlichen Schock erlitten – obwohl ihm alle versichert haben, dass seine Familie seine Familie bleibt – und muss sich jetzt erst einmal sammeln. Nach der unerwarteten Wendung, die sein Leben genommen hat, will er jetzt ganz neue Wege einschlagen. Die Hütte kann er dabei nicht gebrauchen.«

»Das hat ihn ganz schön mitgenommen, oder? Ich kann es ja immer noch kaum fassen.«

»Es hat ihn schockiert, ja. Aber es hat ihn auch gleichzeitig wieder auf den Boden der Tatsachen gebracht. Und das kann ihm ja nicht schaden.«

»Nein, wahrlich nicht.«

»Hat Pasquale … Ich meine, hat er …?«

»Ja, er hat das alles organisiert, Pia. Alles. Zuerst hat er mit

Clem gesprochen. Dann mit Elide. Danach mit Giovanna. Zuletzt mit Sandrina. Selbst für Ermanno hat er sich Zeit genommen, um ihm zu versichern, dass er immer sein Bruder bleiben wird. Eigentlich wollte Pasquale nicht, dass wir dir davon erzählen. Wir mussten es ihm versprechen. Der Herr im Himmel wird mir das aber hoffentlich verzeihen.«

»Hat es deshalb so lange gedauert, bis Pasquale mich geholt hat?«

»Ich denke, genau so war es, Pia. Er wollte, dass alles fertig ist.«

»Ich bin mir nicht sicher, ob ich in der Hütte wohnen möchte.«

»Oh. Sie gefällt dir nicht?«

»Doch. Oh, doch! Sie ist traumhaft. Aber Pasquale hatte sich so sehr gewünscht, Touristen hierher zu holen …«

»Ach, das weißt du noch gar nicht?«

»Was weiß ich nicht?«

»Dass William und Pasquale ein Stück Land hier oben gekauft haben. Das vom alten Pascucci, mit dem zusammengefallenen Landhaus. Ein Schnäppchen. Keiner wollte es. Und Giovanna hat sehr professionell verhandelt.«

»Nein! Das wusste ich noch nicht!«

»Nun ja, William und Tiziana sind gerade in Seattle und regeln einige Dinge, weil er eine Weile weg sein wird. William wird ja jetzt dem Landhaus mit Pasquales Hilfe zu neuem Glanz verhelfen und es schön für Touristen herrichten.«

»Tatsächlich? Und mein Mann kann sich das leisten?«

»Sandrina hat die Erbschaft aufgeteilt. Und wie sich herausstellte, hatte Mario eine Menge unter dem Kissen verborgen!«

Bei dem Gedanken mussten beide grinsen.

»Don Rosario, Sie glauben doch sicher an Schutzengel, nicht?«

»Ich glaube nicht nur dran, ich weiß, dass es sie gibt.«

»Ja? Ich denke nämlich, dass ich in Rom einem begegnet bin.«

Pia stieß sich ab und schaukelte so kräftig, dass Don Rosarios Haare von der aufgewirbelten Luft hochgehoben wurden. Einige Momente lang sah es für ihn tatsächlich so aus, als tauchte sie mit der Fußspitze ins Meer. Und das Meer, ja, das lächelte Pia zu.

ENDE

Danksagung

Ich bin ein großer Fan von Danksagungen. Generell lese ich die letzte Seite eines Buchs noch vor der ersten. Aber – *grande* Dilemma – jetzt muss *ich* eine Danksagung schreiben. Und wie macht man das nun richtig? Was, wenn ich jemanden vergesse? Mit wem fange ich an? Ist Dieser oder Jener beleidigt, wenn ich ihn nicht erwähne?

Fragen über Fragen …

Doch in solchen Fällen hilft – wie immer – das Meer.

Mein Meer.

Die Küste des Cilento, besonders aber der Abschnitt zwischen Palinuro und Camerota, gehört für mich zu den schönsten Italiens. Versteckte Buchten, geheimnisvolle Meeresgrotten, naturgeschützte Gewässer, spektakuläre Kliffs und fantasieanregende Felsgebilde reihen sich harmonisch aneinander. Für mich ist das Naturspektakel Meer jeden Tag aufs Neue aufregend. Und ich höre unheimlich gerne den erfahrenen Fischern zu, die von Begegnungen mit Delfinen, Thunfisch oder gar Walen erzählen. Mit Bewunderung vernehme ich, wie sie die Strömungen und Launen des Meeres interpretieren und anhand winziger Details erkennen können, ob das Wetter umschlägt. Ich schwöre: Getäuscht hat sich keiner von ihnen auch nur einmal!

Denn das Meer spricht zu ihnen.

Wie? Das Meer kann doch gar nicht sprechen?

Doch. Oh, doch! Man muss dabei nur schweigen, den Kopf leer machen und ganz weit hinausschauen. Bis zu dem Punkt, an dem Meer und Himmel am Horizont miteinander verschmelzen. Erst dann hört man es klar und deutlich.

Und? Ist es nicht zauberhaft?

Ebenso zauberhaft sind die Menschen, die zum Entstehen dieses Buchs beigetragen haben.

Mein größter Dank gilt natürlich jedem einzelnen Leser, der sich die Zeit genommen hat, meine Geschichte zu lesen. Ich hoffe, ganz viele Menschen mit Signora Pias Reise gut unterhalten, vielleicht sogar zum Lächeln gebracht zu haben.

Außerdem möchte ich mich bei meinem ganz persönlichen Dream-Team bedanken, das mich in der Entstehungsphase dieses Buchs auf eine Weise unterstützt hat, die ich nie für möglich gehalten hätte: Anoukh Foerg, Andrea Schneider, Bettina Steinhage, Stefanie Kruschandl.

Ich finde es sehr schön, wenn man als Autor das Glück hat, von anderen Autoren unterstützt zu werden. Manuela Inusa, meiner geschätzten Kollegin und Freundin, danke ich daher für den konstanten Zuspruch, vor allem in der Zeit, als *Signora Pia* nur eine Idee war. Sam Stoner, seines Zeichens brillanter römischer Schriftsteller, danke ich hingegen dafür, dass er mir *sein* Rom gezeigt hat. *Grazie, Sam, il tuo aiuto è stato prezioso.*

Folgenden Menschen danke ich aus keinem besonderen Grund, sondern einfach nur, weil sie immer da sind, wenn ich sie brauche: Domenico Gregorio, Grazia Morena, Assunta Gregorio, Giacomo Ciociano, Anja Mayer.

Meinen Lieblingsmenschen Domenico und Filippo Maria möchte ich auch an dieser Stelle noch einmal sagen, dass alles, was ich tue, nur für sie ist.

Last but not least danke ich meinem Verlag Bastei Lübbe für das Vertrauen. *Arrivederci*!